U0640960

阿勒泰的

果实

时代文艺出版社
SHIDAI WENYI CHUBANSHE

吉林省作家协会 编

图书在版编目（CIP）数据

阿勒泰的果实 / 吉林省作家协会编. －－ 长春：时代文艺出版社, 2024. 11. －－ ISBN 978-7-5387-7547-1

Ⅰ. I217.1

中国国家版本馆CIP数据核字第2024VW4479号

阿勒泰的果实

ALETAI DE GUOSHI

吉林省作家协会　编

出 品 人：吴　刚
责任编辑：邢　雪
装帧设计：陈　阳
排版制作：隋淑凤

出版发行：时代文艺出版社
地　　址：长春市福祉大路5788号　龙腾国际大厦A座15层 （130118）
电　　话：0431-81629751（总编办）　 0431-81629758（发行部）
官方微博：weibo.com/tlapress
开　　本：710mm×1000mm　1/32
印　　张：13
字　　数：259千字
印　　刷：吉林省吉广国际广告股份有限公司
版　　次：2024年11月第1版
印　　次：2024年11月第1次印刷
书　　号：ISBN 978-7-5387-7547-1
定　　价：65.00元

图书如有印装错误　请与印厂联系调换　（电话：0431-85256838）

目 录

散　文

阿勒泰的果实，不仅在大地上成熟，

也在散文中收获……

白雪歌

李春良

1

赴疆的路上，我一直在想，那该是怎样的一场大雪啊！

朔风在茫茫戈壁上飞沙走石，低垂的云幕下窜出千万条雪龙摇头摆尾、尽情舞动，把天地搅得一片混沌，让人分不清那一团一团的洁白是从天边奔涌而来，还是自地下喷薄上半空。

这雪来自大唐的天空，纷纷扬扬洒落西域大地，最终在诗人岑参的眼前幻化成别样的风景。这应该是天宝十三年（754年）的第一场雪吧。

北庭大都护府（今新疆吉木萨尔北破城子）治下的轮台军镇（今新疆乌鲁木齐西南乌拉泊古城），中军大帐，节度使封常清今天要为去职归京的武判官设宴饯行，岑参指挥士卒做着准备工作，不时望着外面铺天盖地的大雪，心底泛起一丝隐忧。京城长安的八月，正是金桂飘香时节，可塞外大漠已然万丈冰雪。

岑参对这漫天的风雪并不陌生，这是他第二次从军西域了。

天宝八年（749年），因好友颜真卿举荐，安西节度使高仙芝奏请朝廷，岑参由右内率府兵曹参军转右威卫录事参军，赴安西（今新疆库车）履职节度使掌书记。深秋时节，他告别妻儿和亲朋好友，走马西北，经河西走廊的陇山、燕支山、祁连山、敦煌，出阳关然后过蒲昌海（今新疆罗布泊），到西洲（今新疆吐鲁番）休整几天后又一路向西，过银山碛、铁门关。行程六千余里，到达目的地安西时已近年底。"走马西来欲到天，辞家见月两回圆。今夜不知何处宿，平沙万里绝人烟。"两个多月的旅途，历尽千辛万苦，诗人见证了三藏法师说的"上无飞鸟，下无走兽，复无水草"的大漠戈壁的荒凉，体会到了"马走碎石中，四蹄皆血流""银山碛口风似箭""飒飒胡沙迸人面"的艰辛，也熬过了"沙上见日出，沙上见日没"的孤独，经历了"悔向万里来，功名是何物"的彷徨犹豫，最终还是坚守初心、坚定前行。到达安西都护府时，诗人饱经风霜，俨然是一个老边塞人了。

都护府掌书记"掌章、表、书记、文檄"，主录记书。虽然和兵曹参军同属八品的官员，但作为边塞前线的掌书记却责任重大、工作繁忙，是节度使僚属的核心成员之一。岑参为高仙芝起草处理各种文书，频繁奔波于焉耆、龟兹（今新疆库车）、疏勒（今新疆喀什）、于阗（今新疆和田）四镇之间，传达高仙芝的军令，检查军令执行情况，了解前线态势，掌握边军战况，以文官之身经历了边塞军士艰苦卓绝的征战厮杀、流血牺牲，感受到了戍边将士保家卫国的万丈豪情。"终日见征战，连年闻鼓鼙。""男儿感忠义，万里忘越乡。""都护行营太白西，角声一动胡天晓。""功名只向马上取，真是英雄一丈夫。"这些脍炙人口的诗句从诗人笔下，更是从诗人心中喷薄而出的。在那个诗意恣肆汪洋的时代，岑参的边塞诗极大鼓舞了边关士气，为将士们紧张又单调枯燥的戍边生涯增添了一抹亮色。

遗憾的是诗人第一次出塞戍边壮志未酬便草草收场。天宝十年（751 年）秋，岑参奉高仙芝将军之命回京向朝廷汇报边情，正当他准备重返安西时，兵部传来消息，高将军在前线与大食军作战兵败，被震怒的玄宗皇帝褫夺了兵权。唐制规定，为了延揽天下英才，文人士子除了科举入仕，还可以走另一条幕府入仕的路，将帅可以自请僚属官吏，然后奏请朝廷批准履行手续。这项规定使僚属官吏与主帅之间形成了很强的依附关系。既然主帅已被解职，安西都护府岑参暂时不可能回去了。

羁京的日子过得很慢，惬意的生活难掩躁动的灵魂，岑参的心不时西出阳关，飞到了边塞。特别是与杜甫、高适等人熟悉后，每每诗词唱和，那些安西前线连天的烽火、猎猎的大纛、奔腾的战骑常常跃动于眼前。

天宝十一年（752 年），好友高适入河西节度使哥舒翰幕，这位写下《燕歌行》《塞上曲》等边塞诗名篇的诗人终于实现了从军戍边梦。

"边庭飘飖那可度，绝域苍茫更何有。杀气三时作阵云，寒声一夜传刁斗。相看白刃血纷纷，死节从来岂顾勋。君不见沙场征战苦，至今犹忆李将军！"岑参为好友感到高兴，吟诗为其送行，内心羡慕不已。

天宝十二年（753 年），颜真卿外放平原郡（今山东平原）太守，岑参挥笔写下了《送颜平原》作别。友人一个个离开长安，去一展平生抱负，实现人生理想，这让岑参更加向往再度出塞。

大丈夫当效定远侯，投笔从戎，建功异域，"安能久事笔砚乎？"每当午夜梦回，冥冥之中，岑参似乎总能听到班超的召唤。这位六百多年前的先贤弃文从武，带领三十六名慷慨忠勇之士西出阳关，经略西域三十一年，使五十五个方国重归大汉版图，打通了一度中断的古丝绸之路，为大汉立下了不世之功，被封定远侯，成为一代代后世文人戍边报国的楷模，就像一座巍巍丰碑，矗立在大唐边塞诗人的精神世界中。

天宝十三年（754 年）夏末，西域大漠终于再次向岑参张开了臂膀。当年一同在安西都护府做僚属的封常清被朝廷

任命为安西和北庭的节度使，封常清深知岑参志向远大，希望他前往北庭助自己一臂之力。

唐时的都护府，节度使为主帅，其下核心僚属为副使一人，行军司马一人，判官二人，掌书记一人。此次奔赴西域，岑参将以都护府支度判官的身份赴任北庭，由八品官擢升为从七品。诗人踌躇满志，再次带着建功西域的万丈豪情匆匆踏上了征途。

阳关古道上，又一次迎来了岑参风尘仆仆的身影，马蹄嘚嘚，踏起一片历史的烟尘。在岑参前面，张骞和他的外交团队持节而行，卫青、霍去病挥军北征，猎猎风沙，浩瀚大漠，从来都是朝中武将忠君报国、舍生取义的疆场，却也在滚滚云烟中先后驶过一丝柔媚，那是汉武帝的细君公主与解忧公主和亲的车仗。丝绸古路，商贾络绎，烽道驿站，边兵往来，无数热血儿郎心怀一腔报国之志从这里迈上漫漫征途，也有许多人让边关的风雪消磨了万丈雄心，带着满脸沧桑一身疲惫，心有不甘地从此返回故土，一如两年前的自己。岑参不知道永元十二年（100 年），班超踏着这片烟尘回归故土时是什么心情。想必应该志得意满，豪情满怀吧。当年，他踏着开辟了丝绸之路的博望侯张骞的足迹，叩关西出，建奇功于西域，那些跟随自己北征西讨的三十六名忠勇之士，都先后化作戍边的忠魂。"不敢望到酒泉郡，但愿生入玉门关。"汉和帝终于念及君臣之情，恩准其返回东都。路途所见，<u>丝</u>

绸古道上胡商往来穿梭，驿马戍卒奔忙，烽烟已熄，一片升平，壮志得酬，此心可安。虽然大漠的风沙沧桑了容颜，征战的艰辛老迈了身躯，但是烈士暮年，雄心犹在，许身报国的万丈豪情依然不减当年。所以几年后，当边关告急、西域不稳，儿子班勇便又带着一队人马，沿着当年父亲的足迹，西出阳关了。

自己崇拜班超，班超崇拜张骞。岑参一路前行，一路万千感慨，踌躇满志。经陇头、临洮（今甘肃临潭）、金城（今甘肃兰州），过凉州再次抵达了玉门关。

"敛辔遵龙汉，衔凄渡玉关。今日流沙外，垂涕念生还。"

望着巍峨的玉门关城，岑参无限感慨地想起了来济的这首诗，相较于八百年前的张骞、六百年前的班超，本朝初年来济的身影似乎更清晰一些。和张骞、班超出玉门时不同，也有别于今天自己的心境，百年前这位高宗朝的宰相西出玉门时心情是凄然的。永徽六年（655年），褚遂良因反对高宗立武昭仪为后被贬，来济多次上奏高宗为褚遂良求情而得罪武后，先被贬台州后被贬庭州（今新疆昌吉），在赴任庭州时留下了本朝第一首出关诗《出玉门》。"垂涕念生还"，这可能是当时来济最大的心愿了。然而让人始料未及的是，大漠风沙很快席卷了文官的胸中块垒，边关雄风激起了将门之后征战疆场、为国尽忠的万丈豪情。龙朔二年（662年），西突厥来犯庭州，来济统兵迎敌。"吾尝挂刑网，蒙赦性命，当以身塞责，特报国恩！"旌旗猎猎，战马嘶鸣，西军对阵，来济率兵向前杀入敌阵。将不畏死，兵必勇猛。一场恶战之后，入侵敌寇退去，来济也身中数箭战死沙场。此时，收殓其尸骸的士卒才吃惊地发现，自己的主帅竟然没穿铠甲。有人曾猜测来济因军情紧急来不及披戴铠甲，可作为一军主帅，这是无论如何也说不通的。因此又有人猜测，此时的来济已不羡慕班超"但愿生入玉门关"，也不再祈求"垂涕念生还"，他是故意不穿铠甲，去拥抱那一支支射向自己的箭矢，以死明志，取义成仁，舍身报国，让这昭昭日月与边关大漠见证一个被贬大臣的满腔热血和一片赤胆忠心。

唐高宗李治下诏追封来济为楚州刺史，将其运回家乡广陵（今江苏扬州）安葬。车辚辚，风萧萧，大雪纷飞，写下《出玉门》两年后，来济终于沿着当年出玉门的路回来了，"信而见疑，忠而被谤"，马革裹尸，他用生命捍卫了一个被贬官员的最后尊严。

与第一次赴安西都护府不同，岑参此次去北庭，到达西州（今新疆吐鲁番）后不再向西，而是一路向北翻越天山，与当年来济赴任庭州的路途高度重合。站在玉门关下，岑参看到了一去一回两个不同的来济，他感受到那个吟诵"垂涕念生还"的来济的满腔悲愤，更理解了那个灵幡引路、满身创伤躺在灵柩里的来济，舍身报国、以死尽忠何尝不是另一种意义上的壮志得酬呢？

大漠风沙能考验人的意志，边关狼烟更能淬炼人的精神，提升人的境界。

其实，岑参的第一次出塞从军，虽然奔忙辛苦但寸功未建，经历颇有些像当年的骆宾王。这位唐初四杰之首和来济同属一个时代，才华盖世，满腹经纶，偏偏命运多舛。他少时父亡家贫，数考不第，四十三岁才被封为礼部奉礼郎，后转任东台详正学士，都是在朝会祭祀时负责礼仪保障的工作人员，从九品的小吏。咸亨元年（670年），吐蕃祸乱西域，一心想建功边塞的骆宾王奏请从军获准，跟随主帅阿史那忠西出玉门，在茫茫大漠留下远征足迹和大量边塞诗。

"平生一顾重，意气溢三军。野日分戈影，天星合剑文。弓弦抱汉月，马足践胡尘。不求生入塞，唯当死报君。"虽然诗人已年过半百，但其建功边塞、为国效命的英雄气概仍如少年般盎然勃发。这首《从军行》将诗人出征前的万丈豪情抒发得淋漓尽致。"不求生入塞，唯当死抱君"，那不惜马革裹尸的一腔浩然正气，早已先于诗人顺阳关古道飞越玉门关，在广袤无垠的茫茫大漠上回旋激荡。

随后，骆宾王来了，带着这股效命疆场的浩然之气，出玉门到伊州（今新疆哈密），抵西州（今新疆吐鲁番）入铁关（今新疆铁门关），到达龟兹。诗人跟随主帅在龟兹、焉耆、于阗、疏勒这安西四镇之间纵横驰骋，东征西抚，同时用手中的笔记录下边关将士艰苦卓绝的戍边生活。在龟兹，诗人登上城楼，目送夕阳而下，感慨万千，写下了《边城落日》："紫塞流沙北，黄图灞水东。一朝辞俎豆，万里逐沙蓬。候月恒持满，寻源屡凿空。野昏边气合，烽迥戍烟通。……"在温宿（今新疆乌什），写下了《温宿城望军营》："虏地寒胶折，边城夜柝闻。兵符关帝阙，天策动将军。塞静胡笳彻，沙明楚练分。风旗翻翼影，霜剑转龙文。……"诗人也曾向北翻越天山，写下了《晚度天山有怀京邑》："忽上天山路，依然想物华。云疑上苑叶，雪似御沟花。行叹戎麾远，坐怜衣带赊。交河浮绝塞，弱水浸流沙。……"然后诗人来到了蒲类津（今新疆木垒河渡口），写下了《夕次蒲类津》："二庭归望断，万里客心愁。山路犹南属，河源自北流。晚风连朔气，新月照边秋。灶火通军壁，烽烟上戍楼。……"在雄浑昂扬的戍边生活中，诗人也曾留下了"风尘催白首，岁月损红颜""别后边庭树，相思几度攀"这类愁苦惆怅的诗句。这些诗句让后来的岑参看到了边关将士真实的戍边生活，也看到了一个真实的骆宾王。

西域的形势逐渐稳定了下来，这当然也有骆宾王的一份贡献，只是他个人寸功未立。紧张、繁忙、艰苦的戍边生涯让骆宾王渐渐意识到，理想和现实的距离非常遥远。戎马倥偬，壮志未酬，三年时光匆匆而过，虽然心有不甘，惆怅失落，但诗人那颗火热的心未曾冷却，所以当剑南道姚州（今云南姚安）发生叛乱，朝廷征调西域军队前去平叛时，骆宾王毅然决然地再次随队出征。

西域三年，骆宾王豪气冲天，足迹遍布天山南北，他来了，以一个戍边军人的身份为国尽忠，风霜雨雪，出生入死。他走了，以一个诗人的名义带走了边关夕阳，天山白雪，狼烟烽火，戍楼钟鼓，为苍茫的戈壁大漠留下了一首首不朽的壮丽诗篇。弱水、交河、疏勒、轮台、温宿城、蒲类津、玉门关纷纷入诗。很难说是他成全了大漠，还是大漠成全了他。至此，在灿烂辉煌的唐代诗坛上，雄浑苍凉、豪气干云、卫国戍边、气贯长虹的边塞诗自成一派。而边塞诗开山鼻祖的位置，将永远站着一个军旅诗人，他的名字叫骆宾王。

2

一百年后，踏着骆宾王的足迹，岑参第二次向着大漠深处走来了。不同于百年前形只影单的骆宾王，岑参的前后已经行走着一众诗人，他们如灿烂的星辰闪烁在大唐文坛的天空。

写下"五月天山雪，无花只有寒。笛中闻折柳，春色未曾看。晓战随金鼓，宵眠抱玉鞍。愿将腰下剑，直为斩楼兰"的大诗人李白来了。

写下"羌笛何须怨杨柳，春风不度玉门关"的王之涣来了。

写下"白日登山望烽火，黄昏饮马傍交河"的李颀来了。

写下"醉卧沙场君莫笑，古来征战几人回"的王翰来了。

写下"胡瓶落膊紫薄汗，碎叶城西秋月团。明敕星驰封宝剑，辞君一夜取楼兰"的王昌龄来了。

写下"大漠孤烟直，长河落日圆"的王维来了。

写下"君不见沙场征战苦，至今犹忆李将军"的高适来了。

西域，这块上苍赋予的宝地，自大汉开始便与国运紧密相连，这里面向亚欧大陆腹地，是西出中亚联通欧洲的枢纽。而当帝国转过身来，面向大洋时，这里又成为稳定的战略大后方。每一位有所作为的帝王，都不会放弃经略西域，所以这里便自然成为文臣武将纵横驰骋的广阔天地。

诗人们或游历或从军，或像颜·真卿、王维那样奉朝廷之命短暂地出使边塞巡视慰问。荒凉苍茫的千里大漠，飞沙走石的万里戈壁，因为有了这些诗人的足迹，从此便有了文化的记忆，霎时变得意义非凡起来。而在灿烂厚重的中国文化史册上，昔日的不毛之地，更是因为这些千古不朽的壮丽诗篇，顽强生长出了一片绿洲，生机勃勃，枝繁叶茂。

现在，岑参展纸提笔，又要为这片绿洲增添更加新鲜浓重的色彩了。外面的雪更大了，雪花已不是一片片一朵朵的飘舞，而是一团一团的奔涌，或许上苍积攒了一年的雪盛放不下，便一股脑地倾倒下界。换岗的士兵报告说，辕门外的旗都被冻住了。岑参沉吟着放下笔，来到府衙庭院，举目四望，天地间一派白茫茫银苍苍，山川涌雪浪，玉树披晶莹，那震古烁今的千古名句终于伴着潮涌般的诗兴喷薄而出："北风卷地白草折，胡天八月即飞雪。忽如一夜春风来，千树万树梨花开。"

我认识脚下这片古老而神奇的土地，就是从岑参这首诗开始的。我想，大概有许多人也和我一样吧，这场铺天盖地的大雪，带着岑参的盎然诗意，飘落于一代代后来人的心里梦里，一千二百六十多年来从来如是，生生不息未曾间断。

飞机从咸阳机场起飞，飞过兰州上空，过武威（古凉州）、张掖（古甘洲）、酒泉（古肃州）出玉门，空中航线竟与当年岑参等一众诗人的足迹近乎一致。机翼下，千里戈壁大漠的雄浑容颜渐渐展露出来，黑褐色延伸到天际。是的，如果有一场近乎完美的大雪，那该是何等殊胜，此时正值农历八月，时间上的巧合，让我隐隐有了一丝期盼。

从地图上看，飞过天山不久，大致就是吉木萨尔的地域了——当年的北庭都护府——岑参从军效命的地方。苦寒之地，大雪纷飞，戍边将士远离故土亲人，此情此景如何能感受到煦煦拂面的春风，满眼的梨花盛开？诗人该是以怎样的心胸气度、乐观主义精神和对明天对未来的必胜信念，来面对艰辛备至又时常有流血牺牲的戍边生涯的。

"孰知不向边庭苦，纵死犹闻侠骨香。"王维的诗句也许能很好地解释这一切。

汉唐两朝之所以在后世国人心中有着不可撼动的崇高地位，在于国风的强健。从上至下，从官方到民间，一直都是阳刚的、向上的、进取的，整个社会开放且包容、自信而自强，每个人都渴望建功立业，有一番作为。武将悍不畏死，文士尚武侠义，在这样的社会氛围中，才有了张骞凿空西域，班超投笔从戎，骆宾王、岑参、高适等一众诗人纷纷放弃京城的舒适安逸，一次次奔赴风沙漫天、大雪纷飞的边庭，走上刀光剑影、战马嘶鸣的沙场，去实现远大的人生理想和政治抱负。可以说昂扬奋进、生机勃发、开疆拓土是汉唐两朝的精神主题，其奠定了宏伟的历史基业，深刻地影响了中华民族未来的走向，在历史的天空一直闪烁着夺目光彩。

飞机钻出云层，平稳地降落阿勒泰机场。正是黄昏时分，目光所及是起起伏伏的金山（阿尔泰山脉），那黑褐色越发显得浓重了。山上无树，干燥的空气中明显有了些凛冽的寒意。这里是西北之北，比岑参所处的北庭又向北了数百里，素有中国雪都之称。八月飞雪，应该是可以的。

夜宿雪都宾馆，无梦，当然也无雪。

早晨，依旧寒凉的空气中突然透出些异样感觉，那是一丝潮湿一缕滋润，轻手轻脚地在干燥的空气中游走，小心翼翼地抚摸我几下，进而紧紧地拥抱着我。我彻底醒来，急忙跳下床拉开窗帘，惊呆在窗前。

这是雪吗？这是北庭轮台那场带着盎然诗意的雪吗？大概——是吧。这场颇有灵性的千年大雪似乎听到了我内心的呼唤，终于从岑参的世界飘落到阿勒泰，在我眼前翻飞起舞了。绵延起伏的金山峰峦如铸，翻卷的波涛瞬时被冻凝于银色海洋。绿的、黄的树上，开出一团团、一朵朵洁白的花，花丛中正飞舞着一大群银蝴蝶，似祈愿，若祝福，是昭示。我仿佛看到了，轮台军镇上岑参泼墨挥毫的身影，我更感受到了，雪都之行，是灵魂和灵魂的触摸，是心与心的交融，是精神对精神的继承。

现在，漫天风雪中真的有红色身影向我走来，一片银白中如一团跃动的火苗。他迎着家乡长白山的风雪一路奋力前行，从东北到西北一直走到阿勒泰，接受这里更大风雪的洗礼，成为阿勒泰的荣誉市民。漫漫征途，顶风冒雪。这一走便是六十多年，从朝气勃发的少年，到银丝满鬓的耄耋，只为实现他心中那个美丽的白雪梦。

他是谁？喜爱体育运动的人大概不会忘记 1998 年日本长野冬奥会。此前，中国冬奥会雪上项目奖牌数目为零，是十九岁的女运动员徐囡囡带伤出征那惊险一跳，勇夺自由式滑雪女子空中技巧银牌，从此开启中国自由式滑雪空中技巧队辉煌的奥运征程。他就是时任领队、中国滑雪队的幕后英雄——滑雪老兵单兆鉴。他 1954 年开始滑雪生涯，1957 年就在第一届全国滑雪运动会上夺得三枚金牌，1958 年成功首跳中国滑雪界具有里程碑意义的通化大跳台。1959年在全国冬季运动会上，夺得五十公里越野滑雪冠军，这是新中国滑雪运动的第一个全国冠军。自此他与雪结缘，成为新中国滑雪运动的先驱和奠基人之一，创造了一个又一个关于雪的传奇。

从长野归来，六十岁的单兆鉴退休了，他没有选择回家休息，而是继续把滑雪场当成自己的战场，以一个滑雪老兵的炽热情怀去面对新的人生挑战。

曾经，在国际滑雪界，关于人类滑雪的起源地莫衷一是，普遍的意向性观点有北欧斯堪的纳维亚起源说，俄罗斯西伯利亚起源说，中亚阿尔泰山地区起源说。

多年前，单兆鉴在其著作《怎样练习滑雪》中就曾提出，中国新疆阿勒泰可能是人类最早的滑雪起源地，现在他终于有时间进行深入研究了。他从阿勒泰地区古老的毛皮滑雪板入手，大胆假设，小心谨慎地全面求证。对国外几处有争议的滑雪起源地和国内滑雪条件较好的地区进行考察论证，从地形地貌、气象类型、大气条件等方面入手，找出雪期长、雪量大、雪质好的地区深入研究。单兆鉴认为滑雪一定是伴着当时人们生产生活需要而产生的，所以在滑雪起源地人们的生存离不开滑雪。为此，他再次开启了对阿勒泰地区的考察论证，这里有人们代代相传的滑雪狩猎歌谣《打猎人的长调》："在那高高的阿尔泰杭盖山中，身上背着柳木弓箭，双手斜推滑雪棒，脚踩红松、白松木滑雪板，滑行奔跑在松树林中，拖着山羊皮囊的，是那勇敢、灵活而又聪明的猎人啊……"歌谣中所唱松木滑雪板就是阿勒泰古老传承的手工毛皮滑雪板。对此《山海经·海内经》曾有记载，钉灵人"其民从膝已下有毛，马蹄，善走"。《三国志》记载："北丁令有马胫国……膝以下生毛，马胫马蹄，不骑马，而走疾于马。"古希腊史学家希罗多德也在《历史》一书中说，阿勒泰人在雪地中奔跑，穿的是山羊角滑雪板。阿勒泰地处滑雪的黄金纬度带北纬四十五到四十七度之间，全年降雪期长达一百七十九天，积雪期也长达一百三十多天，平均积雪厚度两米以上，雪质为滑雪顶级的粉雪。单兆鉴隐约感到，滑雪是祖先留给这片土地后来人的一笔宝贵历史财富，但是要证明人类滑雪的太阳最早是从阿勒泰升起的，似乎还缺了点儿什么。滑雪起源北欧说的主要依据是瑞典那姆特兰省发现的那块有着四千五百年历史的滑雪板，还有挪威北海域小岛发现的两千五百年前滑雪人岩画，西伯利亚起源说是因为那里发现了距今八千年的滑雪板残片。

　　单兆鉴开始了野外调查，那几年他一有时间便往山里跑，顶着酷暑，冒着严寒，收集古老的毛皮滑雪板，寻访古人曾经的生活遗迹，几乎跑遍了阿勒泰地区的山沟、峡谷、洞穴。功夫不负有心人，这天，在考古专家和当地民俗学者的带领下，一幅栩栩如生的古人滑雪围猎图呈现在单兆鉴眼前，画面上的人弓身屈腿，手持单杆雪杖，脚踏雪板呈滑行姿态，正在围猎野马野牛。经检测，位于阿勒泰汗德尕特蒙古族乡敦德布拉克洞穴内的这幅岩画绘制于一万两千年前。这一刻，单兆鉴禁不住热泪盈眶，二十年的长途跋涉、上下求索，他时常孤独地行走在阿勒泰的漫天风雪中。他放弃舒适的退休生活，只身来到西北边陲，雨里雪里，酷暑严寒，遇到过数不清的艰难困苦，他咬牙坚持下来，一如年轻时在五十公里越野赛场上。现在，他终于看到，胜利的终点就在不远的前方。

那年，洁白的雪花再次铺满阿勒泰大地，《阿勒泰宣言》横空出世。北京人民大会堂，单兆鉴以中国专家组长的身份宣布：人类的滑雪起源地在中国新疆阿勒泰。这个在国际滑雪界争议百年莫衷一是的难题，终于被中国专家破解了。消息传出，国际滑雪界为之震撼，不同国家的专家学者循声而来，他们质疑、辩论、考证，最终却都回到单兆鉴的研究路径上，经过考察论证后达成共识：中国专家的资料翔实，证据充分，论证科学，结论正确。

国际雪联主席专门致函，对中国专家团队的研究成果表示感谢并希望尽快将此成果分享到世界滑雪博物馆和广大滑雪爱好者中。世界滑雪历史协会授予单兆鉴终身成就奖。

到人类滑雪起源地去滑雪，对每一个滑雪爱好者都有着朝圣般的意义。当皑皑白雪铺满起伏的山岭，昔日苦寒寂寥的边庭之地，已然一片沸腾的雪乡。在将军山之巅，八十多

岁的单兆鉴手持单杆雪杖，脚踏两米长的古老毛皮滑雪板，仿佛穿越时空而来，他的人生是刚健的，胸襟是开阔的，目光是辽远的。他没有辜负故乡长白山的雪，更没有辜负阿勒泰的雪，如岑参没有辜负那场梨花般飞舞的大雪一样。

3

这里地处亚欧大陆腹地，属中温带大陆性气候，还有部分地区为中温带季风气候，所以，虽然远离海洋，但来自北冰洋的西北风气流和来自大西洋的西风气流仍能历尽波折先后抵达，然后迎头撞上横亘在蒙古高原西侧的阿尔泰山，再继续南下直奔天山，制造出一场又一场漫天大雪。这些大雪不仅被岑参等一众边塞诗人反复咏唱，也孕育了人类滑雪的摇篮，成就了中国雪都的美名。

阿勒泰市内的第一场雪没有站住，天晴，阳光在白绒绒的地毯上打几个滚，雪便化作涓涓细流，汇入了克兰河。公路上偶尔闪过哨兵一样的路灯杆，灯杆顶端并不是路灯，而是一排排整齐的红色荧光箭头，暴雪弥漫时，这些红色的箭头标识会在一片白茫茫的大地上为过往车辆标出道路轮廓。不知天宝十三年（754 年）的那场雪站住没有？乘车驶向新疆兵团十师一八五团时，我还在想着这个问题，那应该也是那年的第一场雪吧，第一场雪大都站不住，但也有例外，只要够寒够冷。

"散入珠帘湿罗幕，狐裘不暖锦衾薄。将军角弓不得控，都护铁衣冷难着。瀚海阑干百丈冰，愁云惨淡万里凝。"

还不够寒不够冷吗？冷得已经影响到了一向乐观的诗人的心情。望着漫天漫地的风雪，岑参不只担心武判官的行程，还开始隐隐担心自己二赴边塞的戎马生涯。这次他是以支度判官的身份，参与到北庭都护府核心领导层的。按现在的说法，支度判官大致相当于军中的后勤部长。兵马未动，粮草先行，岑参明白自己肩负的责任有多么重大。他和昔日好友现在的主帅封常清似乎都隐约预感到留给自己的时间不多了，稳定西域边陲刻不容缓。所以岑参接下来的日子注定是舍生忘死，奋不顾身的。岑参是天宝十三年（754 年）夏秋之交抵达边塞的。有一种观点认为此次回京的武判官即为岑参前任是有一定道理的，送别武判官，岑参走马上任，便先后两次翻越天山，来到西州（今新疆吐鲁番）。

这年冬天，封常清率十万大军从轮台军镇出发，先后三次向西，一次向南征讨不断进犯的大食兵和吐蕃兵，均大获全胜。岑参一次次参与到战事中，不仅写下了大量的鼓舞士气的边塞诗，作为保障后勤的支度判官，也为战役胜利做出了突出贡献。"轮台城头夜吹角，轮台城北旄头落。""轮台九月风夜吼，一川碎石大如斗。""将军金甲夜不脱，半夜军行戈相拨。""虏骑闻之应胆慑，料知短兵不敢接。""昨夜将军连晓战，蕃军只见马空鞍。"这些千古传颂的诗句，真实生动地记录下当时战场情景和诗人从军戍边报国立功的豪迈心情。

经过连番征战，西域边陲的形势终于稳定下来，所以当历史车轮驶入天宝十四年（755年）时，朝廷才能借兵西域调封常清入关参与平定"安史之乱"，岑参则以节度副使的身份继续坚守北庭。

十师一八五团组建时，没有岑参轮台镇上气派的军帐，面对着洞穴般的地窝子，我猜想，当时的兵团人可能要比天宝十三年的岑参艰苦得多。他们生产生活的地域与邻国有着五十五点五平方公里争议区，常常是前面人在种地，后面埋伏着潜伏哨武装警戒，他们亦民亦兵，劳武结合，种的是军事田，放的是政治牧，踏实履行着屯垦戍边的光荣使命。

那些年经常与暴风雪搏斗的还有萨尔吾楞村的牧民们。

帐篷外，气温降到零下四十多度，帐篷内早已滴水成冰。单薄的帐篷不保暖，早上醒来脸和鼻子上挂着一层冰霜，掀开被子，下面也是冰。黑衣扎托拉带领十几人挤在这里，破了洞的皮裤根本无法抵御刀割一样的寒冷。仅有的两条御寒棉裤，要轮流给出去放牧的人穿。吃的烤饼，在铁炉子上放一只盆，火小了烤不熟，火大了表皮烤煳了里面还是夹生的，喝的是融雪水煮黑茶。

这里是萨尔吾楞村别尔克乌冬牧场。

"我家住在界河边，祖国母亲在心间，种田放牧护国土，世世代代守边关。"这是萨尔吾楞村传承半个多世纪的村训，这里离界河最近处仅五十米，与邻国有着两片共计一百零六平方公里的争议领土，所以牧民们明白，他们种的是护国田，放的是护国牧，再艰苦再困难，也要坚持下去，寸土不让，决不后退。

后来，那一天终于到来了，对于许多人而言那天不过是个普通日子，但是对于十师一八五团和萨尔吾楞村而言那天却是值得永远载入光辉史册的。那天，国家与邻国的西北边界勘界结束，一八五团实控的阿拉克别克河以东喀拉苏自然沟以西的五十五点五平方公里的争议区和萨尔吾楞村别尔克乌九十平方公里的争议区以及科克别特十六平方公里的争议区正式进入中国版图。

这是几代戍边人披肝沥胆舍生忘死坚守的结果啊！

4

站在阿勒泰市城中的克兰河岸远眺，洁白的金山之巅让我顿悟，天宝十三年（754年）的第一场雪应该站住了。那场带着诗人盎然诗意的雪，纷纷扬扬飘落天山山头，金山之巅，被岁月挤压上历史的年轮，化作晶莹剔透的冰川，那是雪的精魂啊。

我将归去，带着大漠戈壁的一抹微尘、几粒风沙，还有金山之巅的数片雪花，这是 2023 年的第一场雪。

"中军置酒饮归客，胡琴琵琶与羌笛。纷纷暮雪下辕门，风掣红旗冻不翻。轮台东门送君去，去时雪满天山路。山回路转不见君，雪上空留马行处。"

武判官走了，把一片洁白的西域留给了岑参。这里足够辽阔，天足够高，地足够远，大漠戈壁、雪山盆地，足够诗人尽情挥洒才情，驰骋人生理想，实现政治抱负。岑参没有辜负这场大雪，更没有辜负这广阔天地，他两次出塞戍边，先后跟随高仙芝、封常清两位主帅东征西讨，为国尽忠，一展平生抱负的同时，写下了大量豪迈的边塞诗。"何幸一书生，忽蒙国士知。侧身佐戎幕，敛衽事边陲。自逐定远侯，亦著短后衣。近来能走马，不弱并州儿。""上马带吴钩，翩翩度陇头。小来思报国，不是爱封侯。"不同于那些来边塞游历的诗人，面对着大漠狼烟，战场白骨，只大而化之地叙写人类的通感。岑参的边塞诗更多深入到戍边将士的生活细节和内心感受，是一个边塞诗人独有的人生体验。他和高适一起，将边塞诗推向了新的高度，在群星璀璨的唐代诗坛独树一帜。

所以，岑参深深爱上了这片土地。蒲海晓霜，葱山夜雪，辕门落日，旌旗暮雨。他的爱是深沉的，他把这些深深刻入记忆，化作自己生命的一部分，冒着狼烟烽火，在广袤的大漠戈壁留下一行坚实足迹。一千多年来，任凭后来人追寻、凭吊、缅怀或沿着他的足迹继续一路向前。

这年秋天，初雪给新疆昌吉学院披上了洁白盛装，一个消息让女大学生加德热拉·哈布力怦然心动。她想起当过兵的爷爷给她和弟弟讲的军营故事，想起爸爸给她买的军舰模型。火热的军营生活曾经让她无限向往，蓝色的大海蕴藏着少女时期的美丽梦想，这些以前看似遥不可及的事情，似乎在一瞬间便走到了自己面前，也许这才是人生的奇妙之处吧。所以当海军招收舰员的通知在学院一发布，加德热拉毫不犹豫地抢先报名。经过体检体能测试政审，加德热拉关关通过，顺利穿上了水兵服。

"白草磨天涯，湖沙莽茫茫。"加德热拉正式迈开投笔从戎的第一步，她告别亲人，带一身边塞风雪，从西北之北的家乡风尘仆仆地出发了。她沿着当年岑参的出塞足迹一路逆行，跨越天山直入玉门关，从西北边塞到东南海防，这位哈萨克族姑娘将续写一段属于她这个时代独有的传奇。

跨入军营，加德热拉才知道，大学时的军训只是皮毛，甚至连皮毛都算不上，第一天训练下来让她明白，穿上军装，不等于自动成为一名合格军人。内务管理更加严格，叠"豆腐块"精益求精，对于一贯爱整洁的姑娘而言这不是难事，难的是一系列的体能训练。早上起床，先来一个五公里长跑，然后各种器械强化训练，加上队列操练，一整天下来，精疲力竭，瘫在床上，刚要进入梦乡，走廊里还会不时响起紧急集合的哨声。

　　苦累是必然的，加德热拉对此早有思想准备。当兵从军，不练就一身钢筋铁骨如何走向沙场。紧张有序，朝气蓬勃，这才是她向往的军营生活。加德热拉时刻提醒自己，练身体更练意志。看到考核成绩不断上升，还没来得及高兴，一个更大的困难摆在加德热拉面前，游泳是一名舰员必备的技能，可来自大西北的她，不仅毫无游泳基础，内心还对水有一丝隐隐的恐惧。为克服心理障碍，加德热拉咬着牙一次次往水里跳，别人都休息了她还在泳道里不断练习着动作要领。经过一段训练，她终于不再怕水，在一次游泳比赛中还获得了第一名。航海专业培训，加德热拉看着课程表一阵阵头晕眼花，航海基础、电工基础、航海仪器仪表加上数不清的实操课目，让加德热拉充分体会到专业知识对一个合格舰员有多么重要。除了背和记没有捷径可走，强化记忆训练，理论联系实际，加德热拉横下一条心，一定要走上军舰，成为一名优秀舰员，绝不许半途而废。二十岁正是青春好年华，只要坚持不懈努力，就没有克服不了的困难。大海、军舰、美好的梦想，一切似乎都在不远的前方向自己遥遥招手了。

　　集训结束，加德热拉·哈布力各项考核成绩优异，经过层层选拔，她终于登上了战舰，成为海军辽宁舰上的一名女舵手。这位来自西北边陲的姑娘，将驾驶人民海军的首艘航母，守护着中国的万里海疆。

“正舵，前进一，前进，前进三。”

碧海蓝天，辽阔无垠的太平洋上，驶来了威武雄壮的航母战斗群。

加德热拉·哈布力全神贯注地操作着辽宁号，清晰地重复着指挥员的口令。

平阔的海面被战舰群犁起一片片雪白的浪花，犹如诗人眼里的梨花白雪。天宝十三年（754 年）的岑参不会想到，一千两百多年后，一位哈萨克族姑娘带着大漠边关的风沙，从诗人的梨花白雪世界出走，正操纵着人民海军的首艘航母，昂首阔步地向着大洋深处，全速前进。

我在可可托海寻海

龚保华

在梦里，我遇见可可托海。极目是碧绿与湛蓝的邂逅，地平线上是飞鸟与牛羊追逐着丰美肥沃的人间好地方，这里是天地绝恋般的情义相逢。

在心底，我勾画可可托海。眉头案上将七彩渐次涂染，海天一色里海洋与草原的相融伴随着牧歌与渔火的和声，这里是幻境迷离间的天外悠扬。

未见海，临海波。心海，已浪花翻卷。

未见海，知海意。心海，已潮汐澎湃。

那是天上的草原，那是地上的银河。那是草原与银河亘古的爱情。

在此时，我面朝可可托海。仿若千万年，忽然在眼前。额尔齐斯河源头滋养，阿尔泰山脉环抱。晓风拂心事，对面竟无言。

春水润笔江做纸，朗月入怀玉凝魂。在三生三世间笔走龙蛇，在史册翻转间挥洒点染——纵横千里的江山画卷啊，从可可托海，开笔！

傲然的山峰奇石是她坚实的筋骨，优美的峡谷河流是她流动的神脉，如云的牛羊骏马是她自然的血肉——多么美好，多么美妙……额尔齐斯大峡谷林涛如歌，行板长吟；梦境中的可可苏里鸟语呢喃，天鹅渡影；伊雷木湖光波婉转，迷人斑斓；卡拉先格尔地震断裂带多维无极，妙入童话，"宝石之乡"的美誉似乐章，冬不拉旋律如风……

一声，太息；一眼，万年。

你是绿色的丛林，你是蓝色的河湾。

可是，我的可可托海啊！

海，在哪里？

风骨如斯　海在这里

一只碧色的"眼睛"，蓦然撞进我的心里，清澈欲滴、苍翠如洗。

在雄浑耸峙的阿尔泰山腹地，海子口之东、神钟山之西、可可托海镇额尔齐斯河的南岸，一个光华四射珠围翠绕的巨大深坑如天外神迹，这，就是世界级超大型稀有金属矿脉、地质学者心目中的"地质圣坑"——可可托海三号矿脉。坑壁上岁月留下的十三层呈螺旋状的盘山运矿车道，如一串串盘旋着的时光雕刻的项链，缠绕在世纪美人骄傲的锁骨上。

矿坑底部积有一池碧水，犹如一颗巨型翡翠般的"眼睛"，镶嵌其中，闪烁其里。

而今，我与这"眼睛"似的一池碧水对视。池水静静淡默，更无一丝波纹。恍惚间身入凡·高画境如梦飞旋斗转星移，十三层环环穿透直达地心。巨大的矿坑气势壮观恢宏，置身于此使人穿越时空，仿若梦临古罗马的角斗场。于无声处却得山呼海啸，鼓角铮鸣，千军呐喊，万马奔腾。

她是国家的英雄矿、功勋矿啊！她在新中国艰苦创业的建设时期做出了不可磨灭的重要贡献，和国家的命运息息相关。在"两弹一星"的成功发射及国防建设上有她浓墨重彩的荣耀；在中国自行研制的第一颗人造卫星"东方红一号"上，也有她闪耀的光芒。她，被列入各国地质教科书，享誉国际。

可可托海三号矿脉是全球地质界公认的"天然地质博物馆"，更是无可争议的"中国聚宝盆"。她是地球世纪焰火带给人类的无比惊喜，更是哈萨克族老阿肯琴音中永远流传的诗篇。在她的胸怀中，各种矿物呈十分规则的螺旋带状分布，分布界线非常清晰。其规模之大、矿种之多、品位之高、储量之丰富、层次之分明、开采规模之大，国内独有、世界罕见。最令人惊喜的是这个草帽形的矿脉，在矿坑四周仍有大量未被挖掘的资源。

她惊人的传奇，还有待续写。

她绝世的姿容，仍青春不老。

我的可可托海啊，风骨如斯。海在这里。

风流如斯　海在这里

行走在阿依果孜矿洞悠深的矿道里，犹如推开莫测的神秘之门，浮沉在时光隧道一般的曲折迷宫中，思绪不觉跌入年轮的轮回封印。抚摸矿壁五光十色的点点珠光，贴近矿壁斑驳沧桑的疤痕，倾听似从远古传来的洪荒回响，心中，是无比的静谧。

点点星光入眼，那是美丽无双令人迷醉的海兰宝吗？还是格调神秘的紫罗兰？绿柱石、石榴子石、芙蓉石、水晶、紫牙钨依稀闪亮，告诉我吧，繁星之中，是哪一颗，化作升腾的蘑菇云，直上九天？是哪一颗，为了亲爱的祖国，插入天际？

迷离间，地上的宝石流淌成漫天的银河，在星际中眨眼。脑海中突然有了这样的一个念头：这里，阿里巴巴曾经来过吧？矿洞里的回声，是"芝麻开门，芝麻开门"吧！也许再过一会儿，阿里巴巴就会身背装满宝贝的硕大口袋，出现在我的面前。也许下一刻，还有阿拉丁手捧神灯，穿越时空探宝而来。

额尔齐斯河的河卵石堆砌着遥远的思念，清澈的溪流带不走姑娘缠绵的心事。古河道轻轻呢喃着英俊小伙子海拉提的歌声，他与哪一位美丽的阿依古丽站成了永远的夫妻树？我知道，那一片片新生的小树，环环围抱的是他们温暖的家。

伊雷木湖是位多情的女子，她美丽的名字是"漩涡"。就像一首歌里唱的——她的眉毛像弯月，她的腰身像绵柳，她的小嘴很多情，眼睛能使你发抖……一不小心，你就会跌进她迷人的"漩涡"里。她不是阿拉木汗，深藏的巨大"8"字形是她曼妙的身姿，登山俯瞰，恰似一块巨大湛蓝的海蓝宝石。

她是大自然赐予可可托海的湖之仙女哦！敦煌飞天般的舞步里，雪都之城滑雪板流星般纷飞，悠扬的长调在雪山之巅的第一块滑雪板上飘荡成行。

在远古的壁画上投影辉映。

滴落在今年的第一片格桑花瓣上。

我的可可托海啊，风流如斯。海，在这里。

风格如斯　海在这里

有美一人，清扬婉兮。

有美一人，遗世独立。

在可可托海地质陈列馆里，迄今世界上发现的唯一一块额尔齐斯石在这里独舞弄清影，孑立引豪光。这块半透明玻璃状矿石的发现者是"在野外的时间比在家多，与石头在一起的时间比跟爱人孩子在一起多"的韩凤鸣。当年，在额尔齐斯河畔，韩凤鸣发现了一块拳头大小的白色半透明自然晶体。1983 年，国际矿物协会签发了文件，确认其为世界上首次发现的新矿物，且目前世界上仅此一块。因发现于额尔齐斯河流域，韩凤鸣将其命名为额尔齐斯石。

邂逅，适我愿兮。或许，就是为了彰显她的举世无双；或许，就是为了突出她的不与人同。发现额尔齐斯石后，人们几经努力，但至今再没有找到过这种矿物。这枚已仅余指甲盖大小的额尔齐斯石，现在是可可托海地质陈列馆的"镇馆之宝"。

这块价值连城、举世闻名的额尔齐斯石被风尘淹没在大地上的时候，姿容就是矿脉中一块无名的石头，她掀起半透明的面纱回眸于额尔齐斯河边，举世初展。韩凤鸣地质锤的一记敲打，宣告了一种新矿物的发现。他说："我喝着额尔齐斯河水，在额尔齐斯河边工作，它又是在额尔齐斯河流域发现的，就叫额尔齐斯石吧。"韩凤鸣和一位同事还曾在可可托海发现了另一种新矿物——以阿尔泰山命名的阿山矿。此外，他还是国内第一个发现石川石的人。

额尔齐斯石的发现，使得世界矿物家族中增加了一名新成员。她是矿物中的精灵，其更高的价值在于学术、在于科研。在目前只有韩凤鸣发现的这一块额尔齐斯石是已知的，其价值当然无法用金钱来衡量。正如韩凤鸣所说："在可可托海、额尔齐斯河流域、阿尔泰山山脉中肯定还有，但是在哪里？目前尚不知道。或许经过探索我们还会发现更多的额尔齐斯石。"

是的，还有另外的她、她和她们，隐入尘烟，沉睡洪荒，尚待从远古中醒来，揭开面纱，显现真容。

现在，这块稀世珍宝、目前世界唯一的额尔齐斯石静静地躺在玻璃柜里，晶莹剔透，在时光里，展露着绝世的芳华。

她是独属于可可托海的荣耀。

她是自然的结晶。

她的解语——无它，独一无二。

我的可可托海啊，风格如斯。海，在这里。

风情如斯　海在这里

可可苏里是"蓝色的湖"。

她是上天撒落的一串珍珠。

都说可可苏里这几个字排列在一起，就诗意盎然。仅可可苏里这个名字，就是一景。毡房炊烟的袅袅数笔，就完成了一幅边塞牧歌图。

传说中，可可苏里遥远的天际住着一位仙女苏珊。朦胧传奇的故事中，当然会有英俊少年策马长吟，向美丽少女倾

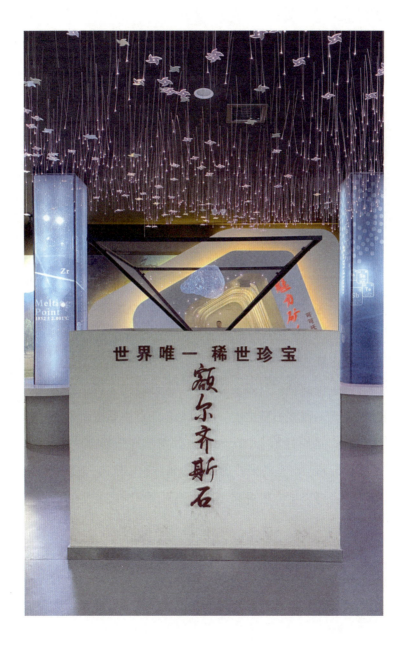

诉爱情。少年布勒特尔邀请苏珊到他的家乡，到草原上去歌唱、去舞蹈……苏珊翩然踏云，欲从心寻踪。少女的父亲告诫苏珊，布勒特尔是人间的一只黑天鹅，若随他而去，按照天条，苏珊将化为鸟身。少女选择了爱情，不顾一切愿随爱人前去凡间。迈出天门的瞬间，年轻的姑娘果然变成了一只洁白的天鹅。天鹅公主天地追寻，但见一只黑天鹅正在蓝天绿水间凝视自己。苏珊轻声对爱人说："能与你在一起，我但死而无憾。"

和童话里一样，从此，苏珊与布勒特尔相亲相爱地生活在美丽的可可苏里。从此，"天鹅湖"这个水乡泽国成为鸟儿的天堂。这，就是成就人间佳话的一场"姑娘追"吧！

冬不拉轻弹，声声说爱情。看呀，孤峰耸立，一钟向天。阿尔泰山景之最、"钟爱一生"的神钟山向你诉说的是情定终身。俏生生的萨拉姑娘长睫低垂，头纱缤纷飞舞，绝美的侧颜被时光刻印在石壁之上。那阿米尔与萨拉姑娘牵手走过的爱情桥，是岁月不老、天河难隔的情不知所起，一往而深。那秀美云杉与巨型花岗石形成的奇景"长相依"，是生者可以死，死者可以生，生可与之同死，死而可为之复生的情之至也。

再观神钟山对面，巨壁上突现而出精灵似的"爱情吉普"直向额尔齐斯河源头驶去。它从哪个世纪几维空间的时光隧道穿梭而来？又载着哪对神仙眷侣驶向何方？此时，无人能

按动喇叭；此刻，甚至不能高声私语；此景，唯恐惊了天上
人吧。

有山云中舞，有车山中来。

问车何所往，额尔齐斯源。

我的可可托海啊，风情如斯。海，在这里。

风光如斯　海在这里

这是红宝石般璀璨夺目承载了光荣与梦想的可可托海。

这是石榴籽般亲密无间赓续着团结与奉献的可可托海。

按下代表可可托海的荣耀、英雄的功勋三号矿脉不表，
可可托海矿区的"长子"——一矿，戴宝石项链的库儒尔特
峰——二矿，国家找矿的重点靶区——四矿……可可托海处
处都有不朽的传奇。她不仅刻印着历史凝固的诗行，更书写
着崭新的时代华章。

可可托海有精神寄托，可可托海有信念支撑。

那，就是博大的家国情怀。

那，就是崇高的风骨力量。

还记得可可托海象征之一的那座老木桥吧。见证历史的
老木桥默默无言，多少年来，无论额尔齐斯河水奔流过往，
无论阿尔泰山巅风霜雨雪，无论日月星辰苍老了谁的容颜，
老木桥承载着时光的脚步，思绪如长长的葡萄藤儿在桥头缠

绕，它静静陪伴在可可托海三号矿脉旁，相知相守，不离不弃。

碧玺波心，可可托海三号矿脉中心那只碧绿凝眸、情深似水的"眼睛"，累积千年的晶莹剔透，润湿了千年黑云母的瞳孔，如海蓝，如水晶，如芙蓉，如石榴，也如新疆独有的金丝玉，欲语欲叹，欲泪欲滴。汇成江河，深情成海。

心融涛涛葵花海，身化暖暖牧羊鞭。

采摘朵朵天山雪，不辞拳拳格桑恋。

这里，是中国西北边陲雄鸡版图骄傲上翘的尾尖。可可托海动人的故事，历久弥香，辉煌待续。岁月流逝，精神不老。

你是绿色的丛林，你是蓝色的河湾。

我的可可托海啊！

海，在哪里？

一声，太息；一眼，万年。

风光如斯。海，在这里。

阿勒泰的果实

赵连伟

新疆盛产果实。

"吐鲁番的葡萄哈密的瓜，叶城的石榴人人夸，库尔勒的香梨甲天下，伊犁的苹果顶呱呱，阿图什的无花果名声大，下野地的西瓜甜又沙。"新疆独特的地理位置、气候环境、日照时间，孕育出天山南北香甜多汁的美果，大美新疆，瓜果飘香。

二○二三年九月，我第一次来到北疆之北的阿勒泰，正赶上瓜熟果甜时。在公路两旁的田地里、在额尔齐斯大峡谷、在白桦林中、在参观的院落里，我见到了形神各异的果实。

沙　棘

在长白山腹地的临江市，我几次见到成片种植的沙棘。橙黄色或橘红色比黄豆粒略大的沙棘果，排列得那么密集，犹如大马哈鱼子贴在树枝上，你几乎看不清被果实覆盖住的树枝。沙棘和大马哈鱼，一个是植物，一个是动物，但沙棘果和大马哈鱼子，却让我联想到它们的繁殖理念是相同的，就是以种卵数量上的绝对优势，赢得繁衍生存竞争上的优势。

当我来到阿勒泰，才知道这里才是沙棘的故乡。在戈壁滩、在山林中，不时能见到野生沙棘活化石般的身影。而在阿勒泰地区人工种植的从俄罗斯引种过来的大果沙棘，有近三十万亩。

据博物学家王仁老师介绍，从俄罗斯引种的大果沙棘，最早是从阿勒泰地区引入到俄罗斯的。几十年前，苏联一直为宇航员寻找一种抗辐射的太空食品。后来，阿勒泰地区的野生沙棘进入他们的视野。通过对沙棘果做分析化验，证明沙棘果中含有的人体所需的营养成分和微量元素高于其他水果，且具有非常好的抗辐射作用。他们发现这种植物后如获至宝，拿到苏联进行品种选育改良，使果实更大、产量更多。

由于他们培育出的品种果大、产量高，最近十来年，我国又从俄罗斯引种过来，叫俄罗斯大果沙棘。看来，在阿勒泰种植的俄罗斯大果沙棘属于"海归植物"。

沙棘果实富含多种维生素、油和脂肪酸、有机酸及酚类、三萜及甾醇、黄酮类化合物、蛋白质和氨基酸、微量元素和其他生物活性物质，特别是维生素 C 的含量极高，有"维 C 之王"的美誉。适量食用沙棘果，能补充更多营养，提高人体抗病能力。

沙棘果除了鲜食，还被用于加工制作沙棘果汁、沙棘粉、沙棘果油、沙棘果酱、沙棘酒、沙棘保健醋等多种食品。阿勒泰的一些企业已形成大果沙棘种植、研发、深加工和营销的完整产业链。产品除供应国内市场外，还远销欧洲、俄罗斯、日本等。

沙棘不但结果多，营养丰富，还耐干旱、耐瘠薄、耐寒、耐盐碱、耐风沙。它的根系非常发达，纵横交织，根系上的根瘤菌能将空气中的氮转化为氮肥，源源不断地供给地上部，使之枝繁叶茂。人们形容它是："地下像一张网，地上像一把伞。"它与沙拐枣、梭梭等，成为防风固沙、保水保土、改良土壤的优选树种，发挥着出色的生态功能。

中国是世界上利用沙棘最早的国家，早在八世纪医学名著《月王药诊》《四部医典》中，就有沙棘果的记载。沙棘果原产于新疆，因其耐风沙水湿，枝上长刺，故名沙棘。《中医大辞典》记载："沙棘果有活血散瘀、化痰宽胸、补脾健胃、生津止渴、清热止泻之功效。"

阿勒泰地区林科所，是新疆最早开展沙棘研究工作的科研单位。早在一九八七年，他们在地区科学技术委员会的支持下，就开始了对阿勒泰野生沙棘资源的调查与分析工作。此后，又从俄罗斯引进了十多种大果沙棘优良品种，在阿勒泰繁殖推广。如今，阿勒泰大果沙棘已蜚声海内外，成了当地农牧民致富的"金豆豆"。那天傍晚，我采访完阿勒泰地区林科所高级工程师王健老师，临别时，他送我两束结满果实的沙棘树枝，犹如两束开满橘黄色小花朵的鲜花，和窗外的霞光一起，辉映着我俩的笑脸。对一个喜爱植物的人来说，这是最珍贵的礼物。回宾馆的车上，我观察着枝条上那些晶莹玲珑的沙棘果，恍似有着呼吸的生命，忍不住用手抚摸它们，立刻被枝上隐藏的枝刺刺痛了一下。生活中无处不在的攻击与防御，就在此刻发生了，此时的沙棘像刺猬一样，守中有攻。

这让我联想起长白山区一些挂果的植物，像山梨、山楂、山荆子、山刺玫、山杏、鼠李、黄芦木等，都长有枝刺或皮刺。有些植物在漫长的进化过程中，为了自身的生存繁衍，演化出一种防身术，用刺来阻挡鸟类或动物掠食自己的果实，至少不让它们一次性吃光，这样有利于种子传播得更广更远。这分明是植物的一种生存智慧。植物的智慧实施起来非常缓慢，他们用很多年来完成一种计谋。在一些傲慢的人类眼里，智慧是人类的专利，他们从不相信植物，甚至包括动物会有什么智慧，而我始终相信万物有灵。

因为沙棘有刺，加之它的果柄很短很结实，不爱脱落，采摘果实是个难事儿。通常等到上冻后，在树下铺上塑料布，然后拿棒子使劲儿敲打树干，果实就噼里啪啦急雨般落在塑料布上。这时的浆果还冻着，不会烂，也摔不坏。

沙棘果霜打上冻后，会变甜一些。世界上苦与甜的转换随时都在发生，悲与喜的交替每天都在上演。

向日葵

长白山区很少有大面积种植向日葵的。常见的是，人们在院子里、菜地边，会有意种上几棵向日葵，为的是在猫冬过年期间，一家人团圆或亲友相互串门时，边嗑瓜子边唠嗑，嘴里有个嚼头。还有层用意是，山区百姓喜爱它开花的样子。高挺的枝干擎着硕大的花盘，总是立在农院内外显眼的位置，宛如一棵棵小迎客松，代表主人向来往路过的人传递着友好和欢迎之意。当太阳出来的时候，它们盛开的花盘仿佛总是给见到它的人送去温馨的微笑。在辛劳枯燥的农忙时节，它们给一家人平添了一份喜庆与欢快。它们和房前屋后的果树一样，近似于广义的家庭成员，或可称之为植物宠物。

对向日葵的回忆，一下子显影了我八九岁时的记忆底片——

随着向日葵果实的成熟，葵花子的香味四溢，平时生活在山中的鸟儿嗅觉极其灵敏，会寻味飞来。那天中午放学回来，我观察到房后园子里有两只豆蜡子（学名黑尾蜡嘴雀、黑头蜡嘴雀，喙呈圆锥形，像打了层黄色的蜡，故名蜡嘴雀。因为它的喙特别有力，可把黄豆轻易嚼碎食用，俗称豆蜡子），它们十分机警，一边用黄色的喙啄食葵盘上的葵花

子，一边用贼溜溜的黑眼睛向周围扫描。其中一只很快发现，窗玻璃内有个小孩儿用惊喜的眼神在窥视着它们，惊叫一声，扑啦啦飞走了。另一只听到同伴的叫声，紧随其后也飞走了。

豆蜡子身肥心大，捕到它以后，装进鸟笼子里，只要有食儿有水，它一样能凑合着活下来。刚刚飞走的豆蜡子，让我立刻想到四爷家的贵荣叔曾捕到一只豆蜡子，粗大蜡黄的嘴巴，黑灰相间的羽毛，在鸟笼子里欢蹦乱跳的，令人羡慕。勾起了我也想捕获一只属于自己的豆蜡子，并把它好好养起来的野心和虚荣心。

家里有现成的马尾（音"椅"）子（马尾巴上单根的长毛），我早已跟大人们学会了用马尾子编套套鸟的方法。那时候人们普遍没有很强的保护野生动物的意识。当天晚上，我借着十五瓦电灯泡不太明亮、微微泛红的灯光，编了个马尾子套，分两组，分别等间隔系在两根长木棍上。

那天晚上尽管我没失眠，但脑海里不停地预演着捕鸟养鸟的美好图景，兴奋得很晚才睡着。我做了一个梦：中午放学回来，发现一只豆蜡子被系在葵花叶柄上的一组马尾子套套住了。我兴奋得赶紧打开厨房后窗，跳到园子里，搬来木凳，站在木凳上伸手去抓这只拼命挣扎乱飞的豆蜡子，抓了几下都没抓着，等我就要抓住它的时候，它却挣断了套在一条腿上的马尾子套飞走了。

早晨醒来，因为这个落空的梦，我的心情有些空落落的。

记得奶奶曾说过，梦都是反的。想到这儿，我又有了信心。我赶忙蹬开被子，一骨碌爬起来，穿上衣服，拿着准备好的两排马尾子套，来到热气腾腾的厨房后窗前。此时，小锅里的大米稀粥已不再翻滚挣扎，母亲正俯着身子往芸豆炖土豆的铁锅上贴一圈苞米面饼。奶奶忙着给刚从圈里放出来的鸡鸭鹅们准备饲料，见我搬凳子要跳后窗，赶忙嘱咐我："加小心啊，别摔着了。"我边答应着，边越过窗子来到园子里。选好两对紧挨着的向日葵，搬来园中那个常年被风吹日晒雨淋得表面像土地模样，但依旧坚硬的长方形木凳，借着它的高度，抓紧利用上学前的时间，分别把两组马尾子套布设完。清晨的太阳好似刚从被窝里爬出来，正揉着惺忪的睡眼，一点儿也不晒人。各种叶子上饱满欲滴的露珠，被斜射过来的柔和阳光，抚照得珠宝般晶莹闪亮。露水淋过的蔬菜、杂草和果树，散发出一种清新的气息，好似被清洗过的空气，不断涌入我的鼻腔。此时园中没有鸟儿，显得异常静谧。但我知道等早饭后，家人们都出门干活儿去了，那时鸟儿准会来。那些快熟透的葵花子，如同新鲜的鱼饵，豆蜡子们是禁不住诱惑的。

一上午的课程，我心不在焉。最后一节课下课的铃声终于拉响了，我把课本、文具往书桌里一塞，冲出教室，一路小跑往家赶。

进了家门，匆匆来到外屋窗前。我一上午都在期待着，至少会套住一只豆腊子，可眼前的一幕完全出乎我的意料。一只蓝大胆（学名叫普通鹌）被马尾子套套住了脖子，不过它已经死了。尽管蓝大胆体型要比豆蜡子瘦小得多，甚至比麻雀还要小，可它天生胆大，生性活泼，遇到人时也不惊慌，依然挂在树干上，不停地向人张望。再加上它身披蓝灰色羽毛，故得名蓝大胆。可今天这只蓝大胆，却因它的大胆而付出了生命的代价。

我赶紧把勒住它的马尾子套解开，轻轻地把它握在我的手心里，渴望着将手心里的温暖和我的脉搏传导给它，令它已停止跳动的心脏能够重新启动，已僵硬的肉体能够恢复活力。可这注定是一个少年式的幻想。这只小鸟只能以另一种方式活在我的记忆深处。但它毕竟曾转世为鸟，在这个世界上活过一回。

以后的日子里，园子里的这些向日葵尽管越来越成熟，葵盘周围的舌状花瓣已开始枯萎，却再也不见野鸟们光临。一只鸟的死亡如同一声敲响的警钟，不知这声音会在其他鸟儿的神经系统中鸣响多久？

几十年过去了，这只死去的蓝大胆似乎在我的记忆里早已被抹掉。然而，当我来到阿勒泰，见到公路边不时重复出现的大片向日葵时，恍然间仿佛得到了某种神启，终于将那段沉睡的记忆唤醒。那只死去的小鸟，仿佛又复活了。

尽管我是第一次见到阿勒泰的向日葵，却顿生亲切和感激之情。最初是通过读李娟的《遥远的向日葵地》，脑海中生出令人向往的神秘辽阔的阿勒泰向日葵地。而今，实地目睹后，感觉有些地方的向日葵，仿佛是散布在村里村外的游击小分队，而阿勒泰的向日葵多为集团军规模的巨型方阵，随时接受着公路上乘车人的检阅。

　　阿勒泰最常见的是食用的向日葵。由于阿勒泰地处黄金纬度，日照充足，因此结出的瓜子粒大饱满，清香酥脆，肉质醇厚。当地生产的很多瓜子，更是深受众多消费者的喜爱。这种向日葵到秋天快要收割时，都是耷拉着头，必须让它们抬起头，面向太阳，尽快晒干，晒干后才便于脱粒机脱粒（二十年前小面积种植，靠人工敲打脱粒的，现在基本没有了）。为此，当地人摸索出一套能够就地取材的方法，用镰刀或菜刀将花盘砍下，再把剩下的花秆砍去一大截，只留下一米多高的光茬秆，然后把花盘稳稳地插在光秆上。此时的花盘被违背意志强制性地朝向天空中一个固定方向，向日葵变成了向天葵。

　　阿勒泰还有种用于榨葵花子油的向日葵，叫油葵。它的花盘比较小，瓜子也小，但含油量高。

　　阿勒泰还有几种观赏性的向日葵，能长到两三米高。开的花儿五颜六色，有黄色、橙黄色、紫红色、褐色、暗紫色等。

　　七月下旬，是阿勒泰葵花盛开的季节。万亩葵花，逐日绽放，花开成海，这是一场令人震撼的大自然的集体朝圣。尽管这种葵花汇集在一起的盛大场面，是人类包办促成的，但它们的花什么时候开，朝向谁开，却是它们自由又仿佛是统一的选择。由此，你恍若看到了大自然都有自己的信仰。

黑加仑

乘坐中巴车进入额尔齐斯大峡谷，公路与额尔齐斯河恰似两条相互纠缠的长蛇，共同向目的地神钟山延伸。这里几近额尔齐斯河源头，透过车窗，可一路欣赏这条神奇的河。正是它，滋养着四千多公里广大流域内的万物生灵。尽管人类给它背负着许多沉重的历史、美妙的传说，也难以干扰和阻挡它清纯的天性和流向大海的初心。河两岸出镜率最高的是杨柳，叶子已染上了微黄，距上演绎烂秋色的高潮剧还得有十天左右，我们来得早了点儿。你可以随时来这里看山、看水，但大自然的节目单不会为任何一个人更改，大山的画笔从不停歇，大河的流水永不回头，在大自然的眼里，没有尊卑等级，一视同仁。

我们在一处叫"夫妻树"的景点停下来。前方山脚下，一棵西伯利亚云杉和一棵白桦紧挨在一起生长。这种松树和桦树相伴生长的现象，在长白山海拔约一千八百米的针叶林带与岳桦林带的交界区域，比较常见，被称为"松桦恋"。而在"夫妻树"的前方，是一大片黑加仑果园，种植着一排排一米多高的黑加仑灌木。我第一个走下木栈道，闯进果园中寻找黑加仑果实，很快在枝叶丛中找到了小黑球果。放进嘴里尝尝，偏酸略甜，浆汁充足。我分几串给同伴们品尝。

黑加仑学名黑茶藨子，又叫黑果茶藨、黑穗醋栗、旱葡萄、黑豆果等，属于落叶直立灌木，通常高一到两米。喜光，耐寒，耐贫瘠，通常生长在湿润的谷底、沟边或坡地上云杉林、落叶松林以及针阔混交林下。

七月中旬，果实开始逐渐成熟。新鲜的黑加仑果颜色是黑色或深紫色，圆润丰满，没有核，果肉细腻多汁，有种清新自然的味道。果实表面有层白色的果粉，这是一种天然的保护层，可防止水分流失和细菌侵入。

黑加仑果实含有多种维生素、磷、镁、钾、钙等活性矿物质，以及花青素、糖、有机酸和特殊芳香成分。可增强人体免疫力，保护牙龈、肝脏和视力等。它还含有丰富的亚麻酸、亚油酸等物质，可保护心脏血管，降低血压和血脂等。具有很高的营养和药用价值。黑加仑果可生食，还可做果汁、果酒、果酱、果糕、果脯及保健品等。

黑加仑的野生种主要分布在欧洲和亚洲。十六世纪开始在英国、荷兰、德国驯化栽培，至今只有四百余年历史。有关黑加仑栽培的首次记录，出自英国十七世纪初的药物志上，因为它的果实和叶片的药用价值而受到重视。

中国新疆是黑加仑的原产地之一，在新疆北部的部分逆温带地区，分布有较大面积的野生黑加仑。当地百姓已有数百年的采食历史。据新疆人民出版社出版的《新疆植物检索表》记载，新疆的黑加仑有七个野生种，主要分布在阿尔泰山和天山山区。但二十世纪九十年代以前，新疆没有人工栽培的历史。一九九二年，在塔额盆地，当地农业科技人员潜心研究国内外黑加仑栽培技术，当年引进波兰黑加仑优良种苗，与本地野生黑加仑进行嫁接，经过六年的艰苦努力，成功培育出适宜新疆大面积种植的高产优质黑加仑品种——塔丰一号、塔丰二号。从那时起，阿勒泰地区也逐渐扩大种植面积，黑加仑产业渐成规模。

黑加仑鲜果在国内市场上比较少见，经常被误认为是蓝莓。通常大众见得最多的，是黑加仑制成的果汁、果酱等。在新疆有种黑加仑葡萄干，它是由黑玫瑰葡萄晾晒而成，只是外形与黑加仑比较相似，所以才被命名为黑加仑葡萄干。而真正的黑加仑价钱比黑加仑葡萄干贵十倍左右，营养价值也高得多。

景区导游见我们在品尝黑加仑果，便炫耀起他已讲解过无数遍的水果知识："通常把水果分成三代。第一代水果，指人工选育栽培的传统水果，栽培历史一般都在几百年或千年以上，主要包括苹果、梨、桃、葡萄、橘子等。第二代水果，特指近一百年以来人工栽培的野生山果，主要有猕猴桃、草莓、山楂等。第三代水果，指大量分布于荒山野岭，尚未被广泛开发利用的野生山果，和一些新开发出的优特水果，典型的就是沙棘、刺梨、黑加仑、树莓。第三代水果个头都比较小，而被人们看作小果、杂果、野果。"

"黑加仑属于第三代水果。"他又得意地重复一句。

未来一定会有第四代水果。鸟类和动物想采食猎食野果野味，只能依靠自己的翅膀、腿和嘴，进行简单直接的生产劳动。而聪明智慧的人类可对那些可食可用度高的野生动物、野生植物进行驯化，经长期饲养或培育，而逐渐改变它们原来的生长环境和习性，成为家畜家禽或栽培植物。从人类驯化出第一种家禽、栽培出第一种谷物或蔬菜开始，预示着人类的生产生活将发生根本性改变，从此彻底告别与野兽为伍的时代，真正开启属于人类自己的新时代。而随着人类驯化的野生动物、植物种类数量的不断增多，人类生活水平随之得到改善和提升，人类与它们之间似乎渐渐有了感情，不时会生出感恩之心，因为毕竟是它们养活了人类，人类理应感恩。

而伴随着储存和运输手段的不断进步，人们能够品尝到不同地域的新鲜果蔬和美味食品。从此，寻常百姓也能吃到曾经是专供"妃子笑"的岭南荔枝。

驯化与野性历来是一对矛盾。人类想驯化某种野果，往往是贪念它独特的山野味道、营养成分，以及最终由此带来的经济价值。但如果过度过快地追求经济利益，只能采取一些完全违背野果天性的手段，比如注入农药、施加化肥等，一旦开始埋下贪婪变质的种子，终究结不出纯然美味的果实。就如同一条本来十分清澈的河，由于人类不断地排入各种污水，最终使它变成了一条污浊的河。河流是无辜的，人类是有罪的。

我想起长白山有种藤本植物叫软枣猕猴桃，老百姓称它的果实为圆枣子，它自带野果的独特味道。每年秋季，都有山民背筐进山里采摘它，到集市上卖。我尤其喜爱它浆汁充足、甜软略涩的独特口感。近年来，有些人看到它有利可图，便开始培育它，并取得成功。这本是件好事，可为了追求产量，某些人便开始注入一些不该注入的东西，结果是人工培植的果实，个头普遍变大了，且几乎都是整整齐齐同样大小，看起来呆头呆脑的，好像真的被人类驯服了一样。虽然产量提高了，却失去了山中圆枣子自带的那种山野味道。我一见它们的长相，就产生一种本能的抵触，我不喜欢吃这种人工培植的所谓野果，怕久而久之，破坏了我对野生圆枣子的美好的味蕾记忆。

我希望阿勒泰的黑加仑能够一直保有属于它的天然味道。

黑果枸杞

如同提到人参会想到长白山，提到枸杞、黑果枸杞，人们自然会想到宁夏。人们日常食用和药用的枸杞子，多为宁夏枸杞的果实"枸杞子"。宁夏枸杞是唯一载入《中华人民共和国药典（2010 年版）》的品种。阿勒泰在枸杞的种植规模、加工能力等方面，虽不如宁夏，但宁夏有的品种，阿勒泰也有，尤其是黑果枸杞。

黑果枸杞是茄科枸杞属多棘刺的灌木，它的浆果球状、紫黑色。主要分布于中国陕西、宁夏、甘肃、青海、新疆和西藏等省区。从前些年开始，黑果枸杞被炒得很火，阿勒泰地区有不少人开始种植它，还有的人大量采集收购野生黑果枸杞。

黑果枸杞营养和药用价值很高。经测定，黑果枸杞含有十七种氨基酸，十三种微量元素，其中钙、镁、铜、锌、铁的含量，高于红枸杞，所含维生素和脂肪远高于红枸杞。黑果枸杞最突出的成分为花青素。花青素是很好的色素颜料，更是一种强效的抗氧化剂，有利于增强血管弹性，抑制过敏及炎症。

相传周宣王时期，北方的猃狁部落举兵来袭。宣王数次发兵征伐，屡屡受挫，遂派名将南仲前往朔方驻守边疆。南仲在朔方御敌之时，不慎因伤身染恶疾，药石无医。幸遇一老者赠玄色枸杞，得之日日嚼食，身轻而愈。时至猃狁大败，得胜而归，献枸杞于宣王。宣王食之，大悦，赞其味甘健体，乃天之神果，遂将玄色定为天子之色。

由于黑果枸杞的营养价值和药用价值，近年来在市场上很受追捧，价格一路飙升。一些利益追逐者开始疯狂采摘，有的在果实还未成熟时，就全部摘下。更有甚者，将黑果枸杞连根拔起，运回家进行采摘。这些疯狂举动，不仅对黑果枸杞的再生长产生了几乎毁灭性影响，对当地的生态环境也造成严重破坏。目前，国家已将黑果枸杞列为二级保护植物，各地政府对保护野生黑果枸杞高度重视，采取了有力有效措施，坚决刹住破坏性采摘风。

其实，黑果枸杞的生态价值也十分突出。黑果枸杞是西北荒漠戈壁地区主要建群植物之一，多生长在盐碱地、盐化沙地、河湖沿岸、干河床和路旁，自然生境条件一般较为严酷。它具有抗逆性强、萌生能力强、耐寒、耐高温、耐盐碱、耐干旱的生物学特性，在荒漠戈壁、荒山荒坡上能形成灌丛，在防风固沙、保持水土方面，它一直是默默的挑战者和奉献者。

当人们看重黑果枸杞的生态价值时，就会想尽办法保护它们。而当一些人觊觎黑果枸杞的经济价值时，便不顾它们的死活，想办法采摘甚至拔走它们。类似黑果枸杞这样的珍稀植物，它们仿佛是一个寓言中的稀世珍宝，从被人类发现的那天起，便一直在保护与占有、善意与邪念之间被撕扯着、争夺着，它们因为人类一颗不安分的心，而不得安宁。

黑果枸杞的未来，寄希望于各级相关部门对珍稀植物保护法规的认真执行，对违法行为的严惩不贷，以及通过广泛深入宣传，全民生态环保意识的普遍提高。同时，也寄希望于人工种植黑果枸杞获得全面成功。那时，黑果枸杞的市场会全面走向正轨，与黑果枸杞经历相似的珍稀植物的命运或许会得到根本改变。

总之，珍稀植物的命运似乎都与人类的行为息息相关。

山　楂

阿勒泰的山楂主要有红果山楂和黄果山楂，果实都是近球形，前者是红色，后者是金黄色。因为它们开的花都是复伞房花序，结出的果实一串一串的，也呈复伞房状。

在哈巴河的白桦林中，我见到几株黄果山楂树，金黄色的果实缀满枝头。第一次见面，我并不认识它们，当地朋友告诉我，这是山楂。后查证是黄果山楂。它的果实比长白山区常见的几种山楂要小一些，比山荆子的果实稍大一点儿。

无论是红果山楂还是黄果山楂，它们的果实都像光滑的小水晶球，不像长白山的山楂，身上常带有灰白色的斑点，果皮比较粗糙，疤疤癞癞的感觉。许是长白山区的光照时间远不如这里，山楂们虽然努力地想将自己画成像太阳那样圆润可爱，可惜圆圆的太阳照射它们的时间不够长，它们只能临摹成现在的模样。

我摘下果实一尝，它是我至今品尝到的野果中最面的，很像烤熟的土豆那种面，还有点儿酸涩味道，难怪当地人给它起了个十分贴切的名字，叫面蛋子。人们还叫它阿勒泰山楂。这让我联想起长白山区的山楂，无论是山楂、毛山楂还是光叶山楂，老百姓都管它们叫山里红，因为它们的果实都是红色的。也有的地区，管毛山楂叫面豆。

因此，阿勒泰黄果山楂金黄色的果实让我感到很新奇，一定意义上，它的观赏价值更高，还可制成果酱食用。

阿勒泰市很早就将黄果山楂树用于城市街道和公园绿化，取得了成功。黄果山楂除一般树种具有的固碳、防风作用外，它花朵多，春季密集的白花绚烂醉人，花期之后结果也多，秋冬季会吸引鸟类和其他动物来食，在促进生物多样性方面默默地做着贡献。城市绿化在生物多样性方面的作用不可小视，应有长远整体规划，力戒树种单一，提倡树种的多样化和本地化。

随着考察了解的深入，我发现阿勒泰的植物与长白山区植物有很大差异，这主要是由地理位置决定的。阿勒泰地区是欧亚植物区系在中国唯一延伸带，荒漠戈壁、河流谷地、

湖泊湿地、冰山雪岭、亚高山草甸、高山草原、原始森林等
多元的地理条件，赋予了阿勒泰地区丰富多彩、种类繁多的
植物种群，使这里成为重要的动植物物种基因库。这里的地
质板块与欧洲相连，许多欧洲——西伯利亚植物区的植物，
阿勒泰也有。只要土地相连，植物的根系就相连，植物没有
边界，有时它们的种子会搭船乘风，甚至可以漂洋过海。阿
勒泰地区的许多植物在冠名时就体现出区域特色，比如像西
伯利亚花楸、西伯利亚红松、西伯利亚落叶松、欧洲荚蒾等。

欧洲荚蒾

欧洲荚蒾的花很奇特，是复伞形式聚伞花序。清风拂来，
一片片平展的大白花摇曳着，清丽优雅。仔细欣赏欧洲荚蒾
的花朵，数朵五瓣白色大花均匀地包围在外周，宛若白蝴蝶，
围着中央的小花们翩翩起舞。娇俏的小花们在中间长得紧实，
它们没开的时候似一个个小珍珠，开的时候白色的小花很精
致，一个挨着一个，即使开得如小米粒，也精心打扮，精致
唯美，不负花开一场。其实，中央的小白花才是承担繁殖任
务的真正花朵，而边缘的大白花是不具备繁殖能力的不孕花。
不孕花又称无性花或中性花，花中既无雄蕊，又无雌蕊，且
不能结出种子，专门靠颜值来吸引远处的昆虫，甚至是夜行
性的蛾类昆虫。昆虫飞来后，发现大花没有花蕊，却闻到里

面的小花有花蜜，便飞到小花身上采蜜，自然就帮它完成了
传粉任务。原来欧洲荚蒾的"外花"和"内花"各司其职，分
工协作干大事。从这里，我仿佛看到了植物身上智慧的影子。

花开过之后，孕育出一串串红玛瑙似的果实。红果实在
阳光照耀下，有绿叶托衬，越发晶莹亮丽。

欧洲荚蒾的果期长，七月至九月。我们九月下旬来到哈
巴河桦树林时，见到了欧洲荚蒾密集闪亮的红球果，它们好
像自带一种强大的气场，感染得大家的脸上都露出了微笑。
大家嘴里不停地念叨着它的名字——欧洲荚蒾。

大雪过后，欧洲荚蒾的果实依然不落，专等鸟儿来食，
好将它们的种子传播出去，才算心满意足了。

春天的白花，秋冬的红果，特别是白雪覆盖下的红果，
欧洲荚蒾不断地给人们呈现视觉的盛宴。实际上，它变换出
所有的色彩，都是为了传宗接代。专为悦己者容，它把昆虫
和鸟儿当成最重要的观众，却从来没有把人类当观众。

当然，人类还是自作多情地发现了它的价值。它的果实可
制作果酱食用，也可药用，可治疗和预防高血压、高血脂等。

树　莓

被小七老师称为解忧牧场的庭院里，有很多瓜果，通红
的西红柿，粉红的苹果，紫红的海棠果，泛黄的梨子。果实

身上浓重色彩的出现，如同一幅画作的创作进入了尾声，它们故意透露了自己已成熟的秘密。来访的人们一边听小七老师介绍院子的布局，还有她多年收藏的散放在院中的各种老物件，一边伸手摘下自己相中的果实开始品尝。

我在院落的东南侧见到两墩一米来高的灌木，在绿叶丛中发现几嘟噜白里泛红的几乎跟草莓一模一样的果实。选个更红一些的果实摘下来尝一尝，酸酸的，稍有点儿甜，感觉尚未成熟，那味道和口感似乎更证实了它和草莓是近亲。我第一次见到这个树种，后来小七老师告诉我，这是树莓。

小七老师的邻居布鲁汗姐姐家靠院墙边有一大片树莓。不到十年时间，三十米长三米宽的区域都长满了，有些枝甚至从石墙缝伸到墙外，墙外侧也铺展开有一米宽。这些树莓蓊蓊郁郁的气势，令小七老师印象深刻。尤其是进入秋季，树莓枝头红润饱满的果实，散发出一种迷人的气息，谁也抵挡不住它们的诱惑。柔软多汁的树莓果放到嘴里，感觉不到果皮的存在，整个口腔瞬间被它清新、甜美、酸爽的味道所征服，仿佛不是你在吃它，而是它在吃你。加之它还有非常好的保健作用，小七老师非常喜欢，就问布鲁汗姐姐是怎么栽种的。布鲁汗姐姐说，当时是朋友送给她两根树莓的枝干，她一插地里就活了，慢慢就长成这样。

等秋天布鲁汗姐姐剪枝的时候，小七老师就去拿了两枝，插在院中井旁边的地方，结果到了第三年，二十平方米的地方全长满了树莓。本来这个区域她想种些小菜，在井边方便洗菜，没承想这里变成了树莓的领地。她便剪了几根树莓枝条，重新选个地方插上，也就是我见到它们结果实的地方。她将井旁边的那些树莓全部铲掉，当时有些根没铲净，等到第二年春天，依然有树芽从地面萌发出来，可见树莓的生命力有多么顽强。可以想象，树莓在山野里漫山遍野恣意疯长的状态。

树莓又称覆盆子、木莓，是蔷薇科悬钩子属灌木。开白花，有五枚花瓣，一朵或数朵顶生或腋生。果实为聚合浆果，多为红色，也有的橙黄色，宝石形，成串成簇，柔嫩多汁，口味独特，被誉为黄金浆果。

树莓的枝顶刚挂果时，是小小的白果，随着果实渐渐长大，也渐渐变红，宛如春天的白花变成了秋天的红花。色彩的深度是它们画在果皮上的年轮。

阿勒泰当地人采摘成熟的树莓后，加些蜂蜜一起熬成果酱。把熬好的果酱储存起来，一年四季用它蘸点心和馕饼吃。果酱是每家每户必备的食物，除了熬树莓酱，还熬苹果酱、草莓酱、黑加仑酱等。也有用树莓果酿酒的。

为什么还叫覆盆子呢？相传东晋有位叫葛洪的医药学家，他医术高明，自小性格内向，不擅与人交流，常年闭门不出，与书为伴，涉猎甚广。之后，又隐居在罗浮山炼丹。他在修道时，常用自己所学医术帮助百姓，因过度操劳加上年事已高，便得了"夜尿症"，睡眠不足，精神不振。一日，葛洪像往常一样上山采药，爬到半山腰，脚下不小心踩空，坠入山谷，摔昏了过去。待他醒来时，发现了好多通红的小果子。葛洪便摘了吃，发现这种小野果柔软多汁，酸甜可口。意料之外的是，吃了这种小红果当天晚上，葛洪的"夜尿症"明显改善。他感到惊奇，便又采回不少，吃了后发现自己的"夜尿症"日渐好转了。葛洪大喜，便采来许多小红果分给一些百姓食用，发现这种小野果果然具有治疗"夜尿症"的功效。百姓们便口口相传："食用了这种小野果，晚上就可以把尿盆翻覆过来放置了。"覆盆子这名便由此得来。

覆盆子最早记载于《名医别录》。金元时期的朱丹溪有本名著叫《丹溪心法》，其中有个非常有名的五子衍宗丸，里面的主要成分之一，就是覆盆子。覆盆子入药，主要是补肾、固精、缩尿，还有养肝明目的作用。中国药典有云，覆盆子尚未成熟变红，其酸涩之性较强时，为最佳采收期。

树莓果实富含糖、苹果酸、柠檬酸及维生素 C 等人体必需的多种营养成分。这些营养成分具有促进人体对其他营养物质吸收、改善新陈代谢、增强抵抗力的作用。

高茶藨子

高茶藨子属于茶藨子科茶藨子属多年生落叶灌木，高一到三米。它总状花序长三到八厘米，花萼浅黄色，常有紫红色斑点或条纹。果实近球形，直径五至七毫米，紫红色，果期七至八月。它的总状花序决定了它的果序很像葡萄串的形态。

高茶藨子比较少见，在我国主要分布于新疆的青河、富蕴、哈巴河、福海、阿勒泰市等地。国外主要分布于俄罗斯西伯利亚地区、阿尔泰山哈萨克斯坦境内一段、蒙古国北部地区。主要生长在海拔一千三百米至两千四百米的山坡针叶林或针阔混交林下或林缘，以及山间河岸等潮湿的环境和酸性土壤上。

高茶藨子喜阴、喜潮湿和酸性土壤，挑剔的习性决定了它种群面积小，分布不广。

高茶藨子的果性味酸、湿寒，是哈萨克族生津止渴的野生浆果之一。哈萨克族在生产劳动中，不断积累经验，心记口述，世代相传，常利用周围丰富的天然植物、动物、昆虫、兽奶等治疗疾病，对药物的炮制及剂型做了大量研究。《哈萨克药志》《哈医常用药材》等书籍，记载有高茶藨子的果实、叶和根，对于高血压、高血脂、贫血、肺结核等疾病，有很好的治疗作用。

有专家经过实验室系统分析，得出高茶藨子的果实含有没食子酸、对羟基苯甲酸、酚类、槲皮素、芦丁、咖啡酸、花青素、抗坏血酸等成分。这些成分及作用，为哈萨克族将高茶藨子果实用于滋补强壮、舒筋、补血等，提供了科学依据。

高茶藨子的果实可生食，以及制作果酱、饮料、糖果、果酒、保健品等，也可作为提取维生素的原料。

除了药用和食用，高茶藨子春季黄花盈枝，夏季绿叶繁茂，秋季红果累累，花、叶、果交替亮相，实为观赏佳木。它对人类贡献多多，人类应该珍惜爱护它。

西伯利亚花楸

花楸谷位于阿勒泰地区布尔津县，从贾登峪到喀纳斯，花楸谷是必经之路。在蜿蜒的山路间，可见到谷地两边分布着茂密的白桦、西伯利亚云杉和西伯利亚落叶松混交林。这里也是西伯利亚花楸最为集中的分布地，花楸谷由此得名。深浅不一的黄色和绿色树叶润染开来，仿佛有一支神奇的画笔在画布上不停地上色。神秘幽绿的喀纳斯湖水，宛若流动的玉之河。西伯利亚花楸如星子般的鲜红果实，不时俏皮地点缀一下画面。不知不觉间，你恍若闯入了神的后花园。

而那被神选中的西伯利亚花楸，是蔷薇科花楸属乔木，高四到八米。复伞房花序，花稠密，白色。果球形，直径五至七毫米，鲜红色。花期在五月，果期八至九月。

西伯利亚花楸原产俄罗斯，在我国阿勒泰地区也有野生分布。我国最早于二十世纪九十年代开始引种西伯利亚花楸，在阿勒泰地区被用于山林、园林绿化美化。西伯利亚花楸在矮林、林缘、灌丛、水塘边及山地等各种土壤上，均能生长。为喜光树种和半耐阴树种，耐旱、耐寒性强，既可耐冷湿环境，也能耐干燥瘠薄的土壤。

西伯利亚花楸鲜果尝起来有苦涩味道，很少直接食用。只有经第一次霜降后，口味才变得柔和。果实可用于做果酱、果脯、饺子、馅饼等各类食品，还可替代茶，浆果还可做面膜。果实含维生素 E、维生素 A、维生素 C、胡萝卜素等，有生津止渴、清热利肺作用。

西伯利亚花楸枝叶和果实浓密，可为野生动物和鸟类提供掩蔽和食物，其果实是鸟类偏爱的美食。当然，鸟儿们也不忘回报它们。西伯利亚花楸有着非常发达的根系，是水土保持的先锋树种之一。

西伯利亚花楸开花时很扎眼。但更扎眼的还是它满树鲜红的果实，每一串果实都像一把撑开的小油纸伞，精巧齐整。加之果期比较长，恰如常开不败的秋冬之花。还有就是西伯利亚花楸通常比较高，你抬头望去，那些枝头上鲜红的果实，仿佛镶嵌在蓝天里。

新疆地区还有一种天山花楸，它的果实为球形，暗红色，有蜡粉。而西伯利亚花楸的果实无蜡粉，更显晶亮。

沙　枣

那天上午，福海县一农场的工作人员正站在田地边，向我们介绍农场生产情况。我发现在田地和公路间有限的空地上，立着一棵八九米高、树冠如大伞一样的树，看树叶有点儿像柳树，一问当地工作人员，才知是沙枣树。

我走到近前，发现它像柳枝一样飘逸的树枝上，还结有乳黄色黄豆粒大小的果实，果实表面有银白色星状鳞斑。摘下几枚一尝，有点儿涩，又有点儿甜，能感觉到它的果肉是粉质的。果实里面包着一枚椭圆形黑色的果核。有几位同伴发现我在摘果子吃，也纷纷过来摘下几个尝尝。虽然口感不如有些野果那样甜软，但毕竟是以前从未尝过的味道，味蕾又增添了一种全新的记忆。想来人生也是如此，不断地品尝各种味道，顺意的，失意的，欢喜的，痛苦的，热闹的，孤寂的，你喜欢的也好，不喜欢的也罢，都得嚼碎了，咽下去，人生阅历就这样随着各种酸甜苦辣体验的增多，而丰富了起来。

自从认识了这棵沙枣树，每次乘车出行，我开始留意路边的树木。我发现阿勒泰地区的公路边，种植了大量的沙枣树。

其实，各种沙枣树是西北地区生命力最顽强的树种之一，它们特别耐干旱、耐高热、耐盐碱。沟渠、荒野、路边、地头、滩涂，随处可见，它们不惧生存环境的恶劣，坚韧不拔地生长着。有时，一望无际的沙海中，会神话般生长着一丛丛树木，偶尔还会出现一大片令人惊喜的绿洲，那些沙中之树，多半是沙枣树。它们给枯寂单调的沙漠戈壁，嵌入了生命的色彩。

沙枣的"沙"，就是说它常在沙地里生长。为了能在缺水的沙漠中生存，它们把根深深地扎在沙土中，长达几十米，一直伸向有水源湿气的地方。

当地朋友介绍说，五月底沙枣树开花的时候，白中带黄的小花，密密匝匝地开满了公路两旁，来往的汽车宛如穿行在花廊中。尤其是它花香袭人，即使车速再快，沙枣花还是有办法把它的花香装进你的车厢里，满车芬芳。沙枣花无疑也是蜜蜂的最爱，由此，它成了重要的蜜源植物。人们在品尝沙枣花蜜时，会品尝到沙枣花独特的甜味，蜜蜂帮助沙枣花进一步霸占了人的味觉。

阿勒泰地区的沙枣树，是当地防风固沙绿化的主力军。本来它们已十分出色地完成了人类赋予的使命任务，可它们还是不忘在春天里，让人们陶醉在它们的花香花蜜里，真是让人感动的树。

蔷 薇

暮春时节的阿勒泰，散发着浓郁香气的，除了沙枣花，还有许多野花都在争芳斗艳。如果你有兴致来到野外，来到干旱的山坡、砾石地、林缘、河沟旁，会发现各种蔷薇同样用艳丽的鲜花和馥郁的花香迎候你。

蔷薇是对环境适应性极强的植物，耐旱、耐阴、耐贫瘠，越是艰苦的环境，越能见到它们的身影。阿勒泰的蔷薇品种比较多，主要有刺蔷薇、多刺蔷薇、宽刺蔷薇、疏花蔷薇、腺齿蔷薇等。

这些蔷薇身上都长有或疏或密、或长或短的刺，如同全副武装的侍卫，用亿万年时光进化出的忠诚，护卫着它们的鲜花公主。它们的花瓣有粉红色的，白色的，黄色的，紫色的。乱花渐欲迷人眼，也迷了蜜蜂的眼。你在观赏蔷薇花的时候，经常会见到蜜蜂在花间忙忙碌碌的身影，仿佛它们眼前这些艳丽浓郁的鲜花，不抓紧采就会很快飞走似的。

蔷薇的花朵普遍美艳且数量多，它们喜欢交替着开，你方开罢我登场，这样给外界的感觉，它们的花期能持续很久，就好像是一群盛装的哈萨克族阿肯（哈萨克族对民间歌手的称谓），在轮番弹唱着一曲曲美妙动人的组歌，万物都在为他们喝彩。

七月份，蔷薇枝头青青的球形果实颜色开始变深了。这时它们的果实很脆，用手一捏，把里面毛茸茸的种子挤出去，只能吃它的果皮。下霜以后，果实熟透，果皮变得黏软，口感更甜，也不好捏了，就把果实摘下来，直接放进嘴里，用舌头嘞了外面的果皮吃。

黑果小檗和红果小檗

神钟山峰海拔一千三百五十九米，相对高差三百六十五米，是一座如钟似锥的花岗岩奇峰，孤峰傲立，直插云霄。

额尔齐斯河不急不缓地从神钟山下流过。河中的几块巨石有二层楼高。河水清澈得有些发绿，像宝石在流动。只有在这样的山，这片土地上，才会流出这样的水。不必长久地看着这条河，只需看一会儿，就会觉得心灵清爽纯净了许多。有三只棕色的阿勒泰大尾羊，静立在河对岸神钟山脚下，还有一只小羊趴在它们身边，四只羊早已喝足了水，却不愿离开这里，我猜它们同样也在享受被河流声治愈着的感觉。

我们登上紧挨神钟山西侧的山坡，上面有观景台，是欣赏拍摄神钟山的绝佳位置。同伴们都在选角度位置，与神钟山合影。我却在观察这里的植物，这面山坡的大树主要有西伯利亚云杉、西伯利亚落叶松、西伯利亚冷杉、白桦、欧洲山杨。在高树下面的岩石缝隙中，生长着一些低矮的灌木，主要是西伯利亚刺柏、大果枸子、黑果小檗等灌木。我不停地观察，终于发现一丛黑果小檗的枝叶间，藏着不少紫黑色近球形像山葡萄一样的浆果。果皮有层薄薄的白粉，大自然专门为山中野果化了淡妆。它们躲藏在高树下和倒卵形的绿叶间，还是被我找到了。接着又发现了好几丛黑果小檗，枝上都有果实。我选准离木栈道边沿最近的一枝，探出身子摘下几串果实，因为它有茎刺，下手十分小心。浆果放嘴里一咬，口腔里的唾液几乎与浆汁同时涌出，虽然浆果味道是苦涩的，我此刻却感到无比甜美，因为自己又品尝到了阿勒泰的野果。

黑果小檗的叶子营养非常丰富，很柔嫩，枝条又细又脆，骆驼和羊很喜欢吃。

阿勒泰地区还有种红果小檗，它的果实成熟后为椭圆形深红色浆果。一般生长在河谷次生林、河谷平原、山地草甸、山地草原上。它的根与茎含有小檗碱，可提炼黄连素，也是一种药用植物。

游完了神钟山，我们乘车返程，公路的方向也是额尔齐斯河水流的方向。额尔齐斯河是我国境内唯一一条流向北冰洋的外流河。

新疆之行让我见识了如此之多的阿勒泰的果实，它们属于治愈系，每种果实都有热烈、明媚、香甜、多汁的性情，有如这条静谧旷达的额尔齐斯河，更如辛勤淳厚、能舞善歌的阿勒泰人，无处不散发着活力。

新疆三叠

小 白

戈壁之书

我想，我一定要写写阿勒泰，写写在那里工作的家乡援疆干部，因为我毕竟走了一趟北疆，小住了近半个月。半个来月的时间似乎不短，但对我要写的那些人和那个地方来说就太仓促了，好比写大海里的一朵浪花。可是我有责任去寻找它，写它。当然，要简洁。

我不能凭空打造一个阿勒泰，写得太简单、太复杂都不是它，它远比我一走一过看见的辽阔得多，丰富得多。那里的雪要比东北来得早，那里的旷野告诉你不备足车里的汽油先不要上路。回来以后，我再也不好意思管我们这儿的甸子叫戈壁，阿勒泰茫茫的戈壁是深邃富饶的。我们仅仅在中途停车休息的时候，就拾得好几块堪称玉的石头。有个长者还捡到一块陨石。他神秘地告诉我，这次来，谁也没有他的收获大，我们捡的是玉石，他这块是陨石。我问他怎么知道，他说，从它的质地和坚硬程度看，应该没错。长者精通此道，大约不会错。但就算他有鉴定金石的慧眼，没有富饶的戈壁也不会如此幸运。

真正的阿勒泰绝不仅有几块稀罕石头。在道路两侧的纵深处，埋伏着大大小小的泡沼、河流、山脉、草场、毡房，而在河流和山脉的腹地，生活才刚刚开始。羊群像思想者一样默默而又坚定地走在转场的路上；牧民的长发在马背上辨认着风的方向；天空阴晴不定，一场雪已经酝酿了一个礼拜。时间在这里几乎没有痕迹，只有在那些生活的细节里，你才会发现它的存在。一块馕正在慢慢变凉，变硬；一首弹唱故事才讲到少年；一群大雁带着额尔齐斯河的水温飞向南方；一群年轻人和另一群年轻人正在交接工作，他们以三年为一个周期，从四千公里之外来到这里感受大美新疆，建设大美新疆。

王帝副县长所在的哈巴河县是新疆的重镇，哈巴河是一个县的名字，也是一条河的名字，沿着哈巴河一直走能走到哈萨克斯坦。哈巴河人和这条河一样源远流长，两岸的牧场、山谷散落着古老的哈萨克族人和图瓦人的毡房，它们像落在草场上的星星，镀着一层月光游动在草丛中。

王帝是我的老乡，我们之前就认识，但不算熟悉，他是白城援疆干部的副团长。他成熟了，就像阿勒泰的杨树，挺拔俊秀，不发一言已有三分内容。

许多人都被我忘了，为什么偏偏记得他。

我们认识的时候我就知道他和我女儿是一个大学的校友，而且学的都是电气自动化，当然，他是前辈师兄。那时我们经常因为能源工程的业务沟通交流，他给我留下了深刻的印象，小伙子年纪不大，素质挺高，脸上的线条有力而充满生气，给人一种坚韧的狠劲。我说的这个"狠"不是贬义词，你应该知道我要表达的意思。

大学毕业后，他放弃了和同班好友去德国留学的机会，回到家乡工作。当时我还问过他："你为什么不考国家电网呢，那样咱俩不就成同事了吗?"他说："搞专业不一定要进电网企业，我觉得政府职能部门更需要专业人员。"结果他就这么一路走到援疆干部这个岗位。看来选择什么样的道路不重要，怎么把它走好才重要。他曾跟我说过："我当初也不是有意识地这么做，最初我考进发改委，然后调到能源局，从事的都是专业领域。可后来不知不觉就来到了政府部门，进了宣传部。"他还说："这个时代和以往不同，人要是处心积虑地向哪走，就算到达了，也不会快乐，更不会满足。"

我明白他没说的那层意思，说："你很幸运，援疆工作艰苦而光荣，六年一个轮回，让你赶上了。"

王帝说："我不能用伟大来形容我的事业，伟大的是这件事，不是我。我有幸参与到这件事当中，给自己的人生履历添上新疆一笔，就像你说的，不是每个人都有这样的机会，我很幸运。不瞒你说，有的时候我就像不认识自己似的，尤其是在遥远的异乡审视自己的另一个身份，我会不由自主地照镜子，我看见的是一个似曾相识的脸。有时候我开会发言，或者下基层工作，从我嘴里发出的声音也令我陌生。我已经不是我了，起码不是从前的我了。两个我心态大异。人怎么会一个阶段一个样呢？我以前没觉得会这样。可能这就叫成长吧。所以，我很珍惜这样的幸运。"

我说："可能是咱们太久没见面了吧，你的确成熟了很多，给人的感觉更稳健了。怎么样，在这里工作生活还顺利吧？"

他说："我们来的时间不长，半年多吧，之前是四平的援疆队伍，我们工作交接得很顺利。来之前按照哈巴河地方上的需求，我们白城组织选拔了四十多名专业干部。现在，大家已经各就各位进入工作状态了。"他又说："地方上没把我们当援疆干部，把'援疆'省略掉，我们就是普通干部，和这里的所有干部一样。"

我问他有没有什么话或者什么东西让我捎回去，他说："谢谢大哥，我在这里一切都好。"

我很理解那种漂泊的孤独，也许正是这种孤独成就了一个强者的思想，锻炼了一个男人的精神。世界上几乎每种职业都会让人走得很远，这个远不单纯是地理位置的远，心路远比地理位置还要漫长。我们总会在猛然回头的时候，发现故乡已经被远远地甩在身后的某个地方了，而脚下这片曾经陌生的土地，正在成为又一个故乡，到最后我们会有很多个精神上的故乡。这是我想和老乡说的话，但我没说，我知道，他已经懂了。

回来后，我去了王帝妻子的学校，他的妻子是这所学校的老师，我向她说了王帝在新疆工作和生活的情况。我说，他们在那儿吃住都很周全，大家住在同一个小区，同一个单元，像一个大家庭，彼此照应。王帝妻子说，等学校放寒假，她就带着孩子去阿勒泰滑雪。我说，那好啊，阿勒泰号称"雪都"，哈巴河是个很美的地方。

荒野是那么寥廓。

但是草场有过忧伤吗？

但是河流、湖泊拒绝过鱼的离开吗？

对草场充满敬意吧，对河流、湖泊充满敬意吧。

哈萨克民族对大自然的依恋就是对远古生活的本能记忆。他们用寂寞的相守感受牧场的浩瀚，他们用唇舌琢磨生活的滋味，他们用肠胃消化喜怒哀愁。

哈萨克民族人才济济，阿肯弹唱几日几夜不停不休，歌者没有脚本全凭记忆、没有命题全凭现场发挥，那个状态就像一个灵魂在借助一个人诉说，而这个人早已云游化外，如醉如痴。即便是在寻常人家的毡房里，牧民们的吹拉弹唱也张口即来，挥手即舞。

吉木乃县委副书记，来自松原的袁向江跟我说，在这里，人们的身上不存在"扭捏"二字，那两个字属于舶来品，没有几个人认识。别看他们个个身材魁梧粗壮，却仿佛每个人都身怀绝技，说不上什么时候就给你个惊喜。他们看着豪气冲天，凡事都满不在乎，却又似乎共同遵循着一些看不见的规矩。在他们的村舍、毡房、门窗和亭廊的雕刻上，餐布、铜壶和银器、挂毯和地毯的颜色和纹路上，隐隐记载着某种生命的符号。那些平和安稳的牧人，你来的时候他们竭尽所能地招待你，如同对待家人，热情、但毫不夸张；你走的时候他们甚至连一声再见也羞于出口，但毫不掩饰期待再次相逢的真诚。这也是一条隐秘的河流，它的水量充沛，生机勃勃，但外人看不清。这种东西给了他们充满情韵、趣味的富足的精神世界。

我对袁副书记的体验钦佩不已。这些东西我隐约感觉到了，但说不清，他来了不过半年多，竟然感悟得这么透，这么准。表面上看，他也是个爽朗的人，大大咧咧，风趣幽默，似乎啥也没往心里去，可是在这些表象的后面隐藏着一颗如此细腻的心。我听过这么一句话："不要忽视一个满不在乎的人。"而我的评价是：不是一家人，不进一家门。

吉木乃的边境线长达一百多公里，漫长的边界景色秀丽，地貌独特。我们去的时候已经深秋，托斯特的桦树热情似火，红彤彤地把天上的云彩都渲染了，白云穿上了粉红的裙子。

再过一段时间，经历一场霜雪，桦树的叶子将呈现一种无法用调色板调和的红，那是一种我们只能在视觉上惊讶和感叹的真正的红，纯洁得令人惭愧。红叶有的占据枝头，有的随风飘荡，逆光时有着极为温柔的质地。换成我们吉林的方言形容它叫：那么肉透。

袁副书记说："我们在这里和边防第一村'萨尔吾楞村'一起举办'戍边情、重温入党誓词'的活动。这里的村民放牧就是守边疆，生来就是边防战士，他们爱国守土的感情不需要培养教育，似乎是基因，自带的。我们一起宣誓时，那种感觉十分特别，同样的事，在不同的环境下竟然产生不一样的效果，一种不可名状的神圣和庄严感腾地被什么唤醒了，举起拳头的那一瞬间，泪水打湿了眼眶，没人觉得不好意思。"袁书记还领我们参观了这里的边贸，为了给家乡的一汽汽车出关、出口创建良好的环境，他没少往这跑。我说："沟通是你的强项啊，袁副书记。"他说："我的任务就是把援疆的项目落实好，为吉林和吉木乃两地的文化和商贸搭建平台。"

草原石城的秋天几乎是完美的，真的，你别想挑出什么毛病来，就连突然降临的小雨都那么富有深意，它让我们看见了天和地的距离。我们在石头上，我们在草场，我们在雨里，我们在雾里，我们在天上，我们到底在哪里？

一阵风把所有的云、雾、雨全吹散了，阳光重新打在石头上，微风让上面的光拥有水一样的鳞片。石头下有一处废弃的转场遗址，木制的门窗和屋顶框架已经坍塌了，木料乱七八糟地堆积在石头房子的旁边。这里曾经是一家或者几家人的冬歇之地吧。石头房子旁边的草地却并没有因为房舍和牲畜棚圈的废弃而烦恼，草尖上的雨露在晴朗的天空下微妙地跳跃出孩子一样的喜悦，而满目的绿树全都精神抖擞、神采飞扬，每一片向阳的叶面都被最亮的阳光毫不吝啬地爱着，如同马背上那些深沉、坚忍、情绪稳定的哈萨克族牧民爱着他们的生活一样。这样的温情只能发生在这里，它让人感到生活在这里多么值得。

　　一群我叫不上名字的鸟成群地栖息在石头崖的缝隙里，它们肯定在里面筑巢了。这种鸟比鹌鹑大比鸽子小，开始我们以为是野鸽子，袁书记说不是，应该是奇勒，类似我们那儿的沙半鸡。这个援疆团长没白当，懂得可真多。我说沙鸡把石头城占领了，我们旅游把冬牧场占领了。他说不会的，前面正在准备转场节，向游客介绍哈萨克族的游牧文化。这里会把旅游和生活结合到一起，让大家领略到原生态的大美边疆。哎哟，那可太好了，我不禁想放声歌唱了。

　　　我们新疆好地方啊

　　　天山南北好牧场

　　　戈壁沙滩变良田

积雪融化灌农庄

来来来来

……

在解忧牧场看到故乡

解忧牧场是小七的家，在阿勒泰市的郊区，这块儿叫什
么名我忘了问，也许郊区本来也没有单独的名字。它离城区
很近，就在我们赶往机场的沿途。去她家的路和我们这里的
村村通一样，水泥道，两侧是玉米地，没有田地的平整地方
是些石头院墙，石头院墙里是石头房子。当地人也不是很熟
悉这儿，找半天才在小七的电话引导下摸索到解忧牧场。

这样的院子我在农村也有一个，大概有她家的一半大，
我问小七，你这个院子多少平（方米）啊，她想了想说，大
概五亩。那就是三千多平。一个人莳弄这么大个院子可得花
费好些功夫，这点我是有体会的，看着不起眼的花花草草、
茄子、辣椒、西红柿，干起活儿来可不轻松。我不禁再次打
量了一回眼前的这个女人。她很朴素，普通得和当地的农村
妇女没什么区别，衣着随意，就是平常干活儿穿的，额头散
落着碎发。没看过她那些散文的话，你怎么也无法把她和大
作家联系到一起。刚到阿勒泰时和当地文联的朋友聊天，他
说李娟（《阿勒泰的角落》的作者）当年在富蕴县工作的时候

两人办公桌对着，同事好几年。

来的路上当地朋友说了，这里冬天下雪，把雪往路两侧一推，上面就是滑雪的轨道。小七在作品里也多次提到过，说她的小羊驼"糖糖"经常和孩子们在这样的雪道上玩耍。我们在小七的院子里看到了她作品里的那只羊驼，这只名满天下的羊驼，肯定见过不少世面，进来一院子人，一点儿也不惊慌。全国很多读者都是先知道小羊驼"糖糖"，然后才记住了阿瑟穆·小七的。

不知道隔壁那家住的是不是老努尔旦大叔，我对这个哈萨克族老牧民印象深刻。小七的作品里，这个大叔很有个性，他的每只羊都有名字，什么阿任、白脸、圆肚……那些羊就跟他的孩子一样。我小的时候家乡也有羊倌，他的羊不全是自己的，很多家把羊搁他这儿，雇他放。他的羊大概也是有名字的，他从不会弄丢，也从不会弄错。我常见他在收拢羊群进圈的时候，嘴里念叨："它在、它在、它也在……"动物们和这些人真的就是朋友，他们彼此间甚至比家人还熟悉。老努尔旦死也不进城的原因之一，就是放不下他的那匹老马。那匹老马已经成了老努尔旦生命的一部分，它在别人对老努尔旦言语不敬的时候，挺身而出，冲过去一头撞倒那个家伙，吓得对方趴在草丛里不敢起身。小七和羊驼，老努尔旦和他的老马，我家乡的羊倌和他的羊，我相信他们互相都了解彼此的秘密，并且在隐秘的生活里且歌且行、把平常的日子过

成了一首童话诗。

在院子里，我看到了小七花一百块钱从一家牧民手里收来的马槽子。为了这个马槽子，小七被警察带去审问，警察把她当成了偷羊的贼，幸亏有放牧的牧民认出了她，知道她就是那个爱收集老物件的著名作家小七，这才解开了误会。小七收购的马槽子是哈萨克族牧民喂马的工具，早些年很常见。这样的物件木质大多是松木的，硬而沉，因为转场不好携带，现在基本没有人家用了。也是因为它太沉、太硬不好劈，才摆脱了沦为柴火的命运，得以保存下来。这样的老物件今天在疆内疆外都很难见到了，但它们身上的色彩，却像谜一样被时间封存着，只有在小七这样善于发现的眼睛注视下，谜底才被揭开，然后在解忧牧场的院子里，在小七的作品里一点儿一点儿复活，然后被讨论、被传播，或者被怀念。

西北、东北很多地方相似，土地辽阔，天高云淡，时间缓慢。对一路上的茫茫戈壁、辽阔天空，我总是觉得似曾相识。只是要轻易地穿透它们外在的辽阔和粗粝，体会沧桑历史下地域的魅力，还要看你有没有对生活的耐力和慧根，非如此不能企及。我远道而来，在小七的院子只是短暂地停留，一下子勾起往事的回忆，就是因为这些相像的地方。放下别的不说，小七的模样很像我的一个熟人，说不好具体是什么地方像，可能就是她身上的质朴和厚重让我感到熟悉。

一个老物件，必须在它适合的空间里才有生命。几十年来，它们大多隐入尘烟，能留到今天的，数量极少。结果都变成了古董。

在解忧牧场，同样的问题，对生活也提了出来：究竟是搬进城里，住进楼房；还是回归原生态，保持悠久的传统，和牧歌、田园、草场、老屋融为一体。看来小七选择的是后者。我无法判断两种选择的优劣，但我同样向往简单的生活。小七是旧物收集者，非遗文化传承人。我看了她手工制作的肥皂，特别麻烦，虽然所有的材料均来自日常生活，但每一道工序都要经过时间的打磨，光是从骆驼刺的燃烧物中提取天然碱液就要耗费很大的精力。这块皂是真正意义上的纯天然、手工皂。她是慢生活的倡导者，同时也是一个真正在享受生活的人。

小七牧场上原生态的生活就像她的名字一样，让我很好奇，为什么她会取名小七？后来明白了，七在哈萨克民族里是吉祥的数字，逢七、十七、二十七，牧民们都像过节一样集会，自发地拿来家里好吃的和邻居们分享，孩子们等这一天等长了脖子。我小的时候，东北过年，杀了年猪、蒸了豆包必定会把左邻右舍请来，要不然也会热气腾腾地端过去一碗。那时候的年，真热闹……多年后，在异乡，我又找到了小时候的感觉。不知道是因为怀念还是感伤。

眼看十月份了，阿勒泰已经下了一场雪，解忧牧场的菜园里还有一些熟透的西红柿，我们不管不顾地踩进去，摘了就忙不迭地往嘴里送，冰凉酸甜，别有风味。可能一个人只有在远方，才能体验乡愁和诗意，继而唤醒秉性中柔弱动人的部分。一个马槽子勾起我那么多回忆，可见这些旧物的身上藏着的内容，已经不是一个民族、一个区域独有的文化记忆了。

在小七的院子里我还找到一副犁，它和我小时候的犁是一样的。松嫩平原是玉米黄金带，早些年遍地是这样的犁。犁是十分原始的农业工具，最初是由耒耜发展演变来的，耒耜的造型很多人在博物馆看到过，它有点儿像弓弩。耒是一个柄，耜是耒下端起土的部分，到了商朝，耒耜逐渐演化成犁，那时的犁和今天我们看到的已经很像了，但并不完善，后来到了隋唐时期，犁的构造才基本成型。陆龟蒙《耒耜经》记载，当时犁由十一个木和金属构件组成，至此，犁，除了体型庞大，再没做过多大的改变。小七家的这张犁就是这样的。不知道犁是什么时候在新疆出现的，也许新疆在生产生活中自主研发创造了犁，也不好说。我觉得哪里先出现这样的东西不重要，重要的是作为农业生产的工具，犁代表劳动人民的智慧。哈萨克族人那么早就懂得用木板和马皮制造滑雪板，当然不会缺乏造犁的智慧。我认真研究了哈萨克族的传统滑雪板，他们用马的前腿皮包裹住木板，以此达到滑行顺畅、爬坡不易打滑的效果。八千年前哈萨克族先民就如此聪明，还有什么是他们做不了的呢。

不管是牧人还是农人，这些在生活中出现的工具和他们朝夕相处，都有了他们身上的灵气，都有了他们的性格。屯垦戍边"铸剑为犁"，用的也是这张犁。我们的"援疆干部"老前辈——林则徐，当年以"戴罪"之身，行忠臣之事，在南疆、北疆开垦荒地百万亩；修建的水渠"林公渠"，一直使用一百二十多年，直到1967年新渠建成才退役。他一生大公无私，清正廉洁，修渠时自掏腰包往工程里添钱。现在，阿勒泰地区一半的援疆干部来自吉林省，哈巴河县有我的白城老乡四十来人在此工作。这次采访，我特地去了他们的办公室，到了他们的寝室，感觉我的老乡们状态很好，生活和工作都已经接通了地气。吉林和阿勒泰，民风在某些方面很像。

小七的这张老犁已经很破旧了，犁头的尖儿都断了，但在它的身上仍然散发着岁月的"亚光"，深沉而厚重。在同质化的空间里，守卫这些有个性的东西不雷同于他人，记住时代，是件很有意义的事。很佩服她，不只是因为写作。

还有她炕上的那对木箱子，看着一定是重新维修过了，但是她本着翻新如旧的原则，只在箱体表面做了清洁和加固的处理，就是盖子上的铜鼻儿显得有些新了。我想起我家炕上的木柜，我们管它叫"炕琴"，宽度和这个柜子差不多，长短跟炕一样长。它们的作用也差不多。炕琴装行李，装衣物，还装平时舍不得吃的食物和家里自认为宝贵的物件。后来我都上中学了，这架炕琴还在，那时它已经很破旧了，一些门和抽屉都不好使了，但倚靠在上面，还是给人以说不出的踏实感，仿佛里面装着自己所有的梦。炕琴是贫穷家庭里一件最光鲜的家具，摆在炕上，岁月安稳，它一直是我家的门面和底气。在那上面，有玻璃的箱门全都描龙画凤，现在想想，当时绘画的技法是很粗糙的，连油彩和颜料都极为廉价，一些应该饱满的花瓣因为工具和颜料的问题常会出现断条和镂空。但它们代表的喜庆、热烈和温暖，就像艰苦岁月里的年节一样，时刻给我们以希望。

在小七家，让大家感兴趣的，几乎全是她收集的这些老物件，看到哪件都勾起我们很多往事。她那里当然算不上旧物展览馆，零零星星找回来的那些农具、生活生产用具都不名贵，甚至算得上粗陋，但它们真实、质朴、原生态。用小七的话说，这些东西消失了，哈萨克族的历史就没了。我觉得她这么说毫不为过。看着这一院子旧物，大家想到的可能和我一样，都是往事。记忆不管是忧是喜都是一个人的财富，我们其实活的就是记忆。显然，我也老了、不合时宜了。幸好有这些东西，确认我和过去的关系。人生短暂，但老物件的寿命长，它们历经沧桑、久经风雨，存在的价值，已经远比其本身更加深远。

那天我和小七照的两张相，她全是闭眼睛的，整得就好像我在解忧牧场，她在九霄云外一样。也不知道以后还有没有机会重新合影了。不过那时候我们指定都更老了。

那仁牧场的小梦丹

中午雪停了，我们进入那仁牧场，位于哈巴河境内最西边的小村白哈巴。山那边就是哈萨克斯坦。那边的山不高，缓缓的石头坡一直绵延到边境线的尽头。

而我们这一路上却不太一样。阿尔泰山金黄的树林密密麻麻地跟随到这里，那仁草原遍布盛开的野花。白桦树的叶子还有些绿，间或掺杂着红、黄、灰褐，那红和黄被白色的树干托举着，用手指给它们比个框就是一幅油画。一身戎装的是杉树，杉树的叶子有的向上、有的向下，无论叶子向下还是向上，树干皆笔挺高大，直指蓝天。这些树奇怪，它们和草场没有一丝过度，中间一点儿灌木和蒿草都没有，也没有矮一点儿的小树，好像接到过什么指令，你列成阵，他长成墙。大自然向来庞杂无状，这里却精雕细刻，让人惊诧。越往高处，颜色越单调，薄雾和山岚缠绕着山岭，草场和树林全然不见，只余银白的雪峰和天空融为一体，看久了夺人心魄。山脚下，哈巴河静静地流淌，不去注意仿佛不存在一样；河水清澈得有些淡绿，像宝石，连同云的倒影也凝固了。空气中有雨雪过后的清冽和湿润，从口鼻直抵心肺，似乎打通了任督二脉，整个人都焕然一新。世界在我的注视下微微晃动了一下，随即又沉入了无边的浩瀚。不知道如何表达此刻的感受，又仿佛变成了诗人。

　　小村的民居很多都是木头房子，房子主体由整根的松木垒就，垒到房顶用木板搭起三角的屋脊。除了木屋，山上山下也有白色的毡房，这里很安适，也很干净，牛羊星星点点散落在草场，木屋和毡房远远地注视着它们，白云低垂，空气似乎都那么单纯。村里人家不是很多，每家都有很大的院子，院子也用整根的木头架起的围栏拦着，仿佛一个个小型马场。草场上有几匹马拴在树下，鞍镫齐备，不知道它们是用来供游客照相的还是用作交通和运输工具使用。村子被山谷合围，进山、出山骑马是很方便的。这些马对来来往往的游客视若无睹，静默无声地各自想着心事，也许它们正在用心聆听着远处在冷风中缓慢前行的哈巴河。它们比谁都了解这片山谷牧场，却用沉默隔断了我们看向它们更为隐秘生活的视线。

　　我在人群中寻找在这里援疆的老乡，有些事还想和他了解一下。这两天断断续续地问了一些他在这里的工作和生活情况，觉得这个小伙子很有思想。可是他太忙，我没有办法抓住他唠个没完。

　　我们的队伍里不知道什么时候多了个戴眼镜的女孩儿，她看我像是有事的样子，主动搭话说："老师没去骑马吗？"我说："我家那也有马，我经常骑。"女孩儿说："老师家是哪的呀？"我说："吉林。"女孩儿说："我知道你们是吉林省来的作家，老师是吉林市的吗?"我说:"我是白城的。"女孩儿说:"我去过白城，我同学家在那，我在长春念了四年大学。"

这场谈话瞬间拉近了我们之间的距离。

原来她是援疆的志愿者，年龄比我女儿还小。真是看走眼了，小小的年纪竟有这样的志向。我的老乡和我说过，来援疆可不是想来就来的，这些人作为专家和人才，首先要经过层层选拔、推荐和考核，然后才从各单位抽调出来的。更重要的是每个被选拔上来的人都很珍惜这次援疆的经历，把这次经历当成人生中最值得骄傲的一页。这些人年富力强，每个人的特长在这儿都得到了充分的发挥和重用，他们这批四十多人，有政府干部、有医生、老师、电力工程师……大家在这儿一天忙到晚，这边和家那边有两个小时时差，晚上八点才下班，赶上加班，回到宿舍就半夜了，想给家里打个电话，都怕吵醒他们。

女孩儿显得热情而健谈。我们边走边聊，沿着山坡很快就走到了河边。河水在拐弯处聚集，形成浅滩，滩里丛生着茂密的芦苇，风吹苇叶，沙沙作响，好像说着什么秘密。这里的芦苇整个的比我们家那儿的高一头，又粗又壮。阿勒泰什么都大，树高，天也高，连苇子都不甘落后。我被远处一片火红的树林吸引住了。问女孩儿:"那是什么树啊? 那么红。""欧洲山杨。"女孩儿的口气带着顽皮，似乎是说，不知道了吧，这个我可比你们内行! 可顽皮过后，女孩儿又谦逊地说："其实，那仁牧场各种树、各种草、各种花，我都认不全。老师你看那个弯着头开黄花的，像不像荷兰郁金香？还有那些像铃铛似的开小花的，是骆驼蹄瓣草；那个紫色的是鸢尾；像一串火炬的那个是黄花瓦松……它们可不光是花，还是中药，牧民都懂得用它们治病。"女孩儿如数家珍地一路说着。

哈！这还叫"认不全"！

女孩儿是代替我的老乡，接待我们采访的。她说王副县长——我们家乡的援疆干部——今天有会。今天是农历八月初十，还是星期天。我记得这么清楚是因为这天是我的生日。看来我的老乡们是真的太忙了，星期天也不休息。我和女孩儿聊得很开心，可能是她看到我们就像看见乡人一样了吧，我也愿意和她多聊聊。我说："给我说说图瓦人吧，我看山口那儿立着一个牌子，说这里是图瓦人的村子。"女孩儿说："我也不是很清楚的，但知道他们的人口不多，阿勒泰的图瓦人几乎都聚集在白哈巴和喀纳斯这边，这里是中国西北第一村，界河那边就是俄罗斯、蒙古国和哈萨克斯坦，那里也有图瓦人。他们是蒙古族的一支。"女孩儿说："老师你们刚才采访的那个老牧民就是图瓦人，已经七十六岁了，你看他的身体多硬朗啊，像七八十岁的人吗？这些人的生活简单，没有那么多欲望，不存在攀比和矛盾，他们一直以放牧为生，这些年这里开发旅游，有的人家也做起了农家乐和民宿这样的生意，但也都有一搭没一搭的，我们看见的那些马，就是他们拿来供游客试骑和照相的。你也看见了，哪有人管。这些牧民对金钱没什么概念，吃饱喝好、人畜平安就很知足，采些蘑菇和草药晒干了也自己用，不卖钱。"

小姑娘懂的还不少，几乎算个合格的导游了。

我说："怎么称呼你，咱俩聊了半天我还不知道你名字。"

女孩儿大方地脱口而出："梦丹，叫我梦丹吧，我姓王。大家都习惯直接叫我梦丹。我也喜欢他们这样叫，显得不外道。"

"你也是吉林人吗？"

"不是，河南人。"

"河南好，太行山，挂壁公路，红旗渠，三门峡，都是好地方，都是好景致。"

梦丹听我说起她的家乡，特别高兴。说："老师去过吧。"

"嗯，去过。怎么想起跑这么远来当志愿者？"

梦丹说："这里好啊，阿尔泰山山高，额尔齐斯河水长，戈壁浩荡无边，连风都那么自由。这里的人也好，哈萨克民族单纯善良，热情好客。老师你知道吗？哈萨克族牧民走到哪里都能和别人像一家人一样坐下来吃个饭。他们的老人不会出现没人赡养的情况，谁见了无依无靠的老人都会接回家去当自己的亲人一样对待。"梦丹的话语中带着自豪，好像自己已经是这里的主人了。

　　几块像奔马一样的白云，正飘在雪山的上方，一只鹰从山顶飞下，在白桦林的树梢打个趔又冲上云天。天更蓝了，空气中也多了几分流韵。

　　我知道志愿者通常都是一个集体，一个团队大概上百人，没准梦丹的男朋友也是其中的一个。梦丹听我问起男朋友，摇了摇头，说："原来有，散了。"说完捋了一下发梢，似乎想把一段岁月抹去。她说："老师不瞒你说，我还没从这段感情里解脱出来。本来我们说好的一起来新疆，结果来的只有我。"

　　我知道她话里面一定有很多故事，但不便多问。说："别难过，小姑娘，新疆这么多好小伙子，你又这么喜欢这里。没准以后就不走了。在这里成家立业。"

　　梦丹笑了笑，说："感情这东西，陷进去容易，拔出来难。"说话时，她的眼睛有些晶莹了。我为自己的唐突感到很不好意思，试图找个话题岔过去，一时竟不知道说什么好。

　　梦丹觉察到了我的尴尬，反倒来劝我，说："没事，老师。这里多好啊，太适合疗伤了。来了半年，我真的爱上它了，人不能总在自己的感情小世界里打转转。我热爱志愿者的工作，我不知道自己算不算人才，但整天忙忙活活的，过得很充实、很快乐。这里也接纳了我，我们的领导就是哈萨克族，和您年龄差不多，对我像自己孩子一样。"

　　梦丹说："走吧，老师。咱们去毡房里吃手抓羊肉去，这可是图瓦人最爱的一道美食，尝尝他们的马奶酒，甘甜香醇，不醉人。"

说话间，我们的人陆陆续续都来到了吃饭的毡房，大家说说笑笑，谈着这里的风景和民俗。梦丹说的手抓羊肉很快就上来了，梦丹的领导按照哈萨克族的礼仪给我们一一布菜，拿小刀子给每个人割肉。这样的吃法和我们那儿的蒙古族差不多，但羊肉确实这里的好，这一定和羊的生长环境有关。这里的羊肉又烂又嫩、肥而不腻，特别是羊尾巴那块，香得你不忍立刻咽下去。据说这里的羊因尾巴大而驰名。

马奶酒斟满了，主人唱起了祝酒歌，他的歌声粗犷，但节奏悠扬、饱含深情。他用两种语言分别演唱了上下半段，哈语自带音律，半生不熟的汉语又增添了歌词的色彩，真是别有一番味道，让人不禁跟着哼唱起来。我看见梦丹红了眼眶，不知道为什么，我也有想流泪的情绪。是谁说了句，把这孩子唱哭了。这句话让梦丹彻底陷落，干脆不控制了，哭得双肩抽搐。到底还是个大孩子。

散席时，每个人都安慰着梦丹。

分别时，我说："梦丹，咱哭过这一次，再不哭了。"她自己也说："不哭。"隔了一会儿，又说了遍："不哭！"好像在和过去告别，也向我告别。

车行在归途的山道上，此时，雪峰已经把夕阳扛在肩上了，山川却愈加清晰，世界也愈发空旷了。侧耳倾听，哈巴河一会儿在左，一会儿在右，一直不远不近地在我们身旁缓缓地流淌。晚霞偏爱山顶的白雪，山岚钟情谷间的河流，这条盘山路处处峰回路转，每个转弯都是一片崭新的世界。世界的每个转角都不缺少对爱和美的发现。倚在车窗上，我想我自己，想我的家人，想我目睹的那些援疆干部，还有刚刚接触的志愿者小梦丹，我们曾经如此之近，一个转身又如此之远，我们行走一生，不知道在何处就遇见了，唯一明了的是我们生命的航程都是从出发驶向浩瀚，就像这条哈巴河从阿尔泰山的雪峰出发，一直流向额尔齐斯河，最后和额尔齐斯河一起注入北冰洋！它们漫长的一生，经历无数挫折，冲击出大小湖泊和峡谷，但从未改变过始终。我们这一生，也该像江河一样曲曲折折、浩浩荡荡才有意义。

真心地祝福你，小梦丹！

阿勒泰纪行

杨　树

　　新疆之于我，是神话般的存在，历来是向而往之。2023年9月中旬，吉林省作家协会的一次采风，圆了我的梦。我们一行从西安转机，避开了阳关古道的访问，直达北疆阿勒泰。秋天伴我同行，我满怀期待，期待着雄伟的阿尔泰山向我展示丰满的胸肌，期待着美丽的草原和牧羊人，期待着额尔齐斯河对我述说生命的过往，期待遇见沙枣树、阿魏菇、狗头金，品尝手抓饭、骆驼奶、羊肉串……

　　我住在克兰河畔。克兰河静静地穿过阿勒泰市区，在清晨漫起浓浓白雾，像戴上一层神秘的面纱。河岸两边栽种着翠绿白桦，斑驳的树干上镶满了黑色的眼睛，在看着河水悄然流逝；又像是岁月的耳朵，在倾听大自然的回声……

感受北疆明珠的光芒

　　走进可可托海，就走进了富饶美丽的山水。

这里比东北冷些，由于光照比较强，早晚温差更大。"虽非盛夏还伏虎，更有寒蝉唱不休"，东北老家还在稻花田里话丰收，但这里已经进入深秋了，也许在我返程之前，会见到2023年的第一场雪呢。

当初不知道是谁起的地名——富蕴县，也就是财富蕴藏的地方，名副其实。这里有黄金：沙尔布拉克的岩金，额尔齐斯河河床的沙金；这里有稀有金属：铍、锂、钽、铌；这里有色金属：铜、镍、铅、锌；这里有宝石：海蓝、碧玺、紫牙乌、芙蓉石；这里有景观：可可托海著名的三号矿坑，令人称奇的地下水电站，中国唯一一条向西流的外流河——额尔齐斯河，雪岭冰峰的阿尔泰山等。

可可托海，是离岸边最远的海，是一个没有海的地方，哈萨克语意为绿色的山林。我当初是从《可可托海的牧羊人》那首歌知道的可可托海，我还以为这里是无尽的草原，草原当中有个湖，牧羊人喜欢的姑娘离开了这里嫁到了伊犁……看来，远方限制了我的想象。这里有山有水，有草原有戈壁，不仅有牛羊，还有隐藏在矿洞里的现代科学。

被誉为宝石之乡的可可托海，就坐落在阿尔泰山麓海拔一千多米的山腰盆地。这里群山环抱，峰峦叠翠，源源流出的额尔齐斯河，曲流回转，自东向西，从可可托海流过。额尔齐斯河把可可托海镇分为两部分，河南与河北。这里是额尔齐斯河的发源地，气温曾达到零下五十一摄氏度，有"寒极”之称，有“矿藏摇篮”和“北疆明珠”的美誉。

走进矿区矿物陈列馆，我被琳琅满目的矿石吸引了眼球。那些色彩斑斓的矿石在玻璃后面闪耀着属于它们自己的光芒。有淡粉、淡白色的锂辉石，浅蓝、浅绿色的绿柱石，黑亮的钽铌铁矿石，赤红的石榴子石，还有海蓝、碧玺、金绿宝石、紫牙乌、芙蓉石、蓝晶石等，还有世界唯一的稀世珍宝——额尔齐斯石，在射灯的照射下，在那个小宇宙当中，它的光芒照亮了整个夜空。

此时我在想，这些罕见的矿石是从哪里来的呢？应该是天上来的，是来自宇宙深处的流星，那是来自其他星系的问候。这里是流星雨的家园，所以地下蕴藏着多种矿脉。可可托海三号矿脉，像一个巨大的石盆，盆里面有取之不尽的宝物。

从外面看，三号矿脉也就是一座没有了山峰的山头，但到了矿洞里面，才知道里面别有洞天。看到那坚硬如铁的矿洞，我不禁在想，在 20 世纪 50 年代的中国，机械化并不普及的年代，是如何完成这些矿洞的开采，是如何进行矿洞的掘进的？矿洞本身就是整个融成一体的山石，只靠炸药是无法推进的，能让矿洞四通八达，这本身就是一种传奇。

还有举世瞩目的 87 - 66 机选厂，是全国最大的一座稀有金属选矿厂。这个厂建厂时，条件非常艰苦，厂房和设备都很简陋，几间小小的厂房隐蔽在一处偏远的山沟里，不为人们所知道。但它在二十多年中，默默地为我国军工和尖端工业作出了重要贡献。

在阿尔泰山有一个蝴蝶泉，泉水叮咚，泉水旁边有野玫瑰围绕开放，成群的蝴蝶翩翩飞舞，形成一道靓丽的风景。顺着这股清泉蜿蜒而上，就到了库儒尔特峰下，这里就是可可托海矿区二矿。库儒尔特矿场和一矿隔河相望，像牛郎织女守望在银河的两端。在库儒尔特矿场下面有一条小溪，溪水两边有几栋白色的平房，居住着近百名采矿工人。一位老矿工说，他很喜欢野外的采矿工作，觉得当一名矿务局的采矿工人很光荣，将来爬不动山了，就让儿子继续在这里为国家采矿。若问他长年在山里不觉得苦吗？他说："喝一口库儒尔特的清泉水，心里甜。"

二十世纪五六十年代，曾有一大批年轻有为的青年从祖国的四面八方云集到这个万里之遥的矿山，他们有的来自大都市，有的来自偏远乡村，还有的是转业军人。虽然大家来自不同的地方，却为了一个共同的目标，建设西北边陲小镇。虽然他们南腔北调，口音驳杂，但他们有一个共同的名字——可可托海人。就是这样一群人，他们像一棵树一样在这片土地上生根发芽、开枝散叶，把自己最美好的年华和子孙后代都留在了这里，他们更像一座山，坚定不移、沉默不语，把自己一生的时光都献给了可可托海。

在可可托海，我听到了很多感人的故事。

故事一：有一名电焊工，部队转业就留在了边疆的有色金属公司，这一留就是一辈子。他在家里的日子不多，总是出差在外，铜镍矿、布尔津、哈巴河，但随着时间的推移，他出差的地点越来越远，家人团聚成了每个人的期待。春天只是一年的开始，只有冬天，才有家人的陪伴和团聚，所以，孩子们更喜欢冬天。

他的妻子是四川成都的老师，为了他从大城市来到边疆，方方面面的生活都很不习惯。在他们孩子的记忆中，母亲总是在昏暗的灯光下批改作业，一个人支撑着这个家。而这个孩子的童年，是在饥饿中度过的，稀汤汤的糊糊粥，永远也改不了黄澄澄的颜色，他多么想念总是在生病时才能吃到的水果罐头啊。

故事二：随着岁月的流逝，家属工——这个有色金属公司特定时期的一群人，已经渐渐淡出了人们的记忆，但我们不能忘记那些母亲、那些家属工，除了为矿山的男人们建造了一个个温馨的港湾外，还要担负起与矿山相关的繁重工作。她们虽不是在册的新疆有色金属公司的员工，但她们也曾为了家庭的幸福，为了新疆有色金属工业的建设，默默奉献。

有些母亲为了工作，早早把孩子送到了幼儿园；有的是大一点儿的孩子看着小一点儿的孩子，小的满地爬，大的满地跑；还有的孩子被妈妈带到了做工的地方。那个时候的孩子磕磕碰碰是常事，不像现在的孩子那么娇贵。家属工的工作很累，但她们很满足，满足这里的环境，满足这样的辛苦，因为，于她们而言，这样的辛苦就是幸福。

可可托海创造了不平凡的业绩，创造了吃苦耐劳、艰苦奋斗、无私奉献、为国争光的可可托海精神。它也为新中国培养了大批矿山开发建设人才，谱写了新疆有色金属工业发展的重要篇章，支撑了新疆有色金属工业五十年的历程。新中国的稀有金属矿业从这里起步，方毅副总理为此挥笔书写了"北疆明珠"四个大字，从此，可可托海光照千里，名扬四海。

远处的雪山像可可托海的奖章一样闪闪发光，雪山的纹路像一页页稿纸写满了可可托海的奋斗史。额尔齐斯河从这里出发，经过哈萨克斯坦和俄罗斯，流入北冰洋，它要向世界去讲述可可托海的故事。

穿越戈壁的马灯

茫茫戈壁，风雪交加，一眼望不到头的队伍在黄昏中像一条滚动的长龙。马爬犁上装着他们的生活用品和生产工具，这是一幅搬家迁徙的景象，人喊马嘶，风雪弥漫中行进的是一支敢于开天辟地的队伍。由于受风雪阻隔，加之在没膝深的雪原上跋涉，队伍在寒冷的飞雪中缓慢前行。

天渐渐黑了，风雪中辨不清方向，于是在黑暗中，亮起了一串马灯，指引着前进的方向。虽然从远处看，灯光如豆，但连接起来的灯光像明亮的绳子，带动着人们的脚步。不知是谁发现前面有几处荒废的羊圈，搬家的队伍在羊圈凑合了一夜，第二天又拉着爬犁赶路。连日来，建设者们饿了啃一口干馕，渴了吞一口积雪。终于在荒无人烟的雪原上，发现一面醒目的红旗，这里便是他们今后要建设的家园。

在黑夜里，马灯无疑就是灯塔、就是希望，在几天的行程里，马灯带领着人们走出黑夜、走出了迷茫，找到了他们的新家。

这就是哈巴河农场搬迁新址的一个画面。正是黑夜里的马灯，让一农场的先辈们在梳理记忆的时候总是热血沸腾，总是记忆犹新。

1960 年，为响应党中央"大办农业"的号召，开辟福海县城东面亘古沉睡的土地，哈巴河农场奉命搬迁。虽然依依难舍，但拓荒者们以服从命令为天职。早春二月，北疆依然冰冻三尺，奋斗在东风大渠的农垦拓荒者们全部撤回，只开了个简短动员会，用爬犁装上生产工具和生活用品，向着新的征程出发。

随着第一批人员到达，后继人员与家属陆续来到哈什蕴，拓荒者们征尘未洗，立即投入到扩挖大渠的工作中。凛冽的沙漠寒风吹黑了拓荒者脸膛，坚硬的戈壁泥土考验着拓荒者的意志。手掌磨起血泡，脚趾被零下三十多摄氏度的寒流冻伤，吃的是粗面馍，喝的是泥沙掺杂的积雪水。机耕队的拖拉机手们，夜以继日地抢墒播种。两支不同工种的队伍展开劳动竞赛，女职工们巾帼不让须眉，与男职工们同吃同住同劳动。五月中旬，麦苗起身一尺多高，扩挖大渠的工程仍没竣工，麦苗受旱，人畜饮水面临困难，地委书记亲临工地，与职工们苦战三个昼夜，大渠终于开通。

大渠接通后生产仍面临斗渠、农渠、毛渠修建困难，但再多困难都吓不倒吃苦耐劳的拓荒者们。"天当被，地当床，誓向戈壁要油粮！"这是他们镌刻在哈什蕴大地上的豪言壮语。

回望中国的农垦历史，可以回溯到西汉之时。公元前169年，汉文帝以罪人、奴婢和招募的农民戍边屯田。公元前105年，汉朝细君公主远嫁乌孙国王的时候，在伊犁河谷，就开始屯田，史称赤谷屯田。及至清朝时期，新疆屯垦空前发展，1725年，清军在阿尔泰举办屯田，后来屯田范围遍及南北疆。

1954年10月，中央政府命令驻新疆人民解放军第二、第六军大部，第五军大部，第二十二兵团全部，集体就地转业，脱离国防部队序列，组建"中国人民解放军新疆军区生产建设兵团"，接受新疆军区和中共中央新疆分局双重领导，其使命是劳武结合、屯垦戍边。兵团由此开始正规化国营农牧团场的建设，由原军队自给性生产转为企业化生产，并正式纳入国家计划。

哈巴河农场是 1956 年成立的,是北疆创建的第二个国营农场。来自五湖四海、天山南北的知识分子、复转军人和各族青年,带着放飞的理想和屯垦祖国西北边陲的愿望来到这里。在亘古荒原上,增添了许多开拓者的足迹和身影。一农场始建于 1956 年 11 月,其前身是哈巴河农场,1960 年迁至福海县哈什蕴境内。2004 年前为地区行署直属农牧企事业单位,2004 年后实行属地管理(福海县政府管理),是集农牧渔业为一体自负盈亏的国有中型农垦企业。

从 1957 到 1958 年,仅仅两年的时间,拓荒者们用拖拉机开荒造田八千余亩,生产粮食、蔬菜、油料实现自给有余。在农场职工的带动下,周边农牧民纷纷开展农业生产,为哈巴河县结束外调口粮做出重大贡献。戈壁变成良田,边疆变成故乡。

农业是一农场三大支柱产业之一。一农场主要围绕畜牧业调整产业结构,以种植红打瓜、油葵、饲草饲料为主。近年来红打瓜市场一直看好,经济效益十分可观,同时职工总结出了一整套管理、晾晒技术,平均单产在九十公斤,每年近万亩的红打瓜收入已成为农场职工增收的主要途径。一农场建立自己的红打瓜基地已有近十年,吸引了大量的江西、广东、安徽等地的客商。

畜牧业一直是一农场经济发展的主要支柱产业之一。土地多、水源丰富为一农场得天独厚的发展农区畜牧的优势。自 2004 年，地区开展"奶业富民"工程以来，结合实际，农场先后投资购进优质荷斯坦奶牛四百余头。目前，一农场奶牛养殖已渐成规模，拥有百头集约化养殖场一个，个体标准化奶牛养殖场两个。

水产养殖业是一农场很早发展起来的一项传统产业，并已形成了一定的养殖规模。水域养殖品种主要有鲤鱼、鲢鱼、狗鱼、五道黑、螃蟹、草虾等，同时利用农场天然坑塘多的优势，兼养各种水产良种鱼苗。农场特色水产品螃蟹、花斑狗鱼等新品种的养殖，通过几年的试养，已经获取成功，并在地区范围内形成较高的知名度。

我们来到福海县的时候，正赶上中国第六届"庆丰收促和美"中国农民丰收节活动在一农场开幕。活动内容包含新型农机展览、农资展示、农作物与农产品展示等，吸引了大批民众参观游览。我们也适逢其会，详细了解了大马力、无人机、残膜回收机等新型农业机械。

岁月如歌，生命如诗。半个多世纪后的今天，前辈开垦的戈壁荒漠已经生机蓬勃，他们创造的边陲农场更是异彩夺目，一个农林牧副渔俱全、科教文卫俱兴的现代农场已屹然崛起。数十载的岁月，哈什蕴大地林网如织、条田纵横、鱼塘如镜、麦浪袭人。那些拓荒者们在这片土地上描绘了青山绿水，书写了农垦人"献了青春献终身，献了终身献子孙"

的伟大情怀。

斗转星移，日月经天，我们的前辈们，你们是乌伦古湖畔铁打的营盘、终生的兵！当年，你们踏进荒无人烟的哈什蕴，手持原始工具，肩拉人扛，风餐露宿，以大无畏的精神克服了种种困难，在戈壁荒原上建起了一座遮风避雪的营地，也建造了真情永驻的港湾。当祖国需要的时候，你们义无反顾，继续新的拓荒征程，用青春与汗水书写了农垦人的忠诚。他们靠的是什么？是最初黑夜里在前引路的马灯，是能够照亮人生征程的马灯，是能够温暖人心的马灯。

雪峰簇拥的村庄

新疆吉木乃县吉木乃镇萨尔乌楞村，因距离中哈边境线不足百米，被誉为"中哈边境第一村"。萨尔乌楞村是哈萨克民族村，村里整洁素雅、恬静舒适，坐落在雪山的怀抱里，让人感觉很温暖。

萨尔乌楞村的大门两边写着："一生只做一件事，我为祖国守边防。"横批是："边防有我在，祖国请放心。"走进萨尔乌楞村，家家户户都挂着五星红旗，各种标语牌令人目不暇接。围绕村庄的是萨吾尔山，一个个山峰像巨大的山羊，静静地簇拥在村庄的周围。远一点儿的山峰都是皑皑的白雪，一年四季都戴着一顶白色的帽子。

"我家住在界河边，祖国母亲记心间""雪都边关筑堡垒，万里边关党旗红"，在村部里这样的标语对联随处可见。在村部旁边，一面长城形态的砖墙上，写着红色的大字："中哈边境第一村。"一种神圣的感觉流淌在我们的内心，祖国两个字顿时浮现在我的脑海里。

村党支部书记叫米卢，是个微胖的姑娘。她向我介绍说，二十世纪六七十年代，吉木乃县各族群众坚持放牧保边斗争，坚持在争议地区生产生活，即使条件恶劣、基础薄弱，仍兵来扬鞭，坦克来人挡，最后使一百零六平方公里的疆土回归祖国的怀抱。

这里虽然偏远，但哈萨克族村民对祖国的热爱一分都没有减少。

米卢书记给我讲了几个故事，让我非常感动。

故事一：一家三代人接力守边。

拉齐尼一家祖孙三代都是守卫祖国边陲的护边员，爱党爱国、善良正直与勇于担当的家风一直在家族中传承。在帕米尔高原上，一家三代人接力在红其拉甫边防线上守边近七十年的动人故事家喻户晓。

2004 年，拉齐尼接过父亲的"接力棒"在边防线上巡逻。也正是在那一年，他光荣地加入了中国共产党，以实际行动践行着共产党员的神圣使命，守卫帕米尔高原这片净土。

边防线上的每一块界碑、每一条河流、每一道山沟都留下了他的足迹。大家亲切地称赞他为在云端守边护边的"帕米尔雄鹰"。

2013年9月，巡边队经过乱石滩断崖时遭遇山体滑坡，之前巡逻的标记和路都没有了。大家一筹莫展之际，拉齐尼只身前往峭壁探路。谁料山上的落石将他砸晕，伤口处鲜血直流。战士们赶紧抢救，为他包扎伤口。拉齐尼清醒过来后，大家劝他回去休息，他坚决拒绝了："这是任务，绝不能因为我的一点儿小伤耽误了巡逻。"

十多年的护边路上，拉齐尼遇到的急难险情不胜枚举，但他从来没有退缩，从来没有停止守边护边的脚步，他把为国守边当作自己的终身事业。每一次受伤，都让他的护边信念更加坚定。

受到拉齐尼的感召，越来越多的牧民参与到护边工作中，在茫茫高原上筑起了一座"移动长城"。"这辈子要一直做不穿军装的边防战士"，这是拉齐尼生前常说的一句话。铿锵的誓言回荡在帕米尔高原的群山之巅。

2021年1月4日，雪花落得纷纷扬扬。"来人啊！快救救孩子！"急迫的呼喊声打破了喀什大学午后的宁静。正在校内参加培训的共产党员、第十三届全国人大代表、塔吉克族护边员拉齐尼·巴依卡和同学木沙江·努尔墩经过学校人工湖时，突然听见求救声。循声而去，只见一名儿童落入冰窟，孩子的母亲正在湖边哭喊求助。

情况危急，拉齐尼一脚踏上冰面，直奔孩童。在伸手去拉孩子的时候，冰面突然坍塌，他不慎跌入水中。

湖水冰冷刺骨，拉齐尼拼尽全力把孩子托出水面，大声呼喊："救孩子！救孩子！"他始终把孩子高高托起，等众人将孩子救出水面后，他已沉入冰冷的水中，生命永远定格在四十一岁。

以生命赴使命，用挚爱护苍生，拉齐尼用实际行动践行了共产党员"随时准备为党和人民牺牲一切"的誓言，用生命谱写了"把人民利益高高举过头顶"的英雄赞歌。

故事二：哨所和边民同饮一河水，同守一方土。

吉木乃县乌拉斯特镇二十六号边境警务站位于吉木乃冰山区域，距县城四十公里左右，负责辖区边境线全长六公里，在这里常年驻守着十九名护边员，他们长期坚守祖国边境一线，以站为家，默默坚守着。他们与边境其他护边员一样，风雨无阻、坚守岗位，实地巡逻踏查，及时准确地掌握边境前沿动态，严防不法分子潜入潜出，确保边境辖区安全稳定。

入冬后，吉木乃冰山区域降雪降温，户外气温降至零下四十多摄氏度，因下雪刮风，部分巡边路段被积雪掩埋，护边员只能用双脚"探路"。

吉木乃县乌拉斯特镇边境警务站的护边员简单吃过早餐

后集合，带着装备出发，随后他们又开始了新的一天的巡边工作。

　　吉木乃县乌拉斯特镇边境警务站地理位置特殊，因巡边路线地形复杂，无法车巡，一年四季只能依靠双脚，采取徒步的方式巡边，短短的六公里巡边线，每次巡边足以让他们走上三个小时才能到达终点，到达终点后汗水早已渗透了衣服，稍作休整后，又开始做返回的准备工作。像这样的日常巡逻，护边员们每天要走上三个来回。

　　护边员赛尔克别克·吾木尔汗说："这条巡边线太难走了，道路狭窄、崎岖，有的路段宽度不足三十厘米，有时候必须手脚并用才能安全上下，如遇到下雨或下雪天更加难走，一不留神就会滑倒。虽然困难重重，但是我们所有人员并没有被困难吓倒，没有丝毫放松，不管多么恶劣的环境也会依然完成巡逻任务，守护祖国边境防线的安全。"

　　故事三：一条马鞭子，两代护边情。

　　村党支部书记米卢接着又给我讲了一对母女一起护边的故事。每天太阳刚刚升起，位于新疆阿勒泰地区吉木乃县中哈边境旁的女子边境警务站，鲜艳的五星红旗在雄壮的国歌声中冉冉升起。十五名女护边员庄严肃穆，面向国旗举起右手郑重承诺："边防有我在，祖国请放心！"宣誓完毕，女护边员们一天的巡边护边工作也随之展开。

近年来，吉木乃县护边队伍不断壮大，女性护边员也逐年增加。2018年，该县专门成立女子边境警务站，十五位女护边员怀着献身祖国、报效边防的热忱，投身到巡边护边的工作之中，以坚韧不拔、敢于吃苦、甘于奉献的精神，在这里安下了心，扎下了根，成为中哈边境上一道独特的风景线。

每天，赛特尔·加尔肯穿戴好装备，又转身帮母亲古丽孜拉·沙合木别克整理好行装，与母亲一起踏上巡边之路。赛特尔和母亲都是吉木乃县女子边境警务站的护边员，她们跟其他十三名护边员一起，守护着沙漠深处的一段边境线。

两年下来，赛特尔读懂了母亲的坚守与执着，更明白了母亲对边防的那份沉甸甸的热爱。她说，每天和母亲一起在边境线上巡逻感到无比光荣和骄傲，即使是一个人行走在边境线上，站在神圣的界碑前，也从来没感到孤单过，因为她是一名护边员，她的身后是祖国。

村党支部书记米卢又带着我们观看了宣传片，看到了习近平总书记给他们的回信，村里人都激动不已。习近平总书记指出："有国才能有家，没有国境的安宁，就没有万家的平安。祖国疆域上的一草一木，我们都要看好守好。"萨尔乌楞村有着世代守边戍边的故事，在一代代口口相传中早已融入血脉，成为边境小村的精神力量。

看到米卢和哈萨克族村民，我非常感动，他们放牧就是巡逻，种田就是站岗，户户是哨所，人人是哨兵，种田放牧守国土，世世代代在边关。

我在温暖的雪花中告别了米卢书记，告别了雪山，也告别了被雪峰簇拥的萨尔乌楞村。

布尔津的记忆

布尔津是个不大的城市。走进布尔津，欧式建筑是这个城市的主格调，大街小巷弥漫着浓郁的异域风情。布尔津，在蒙古语中意为放牧三岁的公骆驼，当地的哈萨克语还有河流汇合之意，因布尔津河在这里汇入额尔齐斯河而得名。额尔齐斯河是中国唯一一条流入北冰洋的外流河，发源于阿尔泰山富蕴县境内，自东南向西北奔流出中国，流入哈萨克斯坦境内的斋桑湖，再向北经俄罗斯的鄂毕河注入北冰洋。布尔津就像是额尔齐斯河上的一个纽扣，更像是这条河流的水袖，它梳理着货物的航运与河流的走向。

布尔津县高山逶迤、草原辽阔、水草丰美，自古以来就是中国西部游牧民族繁衍生息的地方。

据史料记载，布尔津隶属阿勒泰地区，古称蒙古西部草原。历代建制均属中国地方政权，汉代前是匈奴的活动区域，三国时期属鲜卑，宋朝后，布尔津一带归铁木真所有，是成吉思汗三子窝阔台的封地。

布尔津码头是一座国际码头，有着近百年的通航历史；

额尔齐斯河更有着不凡的身份，是一条国际河流，流经三个国家。布尔津还有着与哈萨克斯坦、俄罗斯、蒙古三国相邻的国境线，这就让布尔津有着神秘的传奇色彩。多元文化也在这里交融碰撞，源源不断地从中华文化的深厚土壤中，从各民族的交往交流交融中汲取着发展的动力，让布尔津成为一个国际化的小城。

　　布尔津能发展成为那个年代的水上码头，且有着百年航运历史，其最主要的原因是其汇入额尔齐斯河。额尔齐斯河总长四千多公里，在中国境内总长五百多公里，流域面积五万多平方公里，仅次于伊犁河，号称新疆第二大河。阿尔泰山融化的雪水成为额尔齐斯河的支流，所以，额尔齐斯河的支流都是从右岸汇入，形成典型的梳状水系，又像一个个栅栏，圈起肥美的草地和奔跑的牛羊。水中鱼类众多，沿岸风光壮美。尤其是流经布尔津境内时，因汇入了最大的支流布尔津河，使得河面开阔，水势浩渺。沿河两岸水草肥美，树林茂密，生长着白杨、胡杨、青杨、银灰杨等杨树家族，繁衍生息着世界四大杨树派系，是我国最大面积的杨树生长基地。

　　说到布尔津码头，就不能不说可可托海及三号矿。可可托海位于阿尔泰山脉的东南端富蕴县境内，其三号矿坑被称为"地质矿产博物馆"和"地质教科书"。矿脉富集铍、锂、铌、钽、钛、锆等金属，已累计查明矿物有八十种，其中稀有金属矿物二十六种，在 20 世纪 50 至 80 年代可可托海属于国家军事战略保密区，历史上它曾为我国"两弹一星"及航空航天等国防军工产业做出过重要贡献，被誉为中华民族的"英雄矿""功勋矿"。

布尔津因航运蜚声中外，那些航运工人，他们勇立潮头、无私无畏，塑造了布尔津百年的航运历史和人生群像，留给现代布尔津一份厚重的文化积淀和高尚品格。在缓缓的河流中，埋藏了多少不为人知的故事。

故事一：老码头上的铮铮誓言。

1957 年，二十六岁的许志岳来到布尔津，成了一名码头工人，由于表现出色，他被推选为装卸小队长并光荣地加入了中国共产党。那时只要县委一声号召，他总是带领队员扛着袋子冲在前面，即使食不果腹，也毫不松懈。那时出口还债除了矿石，还有畜产品，要去大山里收购羊皮、羊毛，为此他不幸感染上了布鲁氏杆菌病。如今退休很多年了，虽然病痛一直折磨着他的身体，但为了不给国家增加负担，他自学了针灸给自己治疗，耳畔常常会响起在码头上入党时的铮铮誓言，在他的身上，苦干、实干、乐观向上的精神一直延续到了今天。

故事二：冬闯"闹海风"，生死运矿路。

这是一个躺在老档案里的故事。由于额尔齐斯河汛期较短，采取了水陆并行的方式，每年汛期航运之外从吉木乃口岸陆运。布尔津至吉木乃路段"闹海风"，是让人谈之色变的灾害性天气，当时驾驶员在几乎没有路的情况下驾车冲雪踩路，冒着零下四十多摄氏度的严寒，首次打破了吉木乃冬季不通车的旧例，冒着生命危险按时完成运矿任务，成为当时人们口口相传乃至记录到档案里的一段传奇故事。

故事三：一本珍贵的笔记本。

这本红色的笔记本在码头工人郑佰玉老人家的箱底珍藏了近六十年，它见证了老人在布尔津老码头上的那段艰苦拼搏的难忘岁月。郑佰玉在老码头上是有名的"大力士"和"冲锋将"，为了赶时间抢任务，一袋五十公斤重的矿石他一次能背三四袋子。当时码头每季度都评一次先进，郑佰玉次次都会被评选为生产标兵，大家对他这个标兵都由衷地佩服，他也十分珍惜这些荣誉，因为这是拼了命用实际行动换来的。

故事四：老码头上"过三关"。

当时给苏联偿还外债时恰逢全国三年困难时期，每年汛期又是布尔津县风沙最猛、蚊虫肆虐的季节，加上航期短，任务重，最紧张时每天要完成四百吨的装船任务。就是在这种条件下，布尔津人战胜了"饥饿关""蚊虫关""昼夜关"，一袋一袋弓着腰把矿石背到码头送走，他们怀着爱国之情承担起了时代赋予的重任。

故事五：巴郎子汽车队。

"解放牌儿，李启昌，后面跟着个孙志亮！"这是当年执行对外运输任务时外运八队中流传的顺口溜，唱的就是运输队的驾驶员们。这支车队当时有一个响亮名字"巴郎子汽车队"。那时的路况条件很差，路面翻浆，车坏在路上一连两三天，特别是冬季，遇到恶劣天气，冰雪交加、车辆打滑，路上冻死冻伤的事情也时有发生。但他们乐观向上从不言苦，为布尔津在这场运矿备航的战斗中交了一张张圆满答卷。

故事六：难忘的岁月。

这本珍贵的手稿《难忘的岁月——布尔津口岸的故事》，是布尔津县离休老干部陈绍堂生前写的。他曾经在布尔津办事处口岸做过专职俄文翻译，后期参与过口岸检验、云母矿收购等工作，是中苏航运的亲历者和见证者。

据了解，为了让这段历史不被湮没，年逾古稀的老人买来了电脑，学会了打字，一点点敲出了一万六千多字的回忆录，详细地记录了布尔津码头建设、云母收购、航运过程、两国往来轶事等，为后期航运史料的抢救性挖掘整理提供了大量第一手翔实珍贵的资料。

故事七：两个馍馍一碗汤。

航运紧张时，一批来三四条船，要在规定的时间内，一口气把船上的货物装卸完，连续工作四十八小时都很正常。那时人力严重短缺，船一到，全县的机关干部齐上阵，他们的口号是："绾起袖管，我们就是前方搬运工；放下袖管，我们就是后方勤务兵。"大家平时只能喝玉米糊糊，但在连轴装卸时每个人可以领两个馍馍，一碗汤。码头工作人员李振民老人说："饥荒年景，国家给我们每个人肚子里都填了两个馍馍一碗汤，不让我们饿着，我们就必须挺起脊梁，对得起国家！"

故事八：一包沙枣的故事。

1960 年，外运八队五辆车一起出车拉矿，赶上特大寒流。车走到半路发动不着了，五名驾驶员待了两天三夜，滴水未进，没办法，最后只能徒步到二十公里外的乌恰沟运输站寻求救援。其中一个叫赵继洲的车上有一包沙枣，大家啃着沙枣就着雪，就等于是五个正值壮年的男人分了一包沙枣过了这个坎儿。经历这件事的李永康老人说："听说那次寒流农十师冻死了两个驾驶员，现在想想都后怕，当时大家都没有什么怨言，为了完成国家的任务，个人吃苦受累都没什么的。"

故事九：大头鞋、防风镜与老马灯。

这三个老物件的主人叫徐延欣，当年是矿石库房的保管员。他常常穿着这双磨透了底的大头鞋，戴着已经生锈的防风镜，手提这盏老马灯，反反复复地巡视检查。苏联人装船的要求苛刻，麻袋破损的拒收。他有一个信念，那就是绝不能出错，因为矿石是国家的宝藏，每一袋都要经过他仔细检查、登记和归位，再苦再累也丝毫不马虎。多少年过去了，这三个宝贝他从来不肯丢掉，因为它们伴随着他度过了那段艰难光荣的航运岁月。

在河流的滋养下，布尔津小城灵秀隽美，而厚重的中苏航运历史更令人心潮澎湃。额尔齐斯河航运，见证了这座小城的变迁，也记录下了那段无悔的岁月。

望着布尔津跋涉的步伐，看着额尔齐斯河奔流不息，站在古码头上，去感受额尔齐斯河航运的百年印记，去怀想这条河的前世今生。

喀纳斯：最后的风景

来到阿勒泰，当地人调侃说，阿勒泰的大尾羊走的是黄金道，吃的是中草药，喝的是矿泉水，拉的是六味地黄丸，尿的是太太口服液，由此可见，阿勒泰的大尾羊浑身都是宝啊！我期待着大尾羊，期待着"天苍苍，野茫茫，风吹草低见牛羊"的草原风景。

车行很久，眼中都是茫茫的戈壁，一眼望不到头。看着这些石头山，光秃秃的，没有一片山林，偶尔有几棵树孤零零地站着，我心底兀自泛上几许苍凉。我慢慢适应了眼前的景象，换了一种思维：地有南北，天有高低，天下没有一样的地貌，南方常年翠绿，却气候湿热，北方干燥，但又寒冷，没有十全十美，大多不能尽如人意。

然而，这个时候看到的树丛却是难得的好看，它们扎根于岩石的缝隙，弥补着石头的缺憾。偶尔有小溪流出，必然带着一路蓬勃的绿色，那些山谷中的树木，独自成林，也不乏一些森林气象。

渐渐地，视野变得柔软起来，我们来到了额尔齐斯河的发源地。首先看到的是高大的山谷和茂密的森林，有河水伴着道路弯弯曲曲。

神钟山下，我们抬眼望去，一座巨大的石山挡住了去路。这座山像一座钟扣在地上，故名神钟山，又名阿米尔萨拉峰。岩壁缝上生长着白桦树、青松和西伯利亚云杉，雨过天晴，彩虹划天而过，景色十分壮观。登上左侧山峰，极目远眺，额尔齐斯大峡谷收入眼底，奇山异景，美不胜收，让人流连忘返。

下一站是草原石城。路两边是形状各异巨大的石头，像一座巨大的城墙，更像是坚固的堡垒，在雨雾中，如一匹匹的奔马，似一峰峰的骆驼，有的若乌龟闭目养闲，有的像鳄鱼在岸上产卵……真是妙趣横生，千奇百怪，我只能感叹大自然的鬼斧神工啊。

走过石城，就是著名的通天洞。通天洞遗址位于阿勒泰地区吉木乃县草原石城景区通天洞景点内的一处花岗岩洞穴遗址，海拔一千八百一十米。2014年的一次文物普查中，有学者经过这里，发现通天洞遗址，当时初步判断是青铜器时代遗址。但随着考古发掘的继续，这个洞穴慢慢揭开了神秘的面纱。因为在发掘过程中发现了一些旧石器时代的生活痕迹，比如一些石片、石核。也就是说，这里可能在上万年前就有了人类活动。

新疆文明作为中华北方文明的重要组成部分，考古学家们在新疆吉木乃县所发现的通天洞遗址，证明了这里是新疆上万年前文明起步的地方，也是新疆人类第一缕炊烟升起的地方。

西北边境第一连，是我们必须去的地方。

新疆兵团农十师一八五团一连，位于哈巴河境内，被称为"西北边境第一连"，是全国离边境线最近的一个团场连队，他们所在的位置与哈萨克斯坦隔河相望。

走进一连，一块风景石上醒目地写着："我家住在路尽头，界碑就在房后头，界河边上种庄稼，边境线旁放羊牛。"另一处写着："割不断的国土情，难不倒的兵团人，攻不破的边防线，摧不垮的军垦魂。"在连部正中有"西北边境第一连"的楷体大字，在连部办公室的墙上写着："眼睛为前哨，连部大本营。草松起薄雾，龙渠绕白杨。牛羊常巡逻，种地也站岗。国旗门前挂，祖国胸中存。西北有一连，虎视何雄哉！"

这里不仅偏僻遥远，自然条件恶劣，夏季有大如蜜蜂的蚊子，能咬死乌鸦的蠓虫；冬季大雪封山，交通不便，坐爬犁车去最近的县城至少也需要三四天。就是在这样恶劣的条件下，他们开垦出一片片荒地，建起了自己的家园，并几十年如一日地守护着。

这是一支特殊的部队，是军队，没有军饷，是政府，没有编制，他们世代守卫这片疆土，捍卫了国家威严，被称为"永不移动的界碑"。

在数千公里的额尔齐斯河上，从古至今不知架设了多少桥梁，岁月有序，春夏秋冬，这些桥梁经历了多少沧桑，演绎了多少故事？今天，人们依然可以找到那些与桥有关的历史与传奇。其中，那些隐藏在额尔齐斯河上游、阿尔泰山深处的桥，就与一代天骄成吉思汗有着真实的历史渊源。

公元 1218 年，成吉思汗率蒙古大军从克鲁伦河畔出发，翻越阿尔泰山至额尔齐斯河畔度夏。一路前行，所到之处，都由成吉思汗次子察合台开道，遇山开路，逢水架桥，共修筑木桥四十八座。

　　由北屯向东三十公里的额尔齐斯河段，有个古老的地名叫锡伯渡。相传18世纪中叶，清廷从东北抽调锡伯族青年和家属前来戍边。公元1765年初夏，首批人马来到额尔齐斯河畔时，正值春潮泛滥，因河上无桥，于是大队人马决定在此做短暂停留。直到第二年夏天，他们才拔营继续西行。因此这地方被后人称为锡伯渡，并成为前往阿勒泰城时必经的一个渡口。20世纪60年代后期，兵团农十师再次来到这里戍边。十多年后，北屯终于修建起了一座锡伯人当年无法想象的大桥，把额尔齐斯河两岸紧紧地连接在了一起。这就是当地著名的北屯额尔齐斯河大桥。

　　如今，北屯额尔齐斯河大桥成为阿勒泰地区通往各地的必经之路，也是连接四方的交通枢纽。这座大桥是由三座桥组成的，除了中间的主桥外，还有南北两座副桥。无论是在主桥上还是副桥上，欣赏日出日落都是一件很惬意的事情。尤其是夏秋季节，在桥上可看见日出东方时天边的一片红晕，红日从地平线上慢慢升起，远处的便道上尘土滚滚，哈萨克族牧民赶着牛羊马匹转场而来。

　　在布尔津，除了现代机械浇铸的大桥外，还有一座木桥，木桥的设计充分体现了小城的沉寂。原始的木头搭配着现代的钢筋，几横几叉地堆到河两岸，让你感觉到了设计的随意与木桥的敦实，浑然和小城成为一体。每当夕阳西下，长河落日，映照着转场的驼队，场面十分壮观，成为新疆独有的风情。

巍峨耸立的阿尔泰山脉，西北起西伯利亚，经阿勒泰地区，东南至蒙古人民共和国，绵延约两千公里。峻峭伟岸的山岩上，两千到三千余年前的古代游牧民族，给我们留下了非常丰富的岩画，被当地称为"古岩文化"。从阿勒泰地区吉木乃县、哈巴河县，直到东部的青河县，逢山必有岩画，这一带素有"阿勒泰山千里岩画长廊"之美名。

岩画，是古代山地居民用颜料创作于岩石或岩壁上的一种图画，是古代居民创作的一种生动活泼的艺术作品，反映了人类的文化面貌，也是人类活动的重要记事方式。阿勒泰地区岩画分布十分广泛，现已发现有七十余处。从东端的青河县到西部的哈巴河县均有岩画分布，号称"千里岩画长廊"。岩画内容，一类是各种形象逼真的动物，另一类是反映人类生产生活活动的图画。最为神奇的是在阿勒泰地区青河县发现的"独目人"岩画。有关专家推测，这可能与地球之外的异类文明有关。古代《山海经》中提到过"一目国"和"一目民"，在我国新疆罗布泊和宁夏贺兰山以及非洲的埃及、大洋洲的澳大利亚、北美的加拿大均发现了"独目人"岩画。我们能否由此推断：一是独目人曾经在这些区域生存过，不知什么原因消亡；二是异类文明使者造访过地球而留下了标记。

据史料记载，阿尔泰山岩画最初的作者，当为塞种人。

而后世游牧民族又一代代补续之，终完成了这一世所罕见的艺术巨作。岩画分岩刻和彩绘两种，内容多为狩猎、放牧、舞蹈、宗教活动及家畜和野生动物形象，分布较集中且交通较方便的是位于阿勒泰市西南约二十五公里切木尔切克乡的"玉依塔斯"岩画群。其中一巨幅岩面长十五点六米，高两米，为目前我国境内阿尔泰山中最大的一幅，其内容主要为狩猎、动物交媾等等。

位于阿勒泰市正南三十余公里的汗德尕特蒙古族乡的雀尔海和多拉特沟岩画，内容多为狩猎、征战、舞蹈、放牧及虎、狼、狗、牛、马、驼、鹿等动物形象。这些岩画至今是考古者们探究的课题之一。

当你置身在千里岩画长廊中，你会感觉到时空隧道划过天际，数千年来凝结着厚重无比、光辉不朽的民族文化，从古至今没有停止过，生生不息，代代相传。

乌伦古河是一条自东向西流的自然河流，发源于中国境内的阿尔泰山东段，主要支流为大青格里河、小青格里河、查干郭勒河，布尔根河和强罕河。

由上述五条河流在青河县境内汇成乌伦古河，在额尔齐斯河南侧与其平行缓缓西流，直到福海县境内汇成乌伦古湖。乌伦古湖又叫布伦托海，是乌伦古河的尾闾湖，蓄水量和水域面积取决于乌伦古河的流量大小而不稳定。乌伦古湖的水域面积是一千零三十五万平方公里，是中国十大内陆湖泊之一。

　　说起乌伦古河，在当地民间还有一段悲怆的故事。传说在很久以前，布伦托海一带就是水草丰美的地方，有一位叫巴海的哈萨克族牧民经常在这里放牧，他是一位英俊魁梧而又勤劳勇敢的巴郎子。他招呼羊群不用扔石子，而是吹铜笛。他有一支金灿灿的铜笛，吹奏的笛声娓娓动听，能使湖水停波、山风止啸，羊群也能随着他的笛声表达的心意或行或止，或东或西。不仅如此，那优美感人的笛声还牵动了天帝的女儿乌伦古的情思。

　　一天，乌伦古正在布伦托海中沐浴，忽然听到远处传来悠扬的笛声。那声音如泣如诉，好像一位恋人在向他的情人倾诉。她被这优美动听的笛声打动了。顺着笛声，找到了英俊的巴海。他们一见倾心，爱得难舍难分。以致乌伦古忘记了回到天宫，巴海也忘记了自己的羊群。

　　当他们沉浸在爱的海洋中时，不幸的事情发生了。原来，布伦托海深处居住着一个魔王，他似人非人，似兽非兽，相貌奇丑，魔力无边。当他发现巴海和乌伦古爱得如醉如痴时，不禁妒火中烧，杀机顿起。他决定要拆散这对恋人，把乌伦古抢过来。他先是吃掉巴海的全部羊群，然后刮起妖风，吹得大地飞沙走石、昏天黑地，使这对恋人不能安安稳稳地过日子。

　　正当乌伦古与魔王拼杀之际，魔王的爪牙将巴海抢走。

乌伦古见心爱的人被抓，悲愤之极，回到天宫向王母求助。在王母娘娘儿番谏言之下，玉皇大帝派出托塔天王李靖率领天兵剿灭魔宫，救出巴海。巴海虽得生还，但爱人乌伦古不在身边，湖水干涸了，羊也一个不剩了。他孤苦伶仃，不禁悲从中来，只得用铜笛抒发自己内心的悲伤和对乌伦古的思念。而乌伦古被囚宫中，见不到心爱的巴海，也是终日哭泣不已。她的父母无计可施，最后只得同意她去见巴海，但必须变成一条河流，流到布伦托海，让它重新成为一个水量充足的大湖。

乌伦古心想，只要能见到心爱的巴海，变成一条河也心甘情愿。于是阿勒泰草原上又多了一条河流。它从阿尔泰山中流出来，一路上呜呜咽咽地奔流着，最后流入布伦托海。

几年后，布伦托海又恢复了以往那湖光潋滟的旖旎景色。而巴海却一点儿也不知道这条河就是她的化身，他还以为乌伦古变了心，再也不爱他了。最后，他绝望地纵身跳入布伦托海中，结束了自己的生命。后来，人们为了纪念这对不幸的恋人，就把这条河叫作乌伦古河。

喀纳斯，蒙古语为"美丽而神秘的湖"。喀纳斯湖景色迷人，四季风光不同。那里有神秘的喀纳斯湖怪，还是西天仙女下凡沐浴的地方。在夜深人静的时候，从碧波荡漾的湖面上传来幽幽的笛声，那里有驼颈湾、月亮湾和卧龙湾，有神奇的越桔岛，大大小小的湖泊，还有观鱼台和点将台。这里诱惑我的地方太多。但由于一些其他原因和行程的改变，我们没有亲临喀纳斯湖，只能听当地同志的讲述了，给我们留下了一个美丽的遗憾，留下了再来阿勒泰的借口。

"莫言塞北风雪稠，自有美景比杭州"，这是元朝道教文化领袖人物丘处机曾经西行到阿勒泰地区，走到哈巴河县留下的诗句。

我们在西北第一村——白哈巴村赶上了 2023 年的第一场雪，在雪的装扮下，比一下杭州还是可以的。白哈巴村是哈巴河县一个原始自然生态与古老传统文化共融的村落，一切都还保存着几百年来固有的原始风貌。在雪花的后面，白哈巴村给人一种神秘和震撼，被白雪覆盖的村庄、道路、山峰与炊烟，还有几个在路上的行人，每一个结合起来都是那么合理，每一幅画面都是最美丽的画面。我们走进了一个童话的世界，走进了图瓦人世居的家园。在这里，我们相约，明年秋天，再来阿勒泰，再来喀纳斯湖。

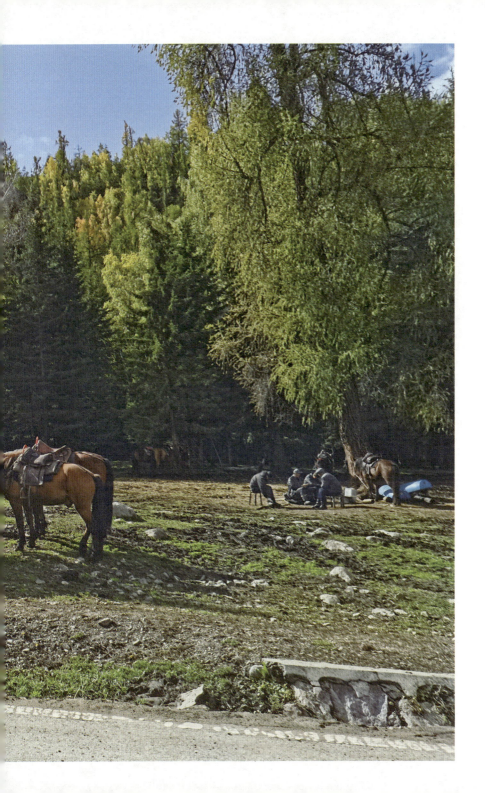

白哈巴村的白马

文 欢

我们属于远方

有自己的群山、木屋和炊烟

流水是长长的歌

驼鹿的眼睛就像我的爱人

这安宁，有时绊倒死神的脚步

当云彩擦亮天空

爱人啊，我们就搬到天上去住

据说这是首图瓦民歌，是云溪来到阿勒泰文联工作时，有次整理办公室的旧资料时看到的。那是一本旧书，作者是当地一位哈萨克族的老诗人，他是在一篇回忆去白哈巴村的散文中引用的这首歌的歌词。

云溪一看到"属于远方"这几个字，便突然被打动了，不禁拿起书来认真地读了一遍。虽然只是几句歌词，但木屋、流水、驼鹿和爱人这几个词，还是让她的心有了共鸣似的颤了一下。白哈巴村和图瓦人，这些名字读起来很有点儿古老和神秘之意，让云溪印象深刻。

那时云溪才刚来阿勒泰一个多月，是一名大学毕业生，也是一名援疆志愿者。对新疆以及工作的阿勒泰地区，了解得还不多。她学的是设计专业，来新疆前在一家动漫公司工作过两年。刚来的一个多月时间里，她一边努力适应着策划和文案工作，一边努力适应着阿勒泰那特殊的寒冷。

阿勒泰的雪和阿勒泰的冷，让这个东北女孩儿很是惊讶。穿着平时过冬的绒裤，有一天在雪地上走路时竟猛地感觉膝盖骨缝里似有微微作响、似乎要裂开的可怕感觉，把她吓得赶紧买了副厚厚的护膝戴上。她没有想到阿勒泰会这么冷，如果按气象学上对寒冷程度的划分，阿勒泰应算是酷寒，比东北的严寒要高一个等级。阿勒泰的雪期长达七个多月，怪不得被称作雪都！

说起这雪，不禁更让她咋舌，她奇怪这雪好像和东北的雪不太一样！东北的雪攥在手里大多是湿润结实的，可阿勒泰的雪攥在手里却有点儿像盐、像细沙，不那么容易黏合在一起。当地的同事告诉她，这就是阿勒泰特有的粉雪；这个粉可不是形容雪的颜色，而是形容雪像干燥的面粉或粉末，是最适合滑雪的优质雪。

自从2006年在阿勒泰一个古老的山洞里发现了一幅一万年前的岩画后，阿勒泰被正式确认为人类滑雪的起源地。因为在那些岩画中，细致地描绘了古代阿勒泰人的滑雪情景，这一发现让阿勒泰的"雪都"之名更加闻名，也让阿勒泰的滑雪产业飞速发展，冰雪体育成了强优势！

但云溪还是觉得这像砂糖似的雪与风大也有关，因为哪怕是很厚的雪，也能被风吹得像扬沙一样轻松。雪大风也大，就像在打架，雪总是被风追得停不安稳。在阿勒泰的冬天，她见识过两次"风吹雪"的极端天气，雪被风吹起了两米多高，雪团在空中飞舞，那恢宏的气势和景象真如童话世界般让人激动！云溪想这样震撼的场面可能只有在新疆这种辽阔的地方才会看到，这种辽阔甚至让她的思想都发生了不小的变化，仿佛心胸变得宽广起来，以前在意的很多小心绪和小感伤，突然显得很渺小，连失恋都好像被治愈了。这种豁然开朗的感受连她自己都感到有些神奇。

但不可否认的是，云溪偶尔也会有些恍惚之感，她知道这种失神似的恍惚并不全是来自身体上的疲惫。她年轻并不怕累，虽然有各方面的不适之处，但对于家境平常并不娇气的她来说，这些不适都是能够克服的小困难而已。她早有心理准备，更何况这里的生活比她想象中要好很多。气候虽冷，可宿舍却非常暖和，还有当地人对他们这些年轻人的关心，都让她心里热乎乎的。尤其是她的领导——文联主席，一位外表粗犷、说话却很亲切随和的哈萨克族男人，不仅对她的工作耐心指导，还经常鼓励她表扬她，经常对她说："小云溪，你要在这里好好学习、好好工作哟，让你的爸爸妈妈放心，我们会照顾好你的，我会把你当成我女儿一样关心的。"

人在异乡听到这样温暖的话，让云溪感动极了！虽然每天基本上都是两点一线的生活，从宿舍到办公室，但云溪这些年轻人并没有感觉到离家的寂寞，因为他们和当地人已相处得非常融洽。那么这种恍惚之感究竟来自何处呢？这让云溪有些困惑，她不禁自我调侃，是不是自己开始变得成熟，开始思索起人生这个大主题了呢？

天冷，加上交通也确实不太方便，也没有什么娱乐场所可去，因此云溪只好常去文联的图书馆里看书，看书可是最能答疑解惑的。她一直就是个文静、爱读书、爱思考的女孩儿。她等着冬天过去，然后好好去看看新疆的美景。连她的领导——那个爽朗的哈萨克族男人，也时常安慰她："等春天一到，我就领你们去看我们新疆的美景哟！我们新疆可是好地方哟！春天一到，我们这里也要热闹起来了，会来好多游客的！"

春天果然来了！来得轻快而明亮，美得让人目不暇接！然后转眼便已是九月的秋天了。秋天的美似乎比春天的美更加明艳多彩，仿佛酿熟了的酒，让人沉醉！

"小云溪，你的家乡来客人了，是几位作家，明天他们要去白哈巴村采风，你不是也一直想去白哈巴村吗？"

"真的？"云溪兴奋地尖叫了起来，大声说，"太好了！我要去白哈巴村了!"

　　云溪真是打心眼里兴奋,要知道春天来了,秋天来了,可他们的工作也变得忙碌起来。全国各地不断有人来阿勒泰旅游或考察,有些与文联相关的宣传策划方面的工作,他们需要接待和写文案报告,常常忙得加班加点。

　　云溪的家乡是吉林省长春市,来采风的老师是吉林省作家协会的几位作家。在车上,他们一边看窗外的风景,一边说着对新疆的种种感受。云溪听着熟悉的乡音,眼圈红了起来。有位看着和她妈妈年龄差不多的阿姨注意到了她的情绪,便特意走过来坐到了她的旁边,轻轻抓起她的手拍了拍,说:"想家了吧孩子,你们这些孩子离家在外不容易,要学会照顾好自己呀!"那一刻云溪突然有些抑制不住,眼泪竟噼里啪啦地掉了下来,哽咽着说不出话来。

　　阿姨搂住了她的肩膀,像安慰着自己的孩子:"想家了就哭一下吧,没关系的,谁在外想家都会哭的,哭完就轻松了!"

　　云溪真的感觉心里轻松了很多,她看着阿姨不好意思地咧了一下嘴。但阿姨却认真地看着她的脸,问她:"孩子,你的脸蛋上怎么起了这么多小红疹子呀?"

　　云溪说:"来新疆后脸上就这样时好时坏的,可能是水土不服吧。这里天黑得很晚,时间作息上,我一直没怎么适应好;吃得也不太顺口,我喜欢吃细面条,可这里的拉条子有点儿粗，也有点儿硬。"一边说着一边不好意思地又笑了一下。阿姨看她笑了，也跟着笑了一下，但阿姨的眼圈却也有些红了！

　　汽车经过著名的中哈大峡谷时停留了一下，大家下车观看着那些气势磅礴的山谷和界河。不愧是新疆最美的一条峡谷，白哈巴河畔长满了白桦树，静美、迷人，让人如痴如醉。

　　从大峡谷到白哈巴村一个多小时的车程，越往白哈巴村行驶，越能感觉到风光已有了迥然的变化，人工雕琢的痕迹逐渐减少，原始古朴的风貌渐渐浓厚。

　　终于，到了白哈巴村！

　　云溪站在村子后面的一个山坡上，向周围眺望着，这个角度非常好，可以俯瞰到村子的全貌。远处是雪山晶亮的山顶，那就是雄伟的阿尔泰山。山顶仿佛和白云连在了一起，耀眼得无法直视。山顶往下的山脉起起伏伏，森林在其中层层密布，仿佛铺开了一幅油画的巨毯：深绿色做底，上面的金黄色、深红色还有闪亮的白色，让整个画面显得五彩斑斓、令人炫目！那些树便是被称为阿尔泰山森林的"三张脸"：落叶松林、桦树林和针阔混交林。这些珍贵的植被也一直延伸到了白哈巴村，与村里的尖顶木屋、河水和山坡结合在一起，美得让云溪彻底呆住，仿佛穿越到了一个原始古朴的农耕时代的村庄，实在是太有趣了！

　　虽然来之前已经看了一些关于白哈巴村的资料，知道这是一个原始自然生态与古老文化共融的罕见的村庄，但当真正看到这些保持了几百年的原始生态时，还是让云溪有点儿热泪盈眶。

白哈巴村子真的很小，居民也很少，只有一千多人。据说是图瓦人用自己独特执着的环保方式，才保持了村庄的原样。比如盖房，村民们大多就地取材，先用红松原木一根一根横着垒起来拼成墙体，然后墙角相交处采用榫卯结构镶嵌，缝隙处则用传统的泥巴混着苔藓草进行黏合。房子的尖顶既可以用作储藏室，又能防止厚雪积压。保护大自然并对它持有一颗敬畏之心，不仅是图瓦人，也是哈萨克等民族的生活习惯，这一点是云溪来新疆后深有感触的。

游客很多，散布在各个角落，都拿着相机或手机在不停地拍摄着，而村民们则在有条不紊地给游客们准备着午饭。听作协阿姨说会有必不可少的马奶酒和手把羊肉。

云溪走下山坡，向阿姨那边走去。阿姨正在河边采访着一个哈萨克族老大爷，老人家已经七十九岁了，是白哈巴村的原村党支部书记。当翻译的是哈巴河县文联主席布尔力克·朱马尔。云溪站在旁边认真地听着他们的交谈，这对她来说可是一次难得的学习机会。阿姨问得很仔细，老人家回答得也很认真。

老人说他是在1963年边境线上最为紧张时迁来定居的，家里有六个孩子，在村里已住了六十年。要知道作为边境

线上的西北第一村的白哈巴村，每个居民也都是边境家园的守护者。党龄已四十七年的老人，曾当了三十八年的村委会主任和书记，既是老干部，也是位老劳模。提起六十年来的生活，老人深感欣慰，这六十年，也是维和的六十年，国家的强大，才让他们的村子有了这份安宁和富足。说起现在的生活，老人家一脸的欣慰和高兴，他说："我家有五十亩地、三十只羊、十头牛和三匹马，从1990年开始发展旅游到现在，每年大概有十万元的收入，国家政策好，我的日子过得很幸福！"

周围的人都一起笑了起来，阿姨也很开心地说："祝福您老人家，希望您的日子越过越好，我回去要把您家的故事登在报纸上，让大家都了解白哈巴村，了解白哈巴村人的幸福生活！"

老人高兴地摆了摆手，招呼大家去吃饭："我们有马奶酒招待朋友！喝了马奶酒，就是我们的好朋友！"

大家向毡房里走去，这时云溪突然看到了河边白桦树下伫立着的三匹白马。这三匹马就是老人家用来给游客骑行游玩的马，此刻它们站在白桦树下，身上的鬃毛光滑如丝，和白桦树干在阳光下一起闪烁着晶亮的光泽，好一幅白马白桦图！

白马们用明亮清澈的大眼睛看着云溪，那眼睛就像黑宝石一样闪亮。马是人间行路的天使，每当白哈巴村被大雪覆盖，交通便全依靠马匹，云溪想象着在白雪中奔跑的白马，那一刻的画面从古至今，变化的只是看着这风景的人而已。

云溪再次有了穿越之感，是那几匹白马从古代穿越到了现代，还是她从现代穿越回了古代？此刻只有静静的大自然，只有群山和流水，她想起了那首图瓦民歌，心底变得一片澄净！

曾有的恍惚和迷惑退去了，仿佛呈现出了某种答案，但又不是真正意义上的答案。对了，迷惑的似乎就是"意义"这两个字，它关乎选择和命运、理想和道路之类的问题。这些问题在白哈巴村的空旷自由、亘古不变中，仿佛突然归于平静！

她想起了另一首描写阿勒泰的当代歌曲——《雪都》，有两句歌词也饶有趣味，似乎与那首图瓦民歌有点儿交相呼应——

古老的故事都在阿勒泰

充满玄幻的城市阿勒泰

游牧民族也生活在阿勒泰……

不管是古老还是现代，白马们都在不停地奔跑，向前奔跑，是永不改变的！而只有大地的亘古不变，才能让所有的奔跑都到达想去的目的地！

云溪也向毡房方向快乐地奔跑起来……

走过阿勒泰

杨　逸

无边戈壁，透明的风。徐徐然，几匹老马在游弋。

车子疾行，公路宽阔。远方悠长的驼队，看上去，像一条行走的河。

一

即便有了独库公路、禾木公路、铁贾公路，阿勒泰仍然闻不到脂粉气，也不见灯红酒绿。现代文明、热闹繁华、大都市的燥气，被漫长的公路连接至此，也被漫长的公路拉抻得渐渐稀薄。

阿勒泰依旧豁静，质朴。人们发现了这里的美，人们改变不了这里的美。

所有改变，都是雕琢，区别在力道。都市是精雕细琢，包括周边的小镇。对阿勒泰，人类刀法粗砺，除了把各种道路献给双脚，还不曾留下冗繁的手笔。

时差原因，阿勒泰的上午从十点开始。阳光变得浓烈，夜晚留下的料峭很快被驱散了。

公路两边偶尔闪过简易小房子，也闪过朴素温和的脸。是当地居民，在那里卖石头。据说有玉石有矿石，都是零成本的。公路两侧，不时可见成群的牛羊，步伐悠闲，表情散漫。它们没学会躲汽车，也不会向车中人摇头摆尾。献媚是不可言传的技能，而这里的牛羊很木讷。看得出，它们守着额尔齐斯河、哈巴河、乌伦古河、克兰河、那仁河、乌拉斯特河——还有不知名的分支小河，却没学会洗澡。走过的路、活过的年岁，都挂在皮毛上。季节的痕迹和心无城府，都袒露在皮毛上。

真是久违了，憨愚的牛羊。它们若不在乎谁，就是真的不在乎。它们一旦亲近谁，便是真亲近。它们身上粘着骆驼草碎叶、灰绿的苍耳子，也能抖出干巴巴的沙枣。就那样一直挂着，直到把生命献给人类。

隔着车窗，我逐只抚摸它们。我在抚摸实诚和真性情。牛羊似有所感，隔着车窗，逐个报上姓名：公山羊，两岁，幸会了；大尾羊，雌性，别名福海大尾羊；绵羊，到昨天，正好百日羊龄；白头牛，身高一米二；西门塔尔牛，生性怕热。

路还是那路，车还是那车。生命擦身而过，却有了些一见如故，依依不舍。在天地间，生与死有界，生与生，本就是无界的。

车往前开，牛羊往冬牧场走，咩咩哞哞声一会儿远，一会儿近。

阳光普照，万物通泰，地广人稀。我对自己说，此地是北疆，阿勒泰，目光撒出去就拢不回的阿勒泰。

阿勒泰的放牧文化从古至今。千年古牧道上，马背上的哈萨克族牧民，用千年前祖先的眼神，爱怜千年后的每一头牛、每一只羊、每一匹骆驼和毛色各异的马。我一路看到没修剪过的马尾马鬃，没打过油的马毛。我闻到食草动物混杂过泥土、雨雪、沙尘和粪便的荷尔蒙气味。我看到一场雨即将倾覆阿勒泰，马群背后，却有一道亮晃晃的橙色光晕破云而出。没多久，太阳粗浊的边框再次紧压住前方的地平线。

雨云没跑过马群。四野浩瀚，远处高山伸出锐利的刀尖，刺破低悬的云层。天空再次豁然开朗。天空下，一山高过一山的悬崖宛若残肉犹存的骨头，陡峭的峡谷不时可见居高临下的洞穴。大头向日葵在等待砍向脚踝的镰刀，金黄色的无壳南瓜试图挣裂鲜艳的外衣。欧洲山杨的叶子红如胭脂，夺目艳丽，皎白的桦树圆睁着百年前飞鱼留在树身的眼睛。九月底的阿勒泰，不肯老去的枫树，反而绿得有些拘谨。

浓稠的负氧离子拍打着鼻孔。接下来几天，我和同行人一道，穿行在犷悍拙朴的阿勒泰。

二

第一站就到了博物馆。

阿勒泰博物馆颇有几分史诗气质——四根大圆柱立在古朴的大门前，阳光照耀金色的墙壁，阳光和墙壁令彼此庄严。秋风在石柱上打磨，很用力，很有性格。门上，木框把玻璃切割成十几块，我走近，一个我在玻璃上奔向我，眼看相撞伸手一推，此我到了门里，彼我不知所踪。

我没找她。我戴上近视镜，不为寻找任何人。知己是找不来的。最真实的自我常在最不经意时降临，也无须寻找。可是刚到二楼，我就怔住了。展厅里是按序号排列的文物，是博物馆特有的静默。偏偏我却听到一声克制的召唤。像来自派生万物的天地，像一直躬身于众生的来处。声音很微弱，很容易错过，却又宿命般地钻进我的耳鼓。我左右寻找，不知脚下挪动一小步是身旁文物的几千年。终于，五步之后，我惊异地发现：一个石人正殷殷看着我。

或许，这是注定会发生的一幕。被赋予人形的石头也被赋予了人的期盼，它一直盼望有人能洞穿真相——时光落地，它无时不在表达，可是没有人听见。

这心性，跟我多像。即便如此，我要如何听懂它？它圆睁俞伯牙似的双眼，能等来唯一的钟子期吗？我感觉鼻梁上

161

的近视镜该换了，为查看显示屏上的小字，我只能用手把镜片使劲儿推近不中用的眼睛。

文字和解说员一起为石人验明正身：三千五百年前，生活在阿勒泰地区的切木尔切克人，用小石头打磨大石头，日复一日，造出众多圆润的守墓石人（后被归类于"切木尔切克文化"）。

我意识到，对石人的倾听应从此处开始，它的身世在这里并不神秘。可切木尔切克手艺人打磨巨石的样子，却抢先一步，把石人复原成它最初的样貌——一块棱角并不鲜明的椭圆形巨石。

忽然间，时光变得沉重如鼎。我用力推开它，看着从它深处浮现的切木尔切克手艺人。他静止的面容年轻而沧桑、瘦削而坚定、安详又热烈。这副矛盾的、耐人寻味的面孔，似乎已经感觉不到时间的灰飞烟灭。又是一声克制的召唤，我意识到石人在赞叹我的发现。我断定这一幕就是它的期盼——三千五百年后，有个来自北方的人，心思飞腾穿越、思维七孔八窍，透过眼前的石人，不仅与古老的手艺对望，还与一个久远的灵魂相惜……

那是青铜器时代。阿勒泰的茫茫戈壁深处，一位年轻的切木尔切克人，面对一块天然圆形巨石，举起手里另一块锋利的石头。他要以石为器，复制一张人面。这张人面神圣、威严，在他心中一向如此。部落内有好几个手艺人，他不知道这个威严的人为什么选中自己。他的手，因激动而颤抖。苍鹰从天空飞过，衔来阿尔泰山雨后的彩虹。

彩虹忽而完整，像上苍给人间的赐福；忽而肩披白雾，只露出三角形的切面。这凌空而降、近在眼前、石破天惊的美，又一次让切木尔切克人战栗。他总是为人们见惯的一切眼中噙泪，无法平静。他曾在路过的岩洞里看到过先人留下的岩画——站立的白鹳在啄食一条身形巨大的鱼，远处是一只受了惊吓、朝反方向奔跑的麋鹿。他激动万分，却舍不得伸手触碰。他怕自己粗糙的手会磨灭先人的印记。他少言，以此掩盖对美的炽热。他刻过一个石人，部落里的人都说不像。可这一次，长老却偏偏选择了他。

他要雕刻的，正是部落长老。

时间一天天过去，他与时间没有一句对话。巨石上渐渐长出眉毛、鼻子、嘴。有人悄悄告诉他，哪里都像，只有眼睛不像。告诉他的人想让他知道，作为守护整个部落生活富足、人丁兴旺的人，长老的眼睛里理应只有尊贵、肃穆、庄严，像额尔齐斯河最深处的暗流。好心人甚至提醒他：不像，意味着你将受到惩罚。

手艺人依旧沉默。

隆冬，阿勒泰下起狼烟般的大雪，夹带着锤骨的冰雹。风雪过后，部落里的人重新钻木取火，化雪为水。生活对于古老的人们，经常是围绕一团赤色篝火的勃勃生气。可他们总感觉有什么熟悉的东西被风雪卷走了。有人说是跳窜的岩羊，有人说是保暖的兽皮。直到一日将尽，他们才发现，风雪带走了一个熟悉的声音，那是年轻手艺人每日打磨石人的声音。

山洞里，手艺人保持着打磨的姿势，在昨夜风雪中僵硬了。人们为迟来的发现悲伤不已。在那双血迹斑斑已经僵直的手下，人们惊奇地发现，一具高大的石人，刚好完成了……

直到长老亲手掩埋年轻的手艺人，人们才恍悟，没有第二个人能雕刻出他手下如此逼真的长老。长老的眼睛此时流淌着春天才会融化的冰雪，那是青铜器时代人们尚未发明的一个词——慈悲。

辽阔苍茫的阿勒泰，大自然坦荡赤诚不设防的美，却早已把这个词教给了年轻的手艺人。他因自己不会表达而沉默，他把这汹涌的感受，一下一下，雕刻进长老的眼睛。

手艺人让沉睡亿万年的石头苏醒，成为独一无二的石人。站立的石人，将带着满目慈悲，在时间中永恒。他自己，却只能化作星辰，在阿勒泰夜空，若隐若现。此后，漫漫岁月在手艺人的俯视下，时而在雅丹地貌红褐色的岩石间呼啸，时而在哈巴河、克兰河、那仁河清澈的河水中流淌。手艺人把岁月尽收眼底。

他雕刻的石人，一直守护在长老墓地。这里族人和阿勒泰天空下所有生命一样，出生、长大、凋零、枯萎，又在戈壁滩、草原上、沙漠里，带着亘古的祥和宁静，以分子、原子、粒子的形态，供养新一轮生命……

三千五百年后，在现代文明覆盖游牧文明的阿勒泰，我与切木尔切克手艺人有了一场含泪的对望。仰赖这短暂的畅想，我抵达了三千五百年前距阿勒泰西南十六公里的切木尔切克乡，并从这里再次出发，走向更深的阿勒泰。

不同的是，我带上了石人的前世今生，带上了切木尔切克手艺人的脉脉乡愁。

三

苍穹与大地，遥不可及。常常却是，只有在遥不可及的地方，才得以看到全貌。这或许是悖论，有时也是真理。从苍穹俯瞰，阿勒泰大地苍茫，寥廓清晰。

从春秋战国，塞人、呼揭人先后在阿勒泰勃兴，到西汉时汉宣帝设置西域都督府；从匈奴、鲜卑、柔然、突厥的兴起和没落，到隋朝中央政权在西域设置鄯善、且末、伊吾三郡；从耶律大石晚年东征在阿勒泰驻军，到成吉思汗分封诸子并将阿勒泰赐为其三子窝阔台封地；从明永乐四年（1406年）设立哈密卫，到清光绪三十二年（1906年），阿勒泰正式建置；从新中国成立后的1954年，阿山专区改为阿勒泰专区，到 1971 年，改阿勒泰专区为阿勒泰地区……

阿勒泰有过数不清的生老病死、沧海桑田、兴衰荣枯。阿勒泰上空的星辰，见识过王侯将相、弯弓长箭、厉兵秣马，也见过长河落日、八面来风、大漠孤烟。这里有过骄恣得意、踌躇满志，也有过将军白头、美人迟暮。有"劝君更尽一杯酒，西出阳关无故人"的惆怅，也有"黄沙百战穿金甲，不破楼兰终不还"的豪情。时光写就了阿勒泰的历史，时光也给了阿勒泰散落的村庄、晨昏的烟火、哈萨克族温暖好客的毡房、用牛粪和泥土垒砌的羊圈。

时光吹拂山河表里，也梳整飞鸟的羽毛。这片土地更迭着人类的时代，也轮回着"以自然之道，养万物之生"。

阿勒泰的小麦喜欢这里的阳光，阿勒泰的雪莲又高又瘦。阿勒泰的牛蒡不接受任何打理，花朵凌乱，枝干粗壮。阿勒泰的荚蒾娇艳魅惑，味道却让人想到形容某一类人的词，徒有其表。由古到今，阿勒泰的冷杉和云杉看起来总是格外高大挺拔——衬托它们的，常常是一大片空旷的草场，或寂静如海市蜃楼的远山。

星辰用一半的时间隐身于太阳灼烁的光芒之下，它们俯视着阿勒泰的万物，万物并不知晓——光天化日下，五岁的骆驼在产崽，羊水被身下的黄沙大口吞咽。双峰驼沉重的乳房会在十几个月的时间里左摇右晃。公马用鼻子撩起母马的尾巴。棕熊闯进树林，撞上正在交配的公狼和母狼。贪吃的巨蟒被野猪活活噎死。一只鸟在寻找另一只鸟，一头牛在寻找另一头牛。饥饿的鹞鹰盘旋在村庄上方，它断定会叨到一只沉迷爱情的小型食草兽。向日葵站在天空的边界线上。盖满白雪的山顶，当月色降临，会变成孩童眼中蹲踞的白虎。

没有一片叶子能陪伴一棵树走完一生。时光放弃了旧石器时代的通天洞，洞里残留的动物骨骸，却为现代的考古学家提供了准确的数据。基因藏身在洞穴中，又从洞穴中跑出来，带着四万五千年前的野性，讲述古人如何钻木取火，如何让洞穴里弥漫肉香。

阿勒泰的牧羊人都是讲究孝道的哈萨克族。每一个牧羊人都和太阳、月亮、雨雪、风霜有过前世的盟契，永不背叛。盟契总是充满神性。这些淳朴的牧羊人，在古老寂寥的牧道上，或曾停下过"逐水草而居"的脚步——白山布·杜南拜弹奏的冬不拉，无意间，拨动了牧羊人隐藏最深的心事。他们也曾在路过萨吾尔山时，脸上布满红色的羞怯，侧耳倾听王洛宾用洪亮的嗓子，婉转吟唱《在那遥远的地方》。音乐是爱情的活化石。哈萨克族民歌里有牧羊人心中纯洁如玉的爱情，也有家园、离别和迁徙。

　　　姑娘的家要去远方

　　　搭在驼背上

　　　随那长长的白云啊

翻过大山梁

心爱的人儿在远方

留给我忧伤

但愿离别后不要忘

捎信儿常来往

　　我路过神钟山，站在阿米尔萨拉峰脚下。年轻导游在讲一段错位的爱情，我记住了洪太吉这个名字。他用爱毁灭了两个相爱的人——这是我的注解，导游说的是嫉妒和怨恨。我认为他说得对，我的注解也没错。我的脑海里闪现着一篇小说的名字——《当我们谈论爱情时我们在谈论什么》。有些爱情"听起来像一场噩梦"，有些爱情不可理喻。可有些人生就是会遇到它们，而后，上演悲剧或成为传奇。

　　这能由得了谁呢？

　　"衣带渐宽终不悔"是柳永的爱情，"相思相见知何日"是李白的爱情，"恨不相逢未嫁时"是张籍的爱情——他们写下对爱情的不同理解，因为命运让他们经历（或见证）了不同的爱情。

　　导游是哈萨克族小伙子，衣着和外貌一样淳朴。他的普通话能达到八十分，却尚未习惯在讲述时盯住游客的眼睛。他是旅游专业的大学生，刚上大二。讲到阿米尔和萨拉双双殉情、鲜血染红了巨石时，倾听者的唏嘘声把小伙子的脸染红了。这一红煞是可爱，淳朴羞涩，没有沾染丝毫世故。阿米尔萨拉峰的传说，估计他也讲过不止一遍了，可是讲得仍然很具细，很有感情。"尽美矣，又尽善也"。他的投入和青涩，让我想起那个唯美的年代。

我聆听小伙子讲解，一动不动。吹拂过星辰的风，吹拂着人间的衣袂。我不由想到：三千五百年前，切木尔切克手艺人说起爱情，大概也是这样笃信、虔诚的吧。沧桑豁达如阿勒泰，天生的秉性、久远的品质，再多也不会拥挤，再久也不会腐沤，反而能够逆着时间，循着道法自然，返璞归真吧。

四

才九月底，阿勒泰就下起了雪。雪片宽厚，像擀毡的羊毛。

到斯兰别克老人的"古老毛皮滑雪板制作工坊"时，雪正下得欢肆。小木屋门前种着红玫瑰，雪片盖住了叶子，盛开的玫瑰红得张扬，又凛冽。这幅画面由对立的元素构成，玫瑰代表盛夏，白雪属于严冬。"在对立中才有生命，也就是说，倘若夜晚永续，太阳不复东升，也就不会有生命。而当白昼赓续以终，冲突也就被消解。"眼前的画面让我想到这个观点，也演绎着"四季骤然相遇"的一幕。"人生是旷野，而非轨道"，季节在阿勒泰，是如此天真自由，无规可循，无矩可蹈。

斯兰别克老人是手艺人，是古老毛皮滑雪板第四代传人。在雪都阿勒泰，他是个名人。这让我想到高高在上这个词，脚步一时犹疑。

事实上，不仅对切木尔切克手艺人，我对所有手艺人都有着魔般的迷恋。童年印象中，手艺人是凡人里的佛，他们不吃、不喝、不动念，长坐一隅，笑纳着时间。我看过他们做鞋子、修手表、画镜面，从头到尾，饱览那个慢之又慢的过程。那个年代有那个年代的车水马龙，也有那时的风吼雪啸、大雨倾盆。凡人佛却八风不动，充耳不闻。

时代总是有它自己的加速度，"变是唯一的不变"。手艺人被卷入加速的时代，犹如宿命，避无可避。若干年前老人们教育孩子，"认个师傅，好好去钻研一门手艺"，如今不管怎么留意，也很难听到这句话了。

"抓紧时间，我们还有下一站。"听此言，我只好忽略掉内心的顾虑，腾出手，推开飞扬的雪片，走进斯兰别克老人的木屋。

屋子里光阴遍布。铁炉、柴火、铁物件、旧工具、成品、半成品。墙上挂了件厚羊皮袄，红松树皮染的色，不均匀，大襟和袄袖都是斑驳的。我想伸手摸摸，这件包含的光阴可真是粗犷，一向见所未见。一个老人走了过去，不偏不倚，站在羊皮袄前面，脚下踩出一团灰雾。老人胡须灰白，长约半尺，笑容带着局促。

一位当地干部拍了拍老人健壮的手臂，告知我们的来意。老人点头，笑，胡须沿嘴角徐徐上扬。扬到腮颊，拉弯眼睛，把眉毛拱起弯弯的弧、额上抻出两条横线，又回身把眼睛拢出两朵光亮，才又飘回下巴。

我怔在原地，一如那天在博物馆。在老人古稀的脸上，我看到了他的髫年、幼学、弱冠。这不是特异功能，可也足够神奇。当地干部介绍说，斯兰别克十几岁开始跟随父亲学手艺，中间吃尽苦头。这话搅动出我心中的疑问：是什么抵挡住七十年的人世沧桑，护住了他笑容里的纯真？

答案紧跟其后：手艺。

手艺是手艺人的立身之本，也是手艺人的铠甲。

融化的雪水从棚顶漏下。老人笑的时候，眼神柔和闪亮。像孩童，不像老人。像清晨的光，不像日暮的残阳。我舍不得移开目光，却要躲避雪水。于是在小木屋里转悠。

木柴在炉子里，毕毕剥剥地响。十五岁的红松木在等待属于它的那张毛皮。毛皮来自马前腿，它们要像忠于马骨头一样，忠于煮泡定型的红松木。互不相识的毛皮和红松木，像一桩传统的媒妁之婚，被灵巧的手结合在一起，每一根钉子、每一条皮绳都叮嘱过它们：拒绝诱惑、紧紧依偎吧，一旦分离，你们将失去存在的意义。

木屋右侧墙壁上挂着几张照片，我看到了制作毛皮滑雪板的十道工序，也看到斯兰别克老人沉浸于手艺的样子。他一手拿着裹好毛皮的木板，一手把马皮做的绳子穿进小孔，用以固定。篝火映照，物我两忘的面孔慈祥安宁，好像手里是个随他喜悦的小生命。

处处都在给我证明和答案。手艺、光阴、手艺人，在这个木屋里，早已打磨成一个合体。

"天人合一"是大境界。任何一种手艺，能摆脱失传的命运，都献祭了手艺人毕生的虔诚。

可惜我不会哈萨克语，不能和斯兰别克老人聊一聊距他家四十公里的敦德布拉克岩画。我想说的，不是岩画上一万多年前的古人已经会滑雪狩猎，我想告诉他，是手艺，把一万年前的生活送到了当下人眼前。

如果语言相通，我还想告诉他，不管史前还是史后、朦胧混沌还是凯歌高奏、天地玄黄还是飞彩鎏金——生者生，逝者逝，万籁一遍遍俱寂。唯有手艺，能打通时光的隧道。手艺，是时光的不老灵药。所有经由人类留下的万古长存的事物，小到一枚首饰，大到恢宏的皇陵和古建筑，哪一件，不是仰赖手艺。

我能想象他闻听此言的眼神，和笑意。或许，那才是永远不会被误读的语言。

《文献通考》中记载："（阿勒泰）田多雪，恒以木为马，雪上逐鹿，其状似盾而头高，其下以马皮顺毛衣之，令毛着雪而滑，如着履屐，奔下坂走过奔鹿，若平地履雪，即以木刺而走，如船焉，上坂即手持而登。"

是一代又一代手艺人的老茧，让毛皮滑雪板战胜遗忘和绝匿，穿越过历代的滚滚尘烟。我听到雪在屋顶融化、在玫瑰叶子上融化，我用眼睛唆着温热的水珠，忽然想到：那是三千五百年前年轻的切木尔切克手艺人，为着部落首领的懂与护，也曾悄然滑落的泪珠吧！

人间喜泪，空灵澄净，只为知己流。

五

我的脚步又一次遇到了牵绊。天文馆门前，一个女孩儿的哭声，像马鞭，落在我背上。呜呜咽咽，是悲伤的泪。

"失恋了？"有人仗胆关切，姑娘也就点头承认。原想把头点出敢作敢当的气魄，却哭诉着，"我想家了，想我爸妈了"。

爸妈是人人的软肋，家也是。什么是软肋呢？《医宗金鉴》注："季胁者，胁之下小肋骨也。"软肋不禁戳，它是肉身的薄弱处。"记家人、软语灯边、笑涡红透。"年岁渐长，一辈辈亲人故去了。每次读到蒋捷这句，难免动情。

眼前姑娘二十出头，她是来阿勒泰做志愿者的。四个月后，姑娘被安排陪同我们参观天文馆。她等在门口，眼见着一行人走来，有人说、有人笑、有人对她招呼。原本还在竖起耳朵辨认，那笑声、那豪爽、那口音。一声"你好啊，小姑娘"，像一根温柔的长箭，刺进青春的软肋。

是乡音。是东北来的家里人。姑娘转过身，眼泪扑簌掉下来。

跟家里人，自是不必隐瞒。"爱情只有两个结局，或聚或散。"有阿姨这样解劝着。"想开了，治愈了，不妨跟我们回去吧，父母在，不远游。"有叔叔这样布施着善心。

"不了，我要留在这。"谢过家里人的好意，姑娘把眼泪擦干，"我有很多工作要做，不能半道扔下、秃露反账。"姑娘说着地道的东北话，满脸东北人的表情，坦率，倔强。

她说她感谢这里，喜欢这里，可这不等于她能不想家。"怎么才能做到不想啊？"姑娘向家里人求教。

"去见识他者之痛，去跟众生结义。"我想这样告诉她，终究，止于唇齿。

她的路决定她的悟。"南风暖北风寒，月亮不明北斗明。柴米油盐酱醋茶，供养世间多少人。"同在人间锤炼，话是良药，也是苦酒。我从不好为人师，我只祝愿勇敢和良善互为意气，山河同路，披荆斩棘，灵魂大获全胜。

"不见故人弥有情，一见故人心眼明。忘却问君船住处，夜来清梦绕西城。"北宋的徐积忘了询问黄鲁直（黄庭坚）船泊何处，分别后梦魂萦绕。他是真忘了问，有诗为证。我和他情况不一样，明明揣着清醒，却什么也没问。

有事为证。

此行见到了好几位援疆干部、志愿者、医生，在阿勒泰的他们，盼望见到家里人的心情，和年轻姑娘如出一辙。我要单独提及的，却是并未谋面的一位故乡人。所以如此，只因他是教师。而教师在我的认知体系里，也是手艺人。他们斧刻刀削，雕塑灵魂。

他姓刘，同是吉林省人。作为援疆教师，三年期满后，他没有返乡，继续留在了阿勒泰，留在了哈巴河县高级中学。

资料不多，关于刘老师。资料指的是采访、报道、影像、文字，非常有限。阿勒泰本地干部说，刘老师不喜采访，只默默做分内事，喜欢琢磨教学。对于我，这简短的描述足够具体，无异单刀直入。我已经触及一种强烈的特质。

安于寂寞，淡泊明志。

简单八个字，富渥的精神府邸。"人世间，欲望高举的双手永远无法企及为信念而虔诚的境界。"前辈作家如是说。"人能虚己以游世，其孰能害之。"庄子《山木》篇，惠及众生。可是，又有几人能做到摒弃私欲、超脱世俗、不受干扰呢？

四千公里外的哈巴河县高级中学，构成了刘老师尺幅内的日常。他的母亲年逾耄耋，他曾对母亲隐瞒援疆支教的事情。在有限的资料中，我读到了这个细节。老母亲、隐瞒，我就这样冒失地，触碰到这位儿子的软肋。

"青山一道同云雨，明月何曾是两乡。"好在，王昌龄从盛唐捎话过来。我歉意，也欣然，不敢再冒昧。就这样，手机号保存在我手机里，直到离开阿勒泰，也没有拨打。

他是手艺人。手艺人唯有潜心劳作，物我两忘，志纯而坚，大道与大义方能化育无形，因缘现身。

校园里升国旗，唱国歌，书声琅琅。东北校园是这样，阿勒泰的校园也是这样。

传道、授业、解惑。在东北这么做，在阿勒泰也是这么做。

唯一不同，留下或离开，都有了软肋。留下，软肋是老母亲。离开，软肋是北疆的学生们。

有软肋的都是凡人，圣人早已拔掉了六根。刘老师和你我一样，是凡人。我猜想，是个至情至性的凡人。

六

短暂牵绊后，作为最后一站，我走进了阿勒泰天文馆。刚进门，一眼就看到了那个巨大的天外来客。

它也看到了我。它看到我的时候，时光已经给了我越来越朴素的外表、返璞归真的审美、细碎的鱼尾纹，也给了我从一块铁陨石中看出"端倪"的眼睛。时光喜欢把玩它手里的天平。

作为一块从天而降的铁陨石，它被附加上说明文字并取名"阿勒泰之星"。文字清晰地写着：高2.3米，重17.8吨，二十世纪八十年代发现于新疆阿勒泰克兰大峡谷，是世界第四大、中国第二大铁陨石。讲解员解说道："陨石是地球以外脱离原有运行轨道的宇宙流星或尘碎块飞快散落到地球或其他行星表面的未燃尽的石质、铁质或石铁混合的物质。作为四十六亿年前的天使，这块铁陨石将引领人类向文化领悟、文理旅游、研学旅游等更深更强的领域迈进。"

我用自己的方式，迅速翻译着科学术语——陨石是使者、驿足、马递、铺丁、邮差、快递员，它们会捎话，它们捎的是来自太空、来自星辰的话。

心头一震。为不着边际的联想。

在降落阿勒泰之前，这块铁陨石曾与一颗小恒星擦身而过。它们给太空擦燃了一团火。小恒星在那个瞬间忽然发出疑问：去哪里？

人间。

落在阿勒泰，落在石人身边吧！带去我的碎块。

由不得我啊，朋友。

去我的家园，捎去我的思念吧！

铁陨石坠落前，发出了四十六亿年里仅有的声音。那是

两句简短的对白和一句模糊的承诺。随后，它的世界里只有月亮在闪光。铁陨石栽进深坑，栽进黑暗的眼睑，直到被人们发现。

眼下，铁陨石在惊奇地回望我。它的身躯里，它的胸膛里，布满的不是铁和镍。它在闪光，像奔涌着期待的、明亮的眼睛。

这明亮在照耀我。我看到了它曾被永恒羡慕的一瞬。它摇摇欲坠、跌跌撞撞，可它的坠落带着一颗小恒星的嘱托。我还看到，那颗小恒星不是历代任何一位帝王将相、名人显赫、权贵望族，它是三千五百年前的切木尔切克手艺人！

　　我的手轻轻抖着，它们和我一样，暗自激动。我用发抖的手，翻着手机里那些拍摄于阿勒泰博物馆的照片。

　　"塔特克什阔腊斯岩画，位于吉木乃县西南十五公里，塔特克什阔腊斯一带，面积两万平方米，是阿尔泰山岩壁岩画的典型代表之一。目前考察有岩画两百幅。"

　　"喀依纳尔1号墓地位于阿勒泰市切木尔切克镇喀依纳尔村西南，墓葬为大石板长方形石围。石人处于茔院的东面，由南向北一字排开，共五尊石人，编号由南向北分别为1-5号。"

　　终于，我翻到了石人的照片。照片里，石人默然站立，圆睁双眼，若有所待。

　　"墓地立石人是切木尔切克文化中葬俗的典型特点，是切木尔切克文化中居民祭祀祖先的形式，也是切木尔切克文化中居民的英雄崇拜。在阿尔泰山地考古发现的切木尔切克文化石人，迄今统计不少于五十五尊。切木尔切克文化石人以喀依纳尔类型为主，选材多为闪长岩，也有花岗片麻岩质的自然砾石或石板。石人面部或浮起，或雕刻出凸楞形式的圆形面部轮廓，也有呈桃形的。"

　　我把照片点开，放大，端正地放到铁陨石面前。

　　一瞬间，在没有海的地方我听见了涛声。在看不见穹顶的天文馆室内，我看见了漫天璀璨的繁星。它们闪烁着巨大的浪漫和快意，对彼此说着怎样才算活过。它们中间只有一

个失语者。它看上去正在为实现的夙愿激动不已。它感知到
人间正在发生着它期盼了三千五百年的一幕——铁陨石把话
捎给了我手机里欲言又止的石人……

几小时后，我走进阿勒泰的夜色，拿出手机，再次点开
石人照片，把它展示给天上的星辰。我确信，三千五百年前
的切木尔切克手艺人就在满天繁星中间。此刻他依旧满目慈

180

悲，感恩人类的现代科技了却了他一段亘古的乡愁。而我，也将带着完成的心愿，离开阿勒泰，回到自己的家园。

七

次日，去往机场的路上，依旧是无边戈壁，透明的风。零星几匹老马在天空下轻摇着从不梳理的尾巴。不时有牛羊路过我，它们没学会躲汽车。

面包车在宽阔的公路上，撒着欢儿奔跑。天边云朵低垂，像羊群在吃草。远方悠长的驼队，看上去，像一条行走的河。

大雪突至

李 谦

一

汽车出了城，雪更大起来，由在城里的落地即融渐成堆积之势，公路两旁的山峰披挂上一袭白衣，却有别于飞机降落在阿勒泰时，第一时间看到的天边闪着银光的雪山冰川。此刻视野里的山峰，还来不及白得厚重明亮，毕竟这是阿勒泰2023年的第一场雪，一场突如其来的让异乡客猝不及防的大雪。

东北人按说不该对雪这么敏感，尽管阿勒泰的雪比吉林的雪要来得早、来得大，可毕竟吉林多有"雪乡""雪村"，我在心里也早已为家乡命名为"雪国"。我还不止一次为家乡的雪代言，一而再地对南方朋友絮叨：来吧来吧，冬天到"雪国"来看雪吧。而我此行见到的阿勒泰朋友则称他们的城市为"雪都"，言必提及"人类滑雪起源地""人类滑雪的太阳，首先从阿勒泰升起"——在阿勒泰，目之所及，雪都机场、雪都宾馆、雪都冰川水、雪都大剧院……倘若有一天，中国地图上的"阿勒泰"三字也改成"雪都"，我都不会感到奇怪。"都"相较于"国"，格局小些气势弱些，可人家的"雪都"是正式命名，多了官方及阿勒泰市七十余万人心（起码的）的加持，我的"雪国"则只是我一个人的"国"。这就分出了高下，如庙堂之于草野。

雪都阿勒泰似乎诚心给我这个不知天高地厚的东北人点儿"白色"看看，在我离开北疆的前一天，大雪突至。凌晨还明明在下雨来着，眼错不见，雨珠的坠地之态转为轻盈飘逸，再错错眼珠，大雪已然纷纷扬扬了。室外所有景观，都把存在感暂时让渡给了雪。

天气恶劣，我却在做出行的准备——阿勒泰地区文联主任王兴水老师助力，转托他的同事——《阿勒泰春光》杂志编辑部的加那提·阿哈乃老师出车，载我前往十五公里之外的红墩镇比铁吾尔格村，拜访一位叫阿大克·卡马力的牧民。出发前一刻，王主任再次来电，说已嘱加那提老师转带我去拉斯特乡喀拉铁热克村了，距离市区近些，而且"这个地方比铁吾尔格村更适合你"。

王主任语焉不详的态度，为我此行平添不确定因素。我原本七上八下的心不断下沉，再也感知不到北疆初雪的美。阿尔泰山，在亚洲大陆深处腹地的这一条绵延两千多公里的、横跨中俄蒙哈四国的巨大山系，在我为它一路惊艳、只知赞

美、只有赞美后，终于借初雪之威，把它冷酷高傲、不可一
世的一面呈给我——路况变差、视觉不清、山路难行等困难
兜头而来。我再次致电王主任，言不由衷地说，要不，咱还
是别去了吧……王主任不由分说，挂断了电话。一个安静内
向的人在这一刻表现出的果决，给我出其不意的惊喜，和隐
隐的感动。

　　我的担心绝非多余，车子出城后速度变缓，我忧心忡忡，
盯着被车轮冲开的雪水懊悔自责，内心蓬勃多时的火焰彻底
熄灭，《朝花夕拾》里的一句话固执地在我耳边响起——"你
改悔罢！"

　　悔是早就悔了，改已经不给我机会，掉头回去吧——加
那提老师能听我的才怪。在深扎采访这类事上一向不计代价、
老脸厚皮的我开始反思，撇开团队，执着于去深山拜访一位
纯正牧民的想法，属不属于过于自我及异想天开。这漫天大
雪导致的路况如此之糟，倘或出点儿什么意外，我拿什么来
承担，又如何承担得起？

　　我读过大量关于阿勒泰的文章，因为那些朴素的北疆故
事而深深爱上了阿勒泰，在我还没看见阿勒泰的时候。

　　在阿尔泰博物馆，我站在千里岩画长廊的地图前，目光
落点于红墩乡、杜热镇、乌伦古湖、额尔齐斯河这些耳熟能
详的地标名字，内心喜悦如重逢故友。在穿行北疆途中，我
贪婪地凝注堪称广袤的葵花田以及随处可见的牛羊驼马，手

机定格了一位又一位骑在马上的牧民、一波又一波牲畜转场大军。为了完整地保存这些珍贵的记忆，我一而再地喜新厌旧，把相册里的往日足迹删了再删，直至确认空间已足够大，大到足以安放我的北疆之梦。

我想俯伏于地，如朝圣般虔诚触摸阿勒泰的腹心之地，用手、用唇、用心。我不止一次听到过冥冥中的召唤——是冬窝子里的牧民，是羊道上奔腾的大尾羊和剪了耳朵的牧羊犬，是阿尔泰山深处的雪豹、棕熊和盘羊，是可可托海地上地下涌动的 86 种矿石巨流，是额尔齐斯大峡谷上空刮过的浩荡长风……是我关于这片神奇土地的全部认知，它们都在呼唤我前来，前来开启一段北疆寻梦圆梦之旅。

我渴望随便推开一家毡房的门上炕就座，接过女主人捧来的热腾腾的奶茶，吃一块刚炸出锅的香喷喷的包尔萨克，听一段阿肯弹唱，跳一曲《黑走马》。渴了就喝，饿了就吃，困了就睡，醒了就走，和阿勒泰结一份饱满的缘。

感谢那些讲述阿勒泰故事的人们。

二

一路行来，我背负的行囊越来越重，行囊里装下了许许多多感人肺腑的戍边故事。从西北第一夫妻哨到萨尔乌楞村，从民兵到现役，无论是汉族人，还是哈萨克族人，人人奉行

"一生只做一件事，我为祖国当卫士"。

行囊里还盛装了产稀有金属的富蕴县可可托海矿坑、福海县的军垦良田、吉木乃县的遍地红旗、哈巴河县的沙棘白桦、布尔津县的中苏航运纪念馆、千里戈壁滩上的红柳、骆驼刺、梭梭柴……行囊里有一个位置是用来珍藏哈萨克族朋友的：富蕴县讲述功勋矿故事的巴合提别克，福海县为家乡村民服务近六十年的哈萨克族医生毛里夏里甫·哈帕，吉木乃县"航母姑娘"加德热拉·哈布力……

我数星星般一次次盘点检视我行囊里的珍宝，却无法忽视一角空缺，于是就有了这次进山拜访哈萨克族牧民的计划——我想寻到游牧文化经由千万年时光淬炼出的五色宝石，

为我心中的阿勒泰文化版图补上腹心的一块。

加那提老师身材适中，五官俊朗，棕褐色的瞳仁迷离幽深如两弯小小湖泊，湖泊周围还栽种了植物，细细密密地环湖一周——我热烈地赞美他的眼睛，他报以迷人的微笑，用流利的汉语、略急的语速、欢快的语气，说："这是哈萨克民族的特点嘛，我们的眼睛都是这样的。"他还说："我们是能歌善舞的民族，是出诗人的民族。我的作者很多，他们的诗歌都非常棒……"

我的尴尬与愧疚在加那提老师的笑容里逐渐溶解，尤其是在接到了村委会主任帕热哈提江以后。帕热哈提江是一位三十五岁的维吾尔族帅哥，他让我叫他"帕哈提"。就在几个月前，帕哈提到吉林参加阿勒泰市村干部赴对口支援省市培训班学习，到访过陈家店。他给我看他在吉林拍的照片，用流畅的汉语说："吉林很好！陈家店很美！"

他那些在长春站、陈家店、培训教室拍的照片和短视频，似带着安抚我的使命而来，毕竟，在新朋友们的热情与坦诚面前，我那点儿纠结显得多余又小家子气。我终于有心情打量车窗外的世界了。

我们奔行的是一条直达喀纳斯景区的阿禾公路（公路升级拓宽，尚未全线开通），因风光秀丽而被游客们赞叹"喀纳斯湖固然美，可更美的是通往景区的一路风光"。可惜，我的眼帘被白蝴蝶一样纷扑下落的六角花朵挤得满满当当，那些无数次惊艳过我的色彩反差鲜明的植被、冷翠如水晶果冻的河流、坦阔无垠的牧场及浩浩荡荡的牲畜大军，尽数被封印于泼天大雪中。难怪前人云"燕山雪花大如席"，大西北第一场雪即有如此气势、气概、气魄，我为家乡命名"雪国"的执念又淡去几分。做人得有点儿自知之明不是？

一座小小白屋出现在视野里，汽车缓缓停靠过去。我伸脚踏入雪中，脚底下扑哧一声，雪水飞溅，惊起了一条趴卧着的牧羊犬。它抖落掉身上的雪花，上前几步，安静地注视着我们。这是我此行近距离接触过的第二条牧羊犬。还得是见过大阵仗的特种行业从事者，面对生人造访，它温顺、服帖，哪像护院狗那样虚张声势。我在它的耳朵上找到了被剪过的痕迹，这符合我对北疆牧羊犬的认知，于是愉快地冲它打了个招呼。

积雪已没过了鞋面，我们深一脚、浅一脚地跋涉上了南坡，走进白屋。

雪这么大，一大间屋子没见生火却也不冷。屋内东厅西卧，待客区域摆放着长条沙发、和沙发等长的条桌、简易衣柜和冰柜，西边卧榻则有点儿像东北火炕，榻上及与卧榻相连的三面墙壁也铺、挂着花毡。花毡色彩鲜艳富丽，花纹朴拙大方。我忍不住过去摸了又摸，是手绣的羊毛花毡，没错。这应该是勤劳的女主人的艺术杰作。

在加那提老师和主人们的寒暄中，我把眼前所见和认知中的哈萨克族牧民生活逐一对照，为每一处重合而欢喜。比如外貌，陪我前来的朋友、白屋主人沙那特夫妇以及他们那位女邻居一样，都是高高的个子，身材适中，容貌端庄，两位妇人的花头巾在额上呈"一"字横过，完整包住顶心头发后在后脑打了结，拖拽出的巾角尽显民族风情；也有和认知对不上号的部分，比如他们都身着棉袄、羽绒服和长裤。

百分之百的重合来了！女主人色特尔·卡斯林亲切地笑着，捧出一大盘包尔萨克——一种呈菱形块状、烹炸方式及口感都等同油条的哈萨克族家常点心，她的女邻居帮忙把糖果、葡萄干、奶疙瘩摆放在长条桌上。哈萨克族不愧被称为"世界唯一没有乞丐的民族"啊！

我心心念念的阿勒泰气质扑面而来，仿佛我奔波近万里，就为短暂地拥抱、吸纳这气息。我的心愈加宁定，暗暗舒展开身体的全部触角，缓慢且无声无息地伸展，感知一切。

一只花碗里盛放着乳黄色的凝固物，我猜是蜂蜜。北疆的蜂蜜主要源自葵花吧？那一定是葵花蜜喽。沉睡的味蕾开始苏醒、雀跃，调动出关于家乡椴树蜜的记忆加以区分，然后嘛，话题不妨据此展开……加那提老师舀出一坨蜜状物放进我的奶茶碗。我盯着它在滚烫的奶茶里迅速融化，张大了嘴合不上：啥蜜能融化得这么快呀……它快速融出的一汪黄色油迹仿佛翻了我一个不屑的白眼——酥油！原来人家是更高级的酥油哎！我赶紧捧起奶茶碗咕咚猛灌一口，竖起拇指点赞:"真香!"

蜂蜜话题没来得及扯开就收了回去,枉费我打了半晌的腹稿。嘿,从酥油入手也一样呢,这耗费功夫、得之不易的珍贵食材,远比蜂蜜更具民族性。或者,向女士们讨教一下包尔萨克的炸制方法?酥油是纯手工打制还是用了酸奶分离机?总之,调动我那点儿可怜的北疆饮食文化储备,从美食切入,打破僵局,快速引发宾主共鸣。我发现,我的拜访对象们虽然都能听懂汉语,但口语表达似乎仅限于日常的简单对话,尤其是男主人沙那特·托留肯——他板板正正坐在我身旁,倾听我说话时态度认真,安静拘谨得近乎羞怯,回复我时总是短短的几个字,似乎每一个字都经过反复思考、斟酌才送出口唇。我竭力简化我的问话,语速也从 0.5 倍速降到 0.25,但交流仍然迂回曲折、艰涩不畅。

幸好,加那提和帕哈提交替上阵做起了我的翻译,他们汉哈双语切换自如,发问精准。沙那特的言辞渐渐密集,笑容也越来越欢畅。我暗暗松了口气。

阿尔泰山向我敞开了怀抱,一幅幅壮丽的画卷舒卷而出。

三

我们脚下是沙那特家的春、秋牧场。每到春季,阿尔泰山从睡梦中醒来,肩头的残冬余寒,和探头探脑的嫩芽做一年一次的正式交接，酝酿大半年之久的春情春意化为第一缕清新的气息，氤氲着冲出圈栏的遍地牛羊。

那时节，位于阿禾公路一侧的这上千亩牧场，以它不需任何加工斧凿的原始风光，无缝融入喀纳斯景区，升级为沿途一道亮丽的风景。

那时节，沙那特夫妻驱赶着七十多头牛、二十几匹马，辗转于美不胜收的春秋牧场、夏牧场，放牧、接生、挤奶、歌唱……游牧生活持续到十月中旬左右，人畜转到政府为牧民安置的六百四十台地的冬季定居点。人入住安居房，牲畜入住牲畜棚圈，安然度过漫漫长冬。年复一年，周而复始。

原始游牧与现代化生活方式的对接，不仅体现在那套由政府出资补贴的安居房，还有夫妻俩在阿勒泰市购置的一套楼房，沙那特的父母带着他最小的丫头长居那边。

哈萨克民族称女儿为"丫头"，和东北人一样。

仿佛有一条看不见的线，把东北—西北，相隔四千余公里的两地联结起来，令人倍增亲切。

阿勒泰地区宣传部的领导介绍说："福海县乌伦古湖冬捕节已经成功举办了十六届，圣火采集、'祭湖·醒网'仪式、冬捕大拉网、头鱼拍卖等场面极具观赏性，辅以紧张刺激的冰上龙舟、滑雪等游乐项目，成功激活了北疆的冰雪经济，成为阿勒泰地区的产业大项。"

遥想冬捕节上游人如织、"鱼跃乌伦古，冰雪迎盛世"的景况，思绪不由人不飞至著名的吉林省"查干湖冬捕"。原来，1958年，阿勒泰地区组建起第一支冬季捕捞生产队，正是从吉林引入的拉网捕鱼技术，冬捕文化就此落户到新疆第二大渔业基地——乌伦古湖。而举办乌伦古湖冬捕文化旅游节的创意，也是源自"中国十大自然生态类节庆活动"之一的查干湖冬捕节……吉林—新疆，乌伦古湖—查干湖，从西北到东北，迢迢近万里之遥，边疆两地的民族情、同胞谊，经由时光机器长达半个多世纪的打磨，又联结上已持续十五年的对口援疆政策的纽带，早已拧成了一股坚不可摧、牢不可破的巨缆，拖动振兴边疆经济的巨舟，承托起一个又一个富民奇迹。

就在来阿勒泰的路上，我们幸遇同机的吉林省妇联组织的女企业家团队，她们肩负着为北疆人民送温暖的使命，一路仆仆风尘，一路笑语欢歌。

难怪，奔波于北疆的漫漫长途，我们一直都有"回家"的熟稔与亲切。难怪，身处这座风雪中的小小白屋，作为突然闯入的唯一汉族人，我该吃吃、该喝喝，从容自若，满心欢喜。

三个丫头是沙那特夫妻最大的骄傲。大丫头大学毕业后留在城市工作，二丫头今年考上了福建农林大学，三丫头就读于阿勒泰市的重点高中。哈萨克民族没有重男轻女的陋习（这一点也和东北一样），尤其重视下一代教育。此次北疆之行，我所见的哈萨克族朋友，无论城市乡村，每个年轻人都受过高等教育，每一位都前途可期。

如果说这一家的生活还有遗憾，也许就是在这美丽如画的千亩牧场，没有一个英姿勃勃的哈萨克族姑娘骑着骏马，挥动马鞭，轻轻哼唱《在那遥远的地方》，放牧牛羊了。当然，这大概率真的只是我的遗憾。毕竟，2023年都已经进入尾声。

突然想起一个段子。

某大学新生入学，一学生说他家为了给他缴学费卖了一头牛，同学们脑补出农村家庭为了供孩子读书砸锅卖铁、变卖家畜的画面，集体沉默。接下来的四年，全班同学都尽可能地照顾他。毕业后，他邀请同学们去家里做客，然后一群人看着他家一望无际的牧场和成千上万的牛羊相顾无言……

"牛的，马的，三个丫头，都有份的。"听我赞他不重男轻女，沙那特笑说。

"啊，嫁妆都准备好了呀，大丫头处对象了吗?"我笑问沙那特。他微微一怔，脸上一直挂着的笑意慢慢消失，垂下眼皮，恢复了初见时的拘谨与缄默。

加那提老师忍俊不禁，提醒我说："在他们民族，此类问题的专属发言人是女儿们的女性长辈，向父亲探问女儿的对象，会让父亲十分尴尬。"

……果然尴尬。见我涨红了脸，色特尔爽朗地笑着，一边在我的奶茶碗里又放入一块酥油，一边说，大丫头还没处对象，还小呢，不着急。

猛灌奶茶已不足以缓解尴尬，须辅以踱到窗边佯装赏雪，一边忍不住暗暗自责：亏你读了那么多哈萨克族牧民的故事，咋就没注意到人家的这一禁忌呢……

四

小巴掌大的雪片仍在狂舞，铺天盖地，密集得几乎不见缝隙。白屋东侧铺开一片平展展的牧场，百余头牛马悠然散落其间，不知道自己身负"三个丫头"的学费和嫁妆大任，埋头在雪地里，吃得正欢。

据说，是大西洋的最后一丝水汽化为雨雪，把伊犁河谷滋养成了塞上江南，可第一场雪就有如此威势，是否预示着今冬多雪？又是否会形成白灾？

他们异口同声地说，这第一场雪很快就会融净，留不住的。但是阿勒泰有中国最低的雪线，因雪大、雪多闻名于世，经常性地大雪突至，雪量动辄达一两米厚，"白灾"嘛，并不鲜见。

白灾，一个足以和旱、涝、蝗、震等自然灾害齐名的词语。尽管640台地的定居点的牲畜棚圈十分坚固，储备丰富的食品、燃料、草料更是抵御白灾的有利手段，可倘若降雪过早、雪量过大，房屋、饲草、牲畜棚舍就会被压在大雪之下，得靠人工一点点挖出来。如若发生棚舍倒塌、交通受阻、部分牧民还未储足饲草等状况，就会给牧民带来巨大的财产损失。

"那时候，有我们嘛！"帕哈提爽朗地说，"牧民给村上打电话，我们派铲车清雪，如果雪还下，我们就给乡里打电话，要是雪再大，就打电话给县里、市里、州里，最最后，就找自治区嘛，总之要保证交通畅通，牛啦羊啊都有草料吃嘛！一头也不能冻死、饿死的嘛！"

他们一齐大笑。

只有生活富足、内心丰盈的人，才会绽放出这样明亮的笑容。人们常说："歌和马是哈萨克族人的一对翅膀。"有歌有马，有牧场有房产，有政府的倾力扶持，有前途光明的丫头们，沙那特一家人的幸福指数，一定高如眼前的阿尔泰山了吧。

不不不，还有，还有呢。加那提老师及时纠正了我的"目光短浅"。

沙那特家的春、秋牧场位于阿禾公路一侧，"上帝调色板"喀纳斯的魅力不只在终点，也在沿途。淳朴却不乏精明的沙那特夫妻在牧场边搭建了几座毡房，开起了农家乐，主打游牧民族生活体验和哈萨克族美食。乡村民宿赋能了"美丽经济"，带动乡村旅游发展的同时自然助力了乡村振兴战略，牧场雪山的地域优势和生态优势也就成功转化成了"金山银山"，不止为沙那特一家的生活锦上添花，也承载了加那提等阿勒泰市民很多的休闲时光。大家扎帐篷、烤肥羊、赏美景、饮佳酿，纵性恣情，欢饮达旦。在他人尚在为"人生得意须尽欢，莫使金樽空对月"浮想联翩时，他们早把诗的意境照进了现实。他们不需要亲近大自然，他们就是大自然的一分子。

虽然，这一切被阿禾公路的修筑按下了"暂停键"，可等到2024年公路全线开通，阿勒泰到喀纳斯的两百公里就成了一条"风景集合线"。在美丽的北疆，沙那特一家的幸福时光，才正式到来。

有人说："去过阿尔泰山，就不会再把阿尔卑斯山看不在眼里了。"当白哈巴木屋村落在我眼前徐徐展开的那一刻，这里满足了我对于美景的全部想象。窃以为，阿禾公路不妨命名为"油画路"——河流、幽谷、森林、草原铺展在雪山脚下，视觉捕捉到的任意画面随意一截，都是一幅可做电脑桌面的大美油画。有幸开启"油画路"之旅的人是幸运的，住在油画中的人则更幸运。这，才是他们更深的快乐之源吧，加那提、帕哈提、沙那特、色特尔以及那位一直笑着帮忙待客的女邻居。

于是，我也笑着高高举起奶茶碗，把一份来自家乡东北的祝福送给这些勤劳热情、善良纯朴的新朋友们。

　　相识来自偶然，相聚不过刹那，相别之时主客却都已有了依依惜别之意。雪似乎也来渲染离情别绪，御风而降，纷乱狂舞，气势愈加雄奇磅礴了。

　　在北疆的日子，我饱览了大山大河大戈壁，在离开前夕，我又饱赏了大雪。我，也是幸运的。

　　这是雪都阿勒泰今年的第一场雪啊！

　　沙那特家的条件，在北疆牧民中是很普通的，平常得随处可见。车启动返程时，加那提老师说。

　　我回过头去，凝望在"雪浴"中行目送礼的沙那特等三人，他们和他们身后的白屋、牲畜、牧场、山峰在雪幕中越来越模糊。车窗外，天地浑然一体，一座座巍峨的雪峰飞速掠过，已经初现雪山的厚重与明亮了。

阿勒泰，我放牧自己的情思

于德北

1

如何承担这份清凉？在秋日的远行中，我想起多年前的幻景，一株白色的玫瑰倒立在印有乡愁的河水之中。戈壁悬空，留下愿景，风沙镂空记忆中的斑点，尘烟弥漫了无限的幸运和感激。

我想在阿勒泰的葡萄田种下一株桑树，让失眠的人都无怨无憾。

我想在中年到晚年的划痕中留下一抹澎湃，站立良久的碑文涂满皎洁的月光。

我不期望辽阔的版图上只有一片多彩的羽毛，大地的酒碗里只有半缕回甘。褐色泥土迎接的黎明每日再现，斑驳的霜冻自然五味杂陈。没有翅膀的箭镞射不中雷响，花影的烈焰装饰不了霞光的美艳与娇羞。云朵、棉花、麦子如草原上的白黄羊般的谨慎行走，音符的律动——卷尺丈量不出的边疆的浪漫与温柔。

那么，我来了！

你听！河水的吟诵，起伏是奔来的思绪！你看！远山的呼唤，擦亮的正是我们的姓名！

2

飞机上在云层颠簸，灵魂的照拂已经投射在向日葵花上。长白山到阿尔泰山，华夏大地上的两个坐标点，一个是——故人曾游小径寒，一个是——水洗碧云盼天高。谁的幸福如森林漫坡生长？谁的快乐像晚炊缭绕童年的体温？

方志上记载的篇幅太短小，秋风举起的符节才能证明飞翔的壮美。

我不是隐忧中的落日，不追随天鹅的童话里的纯真；我不是阿勒泰啤酒中的一粒麦芽或酒花，雪峰的倒影也无法让我在踉跄中迷茫。

躬下身子，展开双臂，陈年的孤寂倒灌成沧桑草海；抬起头颅，迅猛奔跑，乌鸦的阵脚也能排列出缕缕光明。南来之水唤醒红柳和胡杨的恩遇，北斗七星让细微的生命一瞬间都大梦初醒。

这无可匹敌的缔造，所有空间被银饰填满。

魔法画出句号，浅斟低唱中的情景——两人爱恨交加的终结。

3

就算剩下我和你，戈壁通往海洋唯一的道路，我绝不背叛对你的誓言，哪怕只是一节小小的哀歌。射手站在青苔的基座上，在我苍老的梦里储蓄着它——一张由旧衣裳做背影的照片，衣领留有你清晰的吻痕。

那里没有门，没有潮湿的感觉；那里没有沙枣花，纹理的虚实恰到好处。曾经你捧出两枚灯盏，点燃硕大的灯芯；曾经你敞开沟壑，洋流也奔腾不息。

一样的三原色，分散的点和线。我和你躺在篝火的灰烬里，天上的星星一律闭上眼睛。我们生有双翼呀，在坚硬的雾里飞行。道路不会更改长度，树木的枝丫收拢飞鸟的阴影。

我们站在巨大的披风里，手指触摸彼此胸口的起伏……

4

在这种情况下，只要你不单方面宣布退却，遥远的救赎永远存在。我和众生一样，是匍匐的泥土，没有灰尘，没有褶皱，没有缝隙，一如年轻的时候一样，在你的呼吸中臣服。就算你的美有时寒冷，绯红的脸颊仍有热度，就算哭泣的黄昏吞下落日，清晨的旭日不会被黑夜拉得更低。

不用屏幕，不用所谓的信息的怪癖，不用一跃而起，甚至不用在远逝中找寻欣慰。松针飘飞，白色的雨水如注。同一类物质关心复活，异质的宇宙专注于圆满的结局。

混沌中的不安。

清醒中的抵达。

请诠释这千里绿道的魅力吧，举证你高贵的澄蓝碧透，你不是准备放弃媚俗的交往，并把机械的情感变为赝品吗？那好！机会来了！趁一切尚存在于快乐的清丽流韵之中。

5

阿依古丽还在沉睡，草地上的小步舞会已经开始了。孩子们在桦树林里观看鸟巢，一只雪豹沉默地耸动腰身。远方来的朋友像云，一朵一朵地保留质感，随风而落的回忆，坚守着疲惫的祝福。

你坐在那里，一身烟火之味。

一条捷径，已经峰回路转。

我开启梦想的浮沉，抵达被音乐笼罩的石碑之阵，巨型铜斧切割水池中的倒影，火焰的逆流弥补悲剧的不足。你我互为磁场，吸纳爱情的光泽，手心里的坦荡，渐次提升密道中的欢乐。

回到你的怀抱中，那蔷薇花气息。

回到温润的风景里，一半是孤寂，一半是沧桑。我爱的人啊——阿依古丽，不必慌张，酸楚在所难免，冬不拉一响，临近的所有乐器都哑然无声。

6

这里没有沙洲，没有江南夜色的灌溉，以及船娘注解的廊桥梦；这里没有杏花雨，没有樱桃芭蕉遍地红绿，以及杜鹃的惶恐与谦卑。放眼四望，千里戈壁走马，牛羊亲吻河边湿润的泥土，哈密瓜和南瓜列队，一条阳光的瀑布，让它们把丰腴的甜蜜烂熟于心。

额尔齐斯河，你还能让我说什么？你千里蜿蜒向西，留下一条绿色通道，你把枯草封闭在严寒的冬日里，却把每一个迷途的人送回温暖的家。我多想成为你身边的一株胡杨，向着对岸呼喊，把溢满友情的马奶子酒饮上三碗，把悠扬明亮的歌曲唱上千遍。

旷野的风，为什么要慢点走？

天上的云，为什么要慢点飘？

让我在额尔齐斯河畔再次写下自己的小名吧，写下朴素而干净的生活实录，写下美，写下用露珠做流苏的誓言——我爱你。

7

海拉提，你迷人的眼睛眨一眨，天上的星星就睡着了，你的眼神中有雪都布下的水洞，四十层楼那么深的电闸一拉，姑娘们的心就都亮了。海拉提，你的出现本身就是一部童话，你背对着我抽烟的时候，可可托海的牧羊人停下脚步；你的牙齿像水晶，哈萨克语一出口，不用煤炭和木材，所有的烤馕都散发出面香。

海拉提，你去额尔齐斯河洗个澡吧，让毛茸茸的心事偷偷闪光，姑娘们剥着云母，一片一片的柔然布满绿色的字母。海拉提，你去阿尔泰山放牧吧，一侧身就在马背上睡着了，姑娘们湿嗒嗒地向你走来，她们责怪你不要喝酒，不要赊下账目而败坏了声誉。

我知道，海拉提在我的想象里愈发清晰，这个朴实的哈萨克族小伙子无可争议，我要把你的友善带回长白山，让额尔齐斯河的流线飞上蓝天。海拉提，这些都是你留给我的幸福的定格，所以我要向你致敬；海拉提，这些都是鹅卵石打磨出来的盐粒，尝一口，便可以抚摸激荡着甜美的山峦。

海拉提，和日光一起摇撼的海拉提啊！

海拉提，像月光一样搭起毡房的海拉提。

8

大峡谷，你重重叠叠的样子丰腴又迷人，倒映在额尔齐斯河的影子也亮亮闪光。牛羊下山，若横空出世，所有的道路都布满了格桑花的花蕾；羊娃子像波浪一样涌动，稚嫩的牛犊回望风尘绰约的瀑布，把鲜嫩的回忆怒放在石阵的涟漪中。

这里是追梦人的营地，是洗涤和净化爱情的牧场，几番身影纠缠，落叶成金，怀揣衷肠离去，一枚石子入深潭，划出的都是邂逅中的纷繁碎片。

可我还是要紧抓住此刻的幸福，顺藤摸瓜地与北冰洋共进晚餐，这浮雕充满诗意，银铃拴系了云门内空旷的线性思维。大峡谷，蓝色的驿站，霜降之后，雪笼四野；不肯歇息的额尔齐斯河，你拔节的声音是召唤，是万物祥和圆满的等高线。

听！摩托车口渴得要命，骑车的汉子把一河湾的水喝净了。

看！阿依古丽一波三折地揉面，峡谷的石壁被她当成面板了。

让你的忧伤和寂寞去叼羊吧，青山和绿水根本就是一场姑娘追。

9

那蔚蓝的舞曲还在演奏吗？在古老的西部草原的腹地。星星的双眸正凝视着大地上的一切，四季的火炉容得下永无止境的酷暑与严冬。山脊上安宁的日子还没有结束，河湾中的酒宴就已经开始。像白云一样移动的羊群，夫妻树祥和地接纳蝴蝶跳跃的光阴啊……

"这幸福的呈现！"

"这令人赞美的丰饶！"

麦田已经收割，稻草人也垂下了双手；沙棘宛如早起的孩子，身上带着井水喷溅的露珠。每一个人都不厌其烦地劳作，笃实的日子过滤下荒野的幻影。有谁为死而苦恼？有谁为生而异常欢欣？谁呼吸，谁就枝繁叶茂！谁闪烁其词，谁就陷落不知所措的细节！

没有什么意外的惊喜，以及梦中的光泽；没有什么极端的预感，以及火烛的笑脸非凡！

只有尚未体察的威力。

在良宵的一尺绢帛之上！

10

秋日的麦田沉静下来了，遗落在田间的麦秸滑落一颗露珠。沙枣树依然遮挡着风沙的入侵，犁铧曾经的痕迹比版画还要清晰。风想保留一丝悲悯，可苍鹰的滑翔打破了青涩记忆的再次聚集。

庞大的队伍已经远去，时间夯实了没有折损的地基。

餐桌上的食物已不是问题，问题在于四季循环的大地放弃了死水微澜般的怅惘。祖父的形象比胡杨更显坚挺，母亲的公式比丘陵的动荡更为直接。巨大的云块托载着华丽而丰盛的时光之旅，想象和现实都可以在春日的序曲里进行早播。

如今啊，麦粒展示了更迷人的运行轨迹，信守承诺的曼妙身姿，可否把黑走马的弧线多弯出几度热烈？如今啊，开手扶拖拉机的阿玛克已经老了，可他的老婆子头上还别着三个蓝莹莹的发夹。

"喝一碗茶吧，嚼上几粒生麦子那个香。"

"大地竖起来就是麦子垛，天空的云彩就是白棉花。"

我知道这些简单的文字，是记不全哈萨克族阿肯一波三折地哼唱的，就像麦子已经坐上火车，谁还有资格和它们絮叨闪闪发光的远方？

11

　　黑走马像细雨，树叶在风中摆动，格桑花开得比雾还浓，嗒嗒的马蹄声都带着青草的香。黑走马像鸟鸣，一只雀子叫了，山顶上的溪流堪比闪电，刻在崖壁上，温顺地把根扎下来。可是，黑走马是草原的心跳，一旦穿梭于身体，季节深处的浪花便俏皮地越过闸口。可是，黑走马是乌伦古湖面上透明的蜜语，身姿的漩涡驾轻就熟，前边的波光动了，后边的笑靥就找到了源头。

　　那一天，弹着冬不拉的乡村医生向毡房走来了，马背上尽是阳光的碎片，他热辣辣地唱起心中的故事，金色的麦穗为他的歌声加冕。

　　他说："明眸皓齿的姑娘啊，我带来了皮牙子和枣花蜜。我想让我的幸福更多一些，你快快答应我吧。"

　　毡房里的姑娘哟，你为什么要在白纸上画下独木舟呢？爱情的哑谜是没有花期的，你的心病只有他能医。不要把你的孤独投在羊娃子的背上，走出毡房就跑马溜溜地招展！

　　黑走马是星辰起落中最宽阔的力量的爆发，马鞭子一放，阿肯已经把你们的故事传到天山去了。

12

骆驼蓬开花，一开就开到天边了，从我站着的地方看去，地平线并不遥远，萨吾尔山露出端倪，天上的白云伸手就能抓到。在戈壁上捡石头的人，手怎么那么巧，玉石见到他们，就让身体闪闪发光。萨吾尔山下的姑娘们都跑到歌里去了，小伙子像矿脉一样走自己的路，一旦被探矿者发现，人人都笑逐颜开。

骆驼蓬开花盛放一季，萨吾尔山的窗子一开满天星，谁也不想心里长出石头，为什么不让呼吸轻松又自在？太阳照在山上有阴有晴，站在晴坡就说些天真的话，为什么不从树荫里走出来？青色的果实也有其独到的美。

阿勒泰啊，一声鸣笛积攒下一场雨水，我感激的眼泪止不住；萨吾尔山啊，有一种沧桑不用提鲜也自然甜美，剥落卑劣的念头，像普通的石头一样放置自己本心。

骆驼蓬花静悄悄地开了，我无法计算的行程还有那么远，那么远。骆驼蓬花静悄悄地谢了，明年的春天我还要路过这里……我也想做一只小羊，万一哪个姑娘的鞭子轻轻打在我身上呢？

13

　　阔依塔斯，你绵羊一样的石头卧在哪里？冰山上的雪眷顾着你；奥地叶，只有天神才能变化的奇迹，一条泄洪渠把什么都说明了。春日里绿草如茵，夏日里山花烂漫，秋日里层林尽染，冬日里白雪皑皑。防狼的石人堆在山上，牛羊见了，都会发出会心的微笑；落晖打在秋树上，树叶沙拉拉响，毡房里的笑声把如火如荼的日子也点缀上。

　　能够到处游走的石头，说不定哪天就进入你的梦里，尕拉鸡扑棱棱地起落，沙砾打在它的花翅膀上。隔路相望，以爱相抵，内心火热，外表冷静。一株瞿麦的深情凝望，蓝色龙胆已和四野合为一体。

　　雨走了，雾来了，移步换景如轻歌曼舞，一洞通天，一万年前的一堆篝火并未熄灭。冬窝子的温度将雪融化，干草让畜群一步一步走向春天。

　　恰绣吧，赛马吧，阿肯的弹唱流芳千里。

　　阿优毕，乌尔铁真毕，草原石城的温柔把白色沙漠都变成了绿洲。

14

沉默于心，沉默于一场秋雨的大驾光临，草坡传出佳话，临时聚集的巴掌大的湖泊让沙漠苏醒，让大地高举杯盏。在阿尔泰无形的山口设下驿站，迎接那些有金属温度的诗人，向白桦林橙黄的呼唤靠拢，向远来的客人投去温和的目光。

额尔齐斯河的下游，七彩菇长成神钟山的模样，狗鱼上岸，将河滩的石头砌成堡垒。

谁能丈量遐思的激荡，让迷路的诗人得到花海的馈赠。

五棵白桦，同生一根，树叶化成鸟羽，时间的夹缝中誊写出大半个人生。走完全程，并非鲁莽，中途折返，也需颗粒归仓，拥挤的黄昏审视多余的脚步——停车场的灯，照向白桦林中的一支箭，河中沙岛，是喧哗与觉醒的指南针。

就这样席地而坐，胸怀坦露。

就这样肃穆地答疑解惑，晚霞堆积出伊甸园多娇的拱门。

这里不是我的故乡，但我把它过得如此踏实，万事无须敷衍，庞大而宏阔的喜悦像歌中的果实一样缤纷落地。

15

啊！我们的曾经游牧的岁月，早已在山河中安身立命。

炽热灌满足印，意志的湍流经年不息。绿色的丛林，刚刚开垦过的处女地，日光奔波而出，野鸽子涌起灰色的波浪。我们来不及束起长发，在月食之日磨亮弯镰；我们跋涉在石壁之上，执旗者迈着雄牛一样的阔步。

河流是母亲的手，抚摸我们有属性、有韵律的身体；巨石是父亲的弓箭，一道金光，射开大片聚集太久的蓝色的雾。攀登。沉落。辗转。悲烈。惊蛰的轰鸣，雨水中思索的荒径……

那道风景线是我们的脊梁，鹿角都沾上泥土之香，秋日的落花装点了羊的肋骨，一卷毛毡平铺在散发温馨气息的天宇。不是短暂的苏醒，是绿色城堡中传颂已久的曙光，不是单纯的欲望，是白色沙漠即将展现的盎然生机！

16

内流河，地下河，在沙漠的沉寂里都不足为奇吧？当欧洲山杨叶子红了的时候，有玛瑙的地方地势也将变得平坦。尘土飞扬，马路被牛群弄脏了，铁索吊桥兀自摇摆，河谷上空的雁阵鼓荡起透明的寒气。

是啊，这是一群身体里有风的人。

他们的手握在一起，铜铸的小城就多了一个醒目的记忆。

资讯发达，蓬勃有力，亲切的脸庞纯粹又真挚；大钟之音，充满互信，吉祥的问候宛若彩虹挂在心间；在冰川之侧，心灵居所，两根琴弦构架的沙书千姿百态；印迹鲜活，呼之欲出，不知疲倦的助燃者锻造出带有金尾羽的钥匙。

内流河，把一弯深情留住了。

地下河，赠给沙拐枣一颗蓝色的珍珠。

收割机也轰隆隆地响了，这些有风的人，一旦开动马达，幸福就变成非常简单的事情。

17

直到这场雨下来，戈壁边缘的沙葱和洋芋才被又一次提纯。乌鸦从村庄飞过，蝴蝶斜挎琴谱在白岩石上小憩。有人骑在马背上等待太阳落山，有人躺在曾经的海底回味弹唱的甘甜。红色塑料水桶装满刚打下来的松子，紫色浆果在石钵的包含下团紧了身躯。

就是这样！

山中寂静，毡房和牧羊犬都处在一幅水彩的风景画里。

就是这样！

山中寂静，用鞭梢把心上的人儿约下吧。

雪山的吉祥已经开始照耀大地，无法命名的小河不肯丢下一颗水滴。公路把黄昏一分为二，爱情到了极限更加红黄分明。一碗酒，让敬语保留下勇敢的状态，烤肉的火升起来，世界恢复它最原始的执着和鲜明。

白哈巴，任何一块高地都可以驻足远望。

白哈巴，任何一道围墙都开着三扇木门。

在白哈巴，失恋不是一件丢人的事情啊，虽然赛蒂玛丽亚只收下伊万杜达尔的玫瑰花。

18

布尔津，你的老码头除了承担起阿克吐别克钢索桥上的锈蚀，被雷电击中过的白桦树也在秋风中获得了重生吧？在停车场的甬道上，我看见一只猫，它迈着细碎的脚步，奔向五彩滩迷人的木房子。一个老人，他深沉而坚定的话语，把褪色的木门上的门闩打开了。

布尔津，老船长的照片旁，放置着一个铁锚的模型，一群胸前佩戴着红领巾的孩子，他们高举手中的钥匙，把所有的好故事都听完了。

"来我的毡房坐一坐吧，这里有热茶，还有一只抓起过独狼的雄鹰。"

"来吧，阿热斯古丽来自喀什，她的歌声比百灵鸟还动听。"

布尔津，一条披肩就可以抵御寒冬，一张新熟的羊皮子就把小镇的大街铺上。我们弹琴吧，我们唱歌吧，我们跳舞吧！买一张去可可托海的船票，一段平平坦坦、深邃又湛蓝的日子将是多么舒心。

"来我的毡房坐一坐吧，还有一个故事没开头呢。"

"阿热斯古丽的歌声里有一个哈萨克族小伙子呢。"

19

彼泽之陂，有蒲与荷。有美一人，伤如之何？寤寐无为，涕泗滂沱。

在阿勒泰，那个人突然转身向我走来。她带着今年冬天的第一场雪，不侵扰任何一个孤独的梦境。她平息水榭旁最后一帧倒影，沉潜我在叶脉的网格里细数时光。她闪动银白的牙齿，任由苹果树枝挂住了她的方头巾。

彼泽之陂，有蒲与荷。有美一人，硕大且卷。寤寐无为，中心悁悁。

在阿勒泰，人人都传说着海蓝和金丝玉的故事，一只山羊在泉水边找不到自己的家。人们重复同一种期待，乖巧得像睡在陌生长椅上的精灵。他们互相劝慰——"好故事就像高贵的野兽，隐藏在暗处，人们常常得在山谷或森林外守候很久，才能得到等到。"他们瞌睡之后就永远醒着，像河湾的月亮，不理会尘世激情的滥觞。

彼泽之陂，有蒲菡萏。有美一人，硕大且俨。寤寐无为，

辗转伏枕。

在阿勒泰，一根蒲草都有多重美意，更何况胡杨、红柳和格桑花。

20

暮色如织，夕阳照射渡口。记忆的沉船在水下发出靬声，水草借助舵轮和铁锚舞蹈。

"啊，啊，冒死而来的礁石在激流中翻滚，如何才能恢复它原本的英姿？小道消息不由风信子传递，老情人正端坐在走廊的尽头补妆。啊，啊，卖给他一张旧船票吧，让他回到从前相会的地方——北冰洋没有阿姆斯特丹，北极熊张望着自己不停摆动的身影，北冰洋的春天也有笑容可掬的夜空，谁能发出嚎叫，谁就能摆脱可疑的身份，其品德也昭然若揭。"

"啊，啊，我的死去多年的老船长，凉凉的河水冲入你的肺管。游鱼沐浴日光的后果可以想见！你口头上的溢美之词数不胜数！全凭经验的沉吟又有谁会关注？船体即峭壁，糜烂的帆布匍匐、沉默，早就记录下航标的划痕。"

"是命令？是暗号？还是口诀？"

"是后来者写下的童话。"

暮色如织，游览者让想象力快速滚动，互致浅浅的一笑。

寂寥的广场，叫卖石头的人纷纷藏匿了自己的声音。

21

云端之上，地平线之下，阿尔泰山巨人般的一声吼，千里戈壁也变成森林和草场。克兰河，额尔齐斯河的第一个女儿，她以心灵当作酒盏，像木桌一样的圆石头把肩上的水渍擦干。

"亲爱的人们啊！离开时，我除了放下思念我还能放下什么？"

古老航道里的某块木板刻下你的名字，大雪飘落的瞬间我早已热泪奔流。你的袖管里都绣上了星光，爱的青葱和碧绿人人都知晓。可是，脆弱的动脉流动的岂止是爱，邮差手里的玫瑰花又岂可悄无声息？那么轻盈、笔直而端庄啊！云端之上的颤抖容不下悲戚，大地的触角——寂静中闪闪发光的指南针。

阿勒泰，心坎上的深邃和浩瀚，一望无垠的白昼！

阿勒泰，一朵可以触摸的花，海浪声里清晰又明澈的夜晚。

举着一朵朵璀璨行走在秋风里

窦　晶

　　九月下旬的秋风给阿勒泰换上了最美的新装，五彩斑斓，熠熠生辉。

　　吃过早餐，距离采风团集合时间还有四十多分钟，我信步走过斑马线，来到雪都宾馆的对面。那里有一条奔腾不息的河流，河水清澈见底，大圆石在波浪间快乐地晨泳。问当地人知道了河的名字——克兰河。克兰河从东流向西，流进额尔齐斯河，最终汇入北冰洋。

　　沐浴着温暖的清晨阳光，听着浪花的欢快奏鸣曲，呼吸着甜美的空气，幸福的感觉从心底慢慢升起。突然，河边一棵顽强的树吸引了我的目光。那棵树有一多半的根须已经架空，浪花把根部的泥土带走了，裸露的根伸出弯曲的手臂抱着大石头，它依然枝繁叶茂，在凉飕飕的秋风里镇定自若，真是奇迹！我不禁感叹大自然总是不经意地给有心人上一堂课，云淡风轻地讲明白什么是坚持、力量和勇气。

　　我们十点准时出发，一路上，车窗外的景色变化莫测，一会儿是寸草不生的茫茫戈壁滩，一会儿是绿树成荫的湿地。偶尔有成群的牛羊骆驼经过，俊美的白色领头羊，高扬着一对大弯犄角走在羊群前部，甚是醒目。牧羊人骑着高头大马走在队伍的最后面，伴随着尘土飞扬慢慢走出我的视线。

我们用了四个多小时的车程来到可可托海。三号坑像一颗绿宝石静静地散发着迷人的光彩。在阿依果孜矿洞里，第一次感受到真正的"蓬荜生辉"，丰富的矿物质让我眼花缭乱，就像阿里巴巴发现了聚宝盆。通过讲解员的讲解，我也被当年可可托海人开采矿石的精神深深震撼着。在地质陈列馆我见到了镇馆之宝额尔齐斯石，它是1979年地质工程师韩凤鸣发现的一种新矿物质，是世界上的唯一。

去往阿克乌提克勒村的路边，橙色的无壳南瓜密密麻麻地躺在阳光下接受着秋风的洗礼，如果不是亲眼看到，怎么也想象不出切开南瓜，里面直接是南瓜子，它们没有穿白色外衣。还有大面积的向日葵地，植株高一米左右，花瓣有的已经七零八落，黑色的葵花子挤在一起，等着开启下一个旅程。

戈壁滩也给我带来了惊喜，远远望去光秃秃的，什么也没有。但是走进去，偶尔会看见苦豆子、骆驼蓬和梭梭柴这些植物，它们不仅是骆驼的美食，还有药用价值，都是一味味中药。戈壁滩上的石头特别像海边的石头，不禁让我联想到很久很久以前，这里波涛汹涌汪洋一片。地球变迁，海枯石烂，也许没有什么永恒，天大地大，要懂得顺应自然。虽然没捡到像样的石头，但是这个过程很耐人寻味。有的人一边捡一边丢弃，总以为下一个会更好，说不定是一枚宝石；有的人不想捡，就是欣赏一下，害怕放入背包太沉；还有的人，见什么捡什么，裤兜和双手都满满当当的；最幸运的是一位姐姐，她在返回车上的一瞬间，在乱石中看到一抹褚红色，抠出来一看，是一件很好的艺术品……

雪山，戈壁滩，白桦林，草原，白色的羊群，层次分明的景色以前只在画报和电视里见过，此时此刻就在眼前，像梦境一样。天气也是变化莫测的，虽然阳光正好，天空一片蔚蓝，但突然会飘落几朵雪花，让人觉得莫名其妙；大雾会突然把远山吞没，四五分钟后，又完璧归赵；有时候突然刮来一阵寒风，我赶紧穿上棉服，系紧围巾，不一会儿，又感觉热气腾腾，一层层脱去，只穿一件半袖衫。在秋天的阿勒泰，你会同时感受到春夏秋冬四个季节，总以为这次出行没带对衣服。唉！我哪知道这里的十二个月都是一个个顽皮的孩子，它们不按照顺序出场，不管你喜欢不喜欢，就是那么任性。可能它们是想给人们制造惊喜吧！

第二天，我们走进白桦林里，发现那里长满了各式各样的蘑菇。我看到一种伞柄五颜六色的大蘑菇，还有浑身黑色的小蘑菇，认定它们有毒，但是当地人说是七彩菇和黑菇，而且晚餐还做给我们吃，我只是一样尝了一片，没敢多吃，尽管味道好极了。过强的保护意识让我现在有点儿后悔，回到东北就再也吃不到大西北的特色蘑菇了。

　　新疆的美食太多太多，烤羊肉串，手抓饭，拉条子，包尔萨克……我看到一盘长得像点心的食品，担心太甜自己吃不了。静静地看旁边的同伴先来一个，我看她咬了一口，原来里面是包子馅。恍然大悟，这就是传说中的烤包子呀！我也吃了一个，真香呀。顿时饱了！

　　服务员是哈萨克族女孩，谦逊美丽，我忍不住端详。幸好我是女生，否则必然不好意思放心大胆地多看吧。

　　这次阿勒泰之行，我去了富蕴县、福海县，吉木乃县，哈巴河县和布尔津县等地，一路上了解民风民俗，感悟地方文化，总感觉自己是举着一朵朵璀璨行走在秋风里，行走在画中。因为无论是自然景观，还是当地人的心灵，都那么闪亮而温暖！

诗 歌

阿勒泰的果实，不仅在大地上成熟，

也在诗歌中收获……

记住阿勒泰（组诗）

杨　树

额尔齐斯河的记忆

花香被风带走，草原被河流带走……

额尔齐斯河，是阿尔泰山的孩子
她有着晶莹的初心，怀揣着
绿色的种子，扬起马鞭
像扬起两岸绿色的枝条
快马加鞭，眼中的杨树如影随形
一条游牧的河流
一路向西

金山银水，流成一面旗帜
那些支流像一把梳子
梳理着春天的牧场

更像是一面栅栏

圈起肥美的草地和奔跑的牛羊

她走到哪儿，胡杨就跟到哪儿

她要带着胡杨去周游世界

你一路播撒着杨树的种子

白杨、胡杨、青杨、银灰杨

不分彼此，隔河相望

摇响身上的一枚枚风铃，稽首有礼

在下游的布尔津河搭上一座桥

让可可托海的月亮停在桥头

两岸杨树的骨骼就连在了一起

春天被两岸带走，记忆被岁月带走……

记住阿勒泰

我记住了阿勒泰大地的苍茫

无穷的戈壁流放了我的想象

我记住了阿勒泰草原的辽阔

牧场里涌动着成群的牛羊

从远古走来的阿勒泰
是中国的雪都，是白云的故乡

阿尔泰山上的花儿
像朝圣的脸庞，又像是高举的手掌
我不知道吉木乃草原石城的通天洞
是否能通向有神仙的天上
但我清楚，在传承万年的岩画中
那些人们弯腰屈膝的动作
无非就是早期滑雪的一种姿势

阿勒泰，是一首诗的开头
额尔齐斯河就是这首诗的平仄
它流经草地、牧场、村庄、戈壁
遇见沙枣树、阿魏菇、狗头金
品尝了手抓饭、骆驼奶、羊肉串
最后在历史的缝隙里
站起了一排排神秘的守望者
——草原石人

在边疆之边，在岩石的骨骼中
纤细的草，像一根根针

缝合着岁月的裂隙

飘零的树叶，悠然落下

被寂寥的秋风吹断了叶柄

那是大峡谷形成的风口啊

把风装进胸膛，让风也凝成心的模样

雪山把湖泊藏在深处

天空已低到山的领口

群山就像一峰峰骆驼，密密匝匝

穿过黄昏的底部

哈巴河的秋天把欧洲山杨作为封面

那些火红燃烧的日子

即便站在山上，也一眼望不到头

秋天，与阿勒泰不期而遇

在秋色中，去拜访那些绿色的地名

在中哈边境的地域里，看望一个哨所

或看望那些戍边的人们

总有几滴眼角的泪珠被风吹干

我还要去看看哈巴河农场

拓荒者的足迹依然在脚下延伸

喀纳斯的月光

喀纳斯的月光

静静地安睡在湖水的身旁

梦幻般地伸展

看不透夜的迷茫

千年的雪山，挺拔的胡杨

都温柔地静默成

湖水的波浪

这是一个空旷的梦境

看不清天地的缝合

白天的热量

早已飞过黄昏的隘口

远处的古城残垣

正一寸寸地偷运着月光

湖水中栖息的生命

注视的全是绿洲的方向

喀纳斯的月光

染上了斑斑的秋霜

茂密的森林结下几层惆怅

一个变色的湖泊

贪吃这玉液琼浆

把自己变成了发光的眼睛

在芦苇的深处，月光陷落到最低
由此点亮了草根的清香

整个月亮坦白示众
净身在水中坐禅
逶迤的山峰像一群
暮归的牛羊，熙熙攘攘
而晚风中的芦花
一次次地伏身，并不是
奴颜婢膝，而是在中国几千年的礼数中
去体会有序的波浪

这是一个盛产黄金的山峰
优雅的月光把这里洒成一片盐场
千米枯木长堤，是风的堡垒
成排的树木，搭起成吉思汗的营帐
一地的月光，一地的宝藏
一架月光的软梯
缀满银亮的铃铛

夜看流星雨

在新疆、在阿勒泰、在可可托海
在阿尔泰山的山巅之上
在月亮走失的夜晚
看流星雨。我身处星空
美丽的星云盛开片片花朵
纤细的花蕊，拖着闪亮的尾巴
从深邃中射向我的眼睛

我在辽阔的草原看天上的流星
我仰望星空，密集的流星
像美丽的烟花，在空中绽放
那一颗颗流星
像一颗颗射向黑暗的子弹
它燃烧自己，照亮行程
带来宇宙深处的秘密

流星奋不顾身地来到大地
变成可可托海的矿藏和宝石
天上的红月亮、蓝月亮

也来到大山深处的神秘之海
它们具有多彩的外表，坚毅的神色
即便洒脱地暴露在展台上
人们也无法看透它的内心

姑娘追

有时候，河流很近，
有时候，河流很远，
我痛饮着马奶酒，
河床痛饮着腾起的波浪

白色的羊蹄子花围着毡房开放
哈萨克族姑娘就要嫁给远方
暗哑的冬不拉扯住就要飘走的旋律
骆驼草像绿色的地毯铺向新郎的家乡

摇起马鞭，就像摇起了月老的红绳
姑娘追，马蹄声叩响小伙儿的心房
她想就这样追一辈子
就像眼前的河水日夜流淌

白桦林（组诗）

文　欢

给可可托海三号矿坑

沉浸　沉浸

从山顶沿螺旋状的

十三层的矿道

向地下深处沉浸

向往事深处沉浸

越沉浸　越看得清晰

那些往事的星辰

那些历史的碎片

全都在坑底绽放

它们凝结在矿物晶体上

闪动迷人的幽光

如海般的深蓝

如天空般的蔚蓝

如紫藤般的亮紫

如珠玉般的柔白

它们来自大地的深处

来自炽热的岩浆

来自陨石的身体

来自星空的梦里

矿石唯美又浪漫

矿坑人却承受极寒之苦

在隐密寂静的大坑中

开凿　开凿

耗尽着青春

耗尽着热血

耗尽着生命

只为祖国的飞天之梦

他们无怨无悔

沉默了几十年

直到圆梦、解密

他们才露出灿烂的笑脸

然后把曾经创造的奇迹
封闭　遮掩
他们创造出的翅膀
已在天空中翱翔
他们越沉浸
翅膀便飞得越高

白桦林

沿着额尔齐斯河
我们如此随意地行走
随意得心无挂碍
微笑会一直凝在脸上

穿过白桦林的我们
是否都已暗生情愫
被白桦树干上的眼睛
尽收眼底

河水声　树叶的沙沙声
掩盖着我们的心跳声
白哈巴村是静谧的边防村
树下伫立的白马
却眼神警惕
时刻望向
远处的山岗

山顶上有初冬的白雪闪耀
山坡上的草却仍是绿色
还有鲜红的枫叶
温柔地飘落在
额尔齐斯河的河水里

我们从远方来
远方的远方
白桦林却让我们如在故乡
因为一看见白桦树
渴望爱情的人们
便会重绽笑容

给草原石人

石人的面孔中

有武士有少女

有严厉的父亲

温柔的母亲

还有害羞的孩子

每个石人的身上

都担负着一个真实的灵魂

他们的主人把自己的样子

雕刻在石头上

他们以为这样

灵魂便能永恒

那些命运多舛的灵魂

被石人们坚强地扛起

和守护

他们被风吹日晒

被岁月啃噬

他们默默伫立

已经三千多年

比起阳光下明朗的面庞
我更喜欢黑夜中的他们
当阿勒泰的星光闪烁
沉思的石人仿佛复活
他们被星光照耀
坚硬的石壳仿佛变得柔软
也许他们本就来自星空
在一次次陨石的撞击中
他们落到人间
成为护佑草原的使者
他们的使命
让我们敬畏

阿勒泰的雪

雪——
如此丰厚柔软的雪
如此深情地覆盖
它所倾爱的地方

一万年、两万年、
三万年……

那里离星空最近
也离飞翔最近
雪，一次次擦亮
那个名字——
阿勒泰　阿勒泰
也一次次擦亮
那如星光般闪亮的
人类的梦想

为此一万多年前
雪就已铺设出一条条
最适合人类起飞的弯道
让动物皮毛做成的滑板
滑行出最动人的舞姿
阿勒泰——
人类滑雪的起源地
神奇的滑板不仅连接
雪山和云海
也画出水墨画般

梦幻的蓝图和祈愿

于是布尔津的雾凇

可可托海的白桦林

还有吉木乃的冬牧场

喀纳斯的雪中蓝湖

被雪的画笔画成

一个个真实的神话

雪，覆盖着它的山川大地

净化着属于它的所有

世间尘物

阿勒泰的雪啊

让每个看到它的人

都会热泪盈眶

然后伏进它的怀里

又粲然而笑

星空

能仰望到阿勒泰星空的人

该是无比幸运的人
阿勒泰的星空让画家笔下的星空
变得苍白而单调
即使他把最艳丽的色彩
都泼在画面上
也不及阿勒泰星空的
一丝微光

极尽、极致这样的词语
也根本无法描述
星空的那种绚烂和璀璨
所以面对星空
我们除了仰望和震撼
只能奉献自己的灵魂
让星空洗涤

边境的河流

最安静的河流
便是边境的河流
大峡谷吹来的风

让它们的波浪优美地荡漾

它们前行的方向确凿

自东向西地倒流

既流进对面的山谷

也流进哨所的麦田

额尔齐斯河

一条神奇的河

无论怎样流淌

都是向着北冰洋的怀抱

它们的流淌之路

是一条梦想之路

穿越与连接

都是为着和平的怀抱

阿勒泰抒情十四行（组诗）

于德北

窗前遐思任选其一

这多雪的早晨，天气无比

寒冷，布满瑕斑

云雀的尾羽网罗梦幻

沙枣林的枝叶息而再生

远离故土我们握紧了双手

西部的天空寡言而又谦逊

独木舟停靠古老的码头

戈壁玉就是正在生长的珊瑚

牛羊洁白的奶水氤氲碎石

红柳戴上面具遮挡疤痕

格桑花和蜜形成对比

你张开的眼睛剥落黎明的寒霜

——你听见我无声的心跳
苍茫的背影在幕布上缓缓展开

朔

那一天，在广播里听歌
我一下陷入你无边的境域里
我在冬雨中行走，在某个街角徘徊
在落叶的糖槭树下萧瑟地啜泣

我仰望远处霓虹灯闪烁
幻想春风可以引渡的幸福
我怀揣着风与花朵的密语
细数我能交到你手中的词汇和疑问

这闪电开通的捷径
雁阵留下的翅膀与空气的划痕
我跳跃的无法变奏的一切能量
在你普照的微笑下成为献祭

——谁也不能解释的爱的行程

早已成为我整理衣冠的借口，成为我离奇的陶醉

民 谣

我是少年骑上白马，你是微风

轻柔起伏，步步相随

在白哈巴水洗过的群山之下

老牧人的身影呓语一般干爽丝滑

从石头城出发，抒情的曲调流淌

在月光的沐浴下，一朵葵花也有座席

我单衫薄履带着透明的苦

在雪夜发出短信，馥郁了回响中的杂音

顺着山势，一浪高过一浪哟

洞彻人心的舞步属于孤独的鹰

我一直追逐你的气度，在美之外

曾经的灼伤都消失得如快马加鞭

——我的尊严照耀我踏入没有重影的风景

恰如冬不拉让你的眼神落英缤纷

恰逢节令

用全部的等待去爱你，平地竖起的影子
在空气中不停旋转、延伸
进入伊凡·戈尔的白桦林之诗
进入叶赛宁莫名其妙的伤感的吟唱

我坐在被烟斗的云雾笼罩的咖啡馆里
梳理梦境里杂芜的幻景
叶脉上谦卑的一抹红
涂抹了旅行箱内饰的网格，那淡而无味的信札

追索星光溅起的琴弦的飞沫
秋雨中不同寻常的气息
过客穿梭而过的集市的入口
穹宇足够覆盖无眠的众生

——你十公里就可以表达的一切
处罚我用半生归程洒下泪珠

玄想中的油画

白桦林，我渺小的沉吟
也如此灿烂，在你暗红又
金黄色的火焰里
秋天挂起放牧人的面饼和奶酒

每个人都是一个支点
冰川的融雪嘎嘎作响
秋风的哨子追逐欢乐的啼鸣
猛掷而下的都是玫瑰的篇章

向下挖掘怒放的历史
白皙的天使展开日晷的翅膀
巨石的摩轮顺时针转动
沙砾的脚浸入冰冷的水中

——这是群星在夜间加班工作
一把钥匙修正准备冬眠的音节

恭听

我的羞涩，我的一跃而下的
小型的思绪的飞瀑；和魔石巨阵对比
早已清朗可辨，早已
变得聪慧，变成怒放的结局的蕊

晨光在这一刻被展示，透过
水帘的苍凉，展示出梵音的曲调
以及瞳仁所对应的时间的偏移
以及卸下晚装之后的面目的真实

在茫茫戈壁上可以绽放的溪流
童话里最为动人的情节
可以匹配的光线折射后的足迹
呼吸中辗转的沉迷！啊！审视吧！

——一座狭长的西部大城内的虫鸣
躯壳足够装下这时间的寂静

在阿勒泰读一幅油画

小小的帽子，戴在你的头上
柔顺的长发，披在你的肩头
你伏案收款的样子真迷人
阳光透过窗棂般的温润

那是一部神秘之书
和你的长裙连为一体
它们制造了比钢琴曲还复杂的旋律
却又比花瓶里的鲜花还要娇嫩万分

你的手臂自然垂下
像秋雨中一片树叶的问候
你的脚轮廓清晰又隐蔽
不失粉黛也金碧辉煌

——让我如何赞美你的孤独？
又如何扯去我这爱慕者心头的幕布！

阿勒泰诗稿

于德北

夜宿阿勒泰

银翼西行梦已成，克兰泛波水清清。
玲珑石卵河中卧，夜半推窗望月明。

晨起散步偶得

阿勒泰城铺谷中，潺湲同步岭同行。
山头秋来先照雪，青杨叶落一声声。

参观功勋矿

冰簟石床三号坑，遥忆当年万盏灯。

今日巷道识冷暖，不忘壁上有回声。

赠海拉提

可可托海无限娇，牧羊人耐苦春宵。
伊犁无酒多遗恨，冬不拉里问石桥。

车过戈壁滩

一纸寄语两悠悠，无词无曲几多愁。
大漠风沙吹蓬落，戈壁走马看素秋。

路见

葵花昂首向日光，春播万籽秋日尝。
汉家公主披风雪，锦袍裹来做冬粮。

冬捕

西北也破捕鱼冰，银屏收尽满天星。
一网夜色风飘荡，金尾罩纱灯愈明。

边疆哨所有感

格桑花开连路桥，万里关山水迢迢。
此身许国戍边地，胜过亭台掷逍遥。

在阿勒泰饮沙棘汁

沙棘成汁液已凉，宏图一展在边疆。
谁说异地身是客，玉壶盛罢寄故乡。

布尔津渡口

布尔津渡写清秋，套娃也唱月如钩。
老船空载一仓信，半是惊喜半是忧。

写给阿勒泰孩子的诗（组诗）

窦　晶

可可托海

可可托海

没有海

它的海

是绿色的丛林

大象，骆驼，蟒蛇

骏马，山羊，雄鹰

幻化成石峰

在丛林里

做着美丽的梦

石龟蹲守在石桥上

已经等了几万年

神钟敲响的时候

它们从梦中醒来

举起宝石沟的朵朵璀璨

领着远道而来的孩子

去额尔齐斯河畔嬉戏

阿依果孜矿洞

阿尔泰山原来是"金山"

1949年5月

阿依果孜·沙里木

在这里

发现了一个矿洞

里面藏着无数宝贝

玛瑙，水晶，芙蓉石

海蓝宝石，绿柱石

锂辉石，钽铌锰

……

云母编织成巢

石英排列成河

我特别想知道

阿依果孜当时喊的是不是

"芝麻，芝麻开门吧！"

我有一峰小骆驼

我有一峰小骆驼

比我长得高大

我走不动时

骑着它穿过茫茫戈壁滩

渴了，饿了

喝点驼奶补充营养

用驼绒做一条被子

再织一条披肩

路过山谷里的毡房时

我会骄傲地说：

看！我也有一峰骆驼

沙枣树

九月的沙枣
挤在树上悄悄地化妆
在灰绿色的脸颊上
涂上棕红色的胭脂
准备参加秋天的盛会

突然，一阵风沙来了
没有来得及躲到树叶下面的沙枣
变得灰头土脸
急忙用阳光涂点亮粉
虽然身材矮小
在大红枣面前
可不能缺少士气

海上魔鬼城

魔鬼城里
为什么没见到鬼？

只有四匹健壮的狼

在练习跑步

游客用狼语和它们打招呼

嗷——嗷——嗷——

四匹狼眼神都没有瞟一下

它们一定是在攒力气

天黑的时候

吓唬从海里钻出的魔鬼吧

石头城

来到吉木乃石头城

惊讶的我张大了嘴巴

误以为来到了外星球

石头城堡

石头饼

石头动物

石头森林

石头人向我点头微笑

心里飞出快乐的小鸟

沿着神秘的通天洞
一直走上去
我站在云朵上
和石头星球的小王子
说出了心底的小秘密

旱獭

旱獭钻出地洞
拍着小爪子说：
欢迎远方的小客人
请到我家歇一歇
喝一杯青草汁
吃一块青草饼吧

我咽了咽口水
在那小小的家门
放上三朵格桑花
谢谢你，我还不会变小的魔法

白桦林

白桦林里的每一棵树

都和我们一样

衣服小了要换下

和我们不一样的是

每一次它们都选白色

白色，白色……

四季想了个办法

春天给每一棵树

做了浅绿色鸭舌帽

夏天捧出深绿色遮阳帽

秋天送出金黄色挡风帽

冬天给它们戴上白棉帽

这时，白桦树们和铺天盖地的雪

拥抱在一起

取暖

哈巴河的红叶林

拾一枚

红色的欧洲山杨叶片

携一缕

戈壁滩的蓝色风

把哈巴河的热情珍藏在书里

每一个字都浸染着真诚

从红叶林飞出的鸽子

都有一双清澈的眼睛

领头羊

在萨尔乌楞村边

遇见去牧场的羊群

三只领头羊

高高扬起雄壮的角

雪白的长毛

像白色战袍

它们和牧羊人

带着五百只大尾羊

威风凛凛地向冬天宣战

达尼尔和小狗

白哈巴村的达尼尔

有一只黑白脸的小狗

懒洋洋地趴在毡房前

它的毛像远处的雪山一样白

冬天雪大的时候

小狗喜欢和达尼尔捉迷藏

只有抬起黑色的左脸

达尼尔才能找到它

暗器

雪白的羊驼

在嘴里

藏着一小团暗器

对不友好的人

271

随时准备发射

所以你要轻轻地

抚摸它的小耳朵

说些温柔的话

小阿力木江

小阿力木江

敢一个人在戈壁滩放牧牛羊

他的心里藏着一位

高大威猛的将军

可以气定神闲地

指挥千军万马

去往一望无际的草场

贪玩的太阳

到戈壁滩捡石头

在大草原骑马

跳进额尔齐斯河游泳

爬上阿尔泰山采一朵野花

太阳在阿勒泰

下山很晚很晚

因为他太留恋

那里的美丽风光

整天都舍不得眨眼

晚上九点多了

还不想道晚安

魔法小河

小河一定会魔法

它走过的地方

就会长出小草小花

大尾羊，骆驼和枣红马

都喜欢亲亲它

戈壁滩向小河招手

它颤抖着小腿不敢穿过公路

唉！这是一个胆小的魔法师

攀岩比赛

小树和山羊
在举行攀岩比赛
站在峰顶的五棵小树
骄傲地对山羊挥舞着枝丫
几只山羊不服气地咩咩叫
低下头，举着角
想冲上去
咬它们一口

云朵毡房

山坳里有一座小小的毡房
在绿色的草场
守护着牛羊

天上有一朵白云
变幻成毡房的模样
在蓝蓝的天上

陪伴着云朵羊
淘气的风把天上的羊赶跑了
留下云朵毡房
独自悲伤

骆驼蓬

你猜，谁会喜欢
戈壁滩的骆驼蓬呢
白色的花儿
臭臭的，小小的
牛羊远远地躲开了
马儿打着响鼻扭过头去
骆驼跑上前
咧开大嘴笑了

留住秋天

寒露到了
落叶纷纷

蜘蛛连夜结了一个
结实的网
兜住一片红叶
想用这副盾牌
抵挡冬天的进攻

了不起

小路的胆子真大啊
敢独自穿过茫茫戈壁滩
小路的脊梁真结实啊
驮着牛羊和骆驼
走向无边的草原
沙棘竖起了大拇哥
土拨鼠拱着小手
眼里写满了崇拜

雷阵雨

今天有点不对劲儿

天空一定有伤心事了
否则不会想想就哭
一天哭了十次
谁去开导它呢
要不我给它唱一首歌吧
也不知道能不能哄好

小麦是个孙悟空

路过一片金黄的麦田时
我发现了一个大秘密
嘘——
小麦是个孙悟空
它多会变身啊
拉条子，包尔萨克
烤包子，沙琪玛
口味不同的饼干
形态各异的面包
……
它们还会变成小面人
站在托盘里

神气活现地跳舞

甜甜的，暖暖的

哈密瓜，葡萄，香梨
是最用心的水果
它们把阳光里的甜蜜
都收藏在了心里
棉花是最体贴的植物
结出许许多多温暖

风赶着雨

从北方刮来的风
性子太急
它们在雨点身后
大声催促
快点，快点

慌慌张张的雨点

加速太快
冲到那些花儿的脸上
生疼
格桑花的牙齿
被打落了两颗
唉!

阴天

一大早
天就阴着脸
麻雀站在树梢
叽叽喳喳欢叫
它们从来不看天的脸色
想唱就唱
想跳就跳

麻雀相信
快乐的情绪可以传递
看看吧
心情不好的天

听着听着

就露出了笑脸

仙人球的花

仙人球的花

谁也不敢惦记

蜜蜂和蝴蝶

都小心翼翼

担心采蜜不成

却被仙人球的利剑刺伤

奇妙的事情

深秋的傍晚

天上的小神仙

一不小心弄翻了餐桌

牛奶，番茄酱，猕猴桃汁

稀里哗啦落了下来

牛奶染白了天山的头发

番茄酱染红了欧洲山杨林
猕猴桃汁溅在水杉的手臂上
几个圆圆的馒头落在草原
变成小小的毡房
我举起相机
咔嚓咔嚓
记录下这美妙的场景

小花帽

快乐的小花帽
是一个个音符
跳跃在舞会

勤劳的小花帽
是一朵朵七色花
飘进红枣园

吐鲁番的葡萄熟了
我戴着小花帽
去采集甜蜜

棉花毕业了

秋风主持毕业典礼

棉花田校长发表完寄语

每天都期待着

棉花收割机的到来

这届学生毕业了

它们都很优秀

急切地要走向外面的世界

实现自己的抱负

点缀

胡杨是行为艺术家

看到沙漠的斗篷

颜色和款式太单调

有的站在领口

有的站在下摆

骆驼们摇着驼铃惊叹：

胡杨花边太漂亮了！

落叶

深秋的树林
就是一个宝库
柳树把"金条"放在土地保险箱
杨树把"金币"存进银行
明年春天
那些"金条"和"金币"会换来食物
给树林以滋养

风吃了棉花糖

云朵
是蓝天送的棉花糖

胡杨举着棉花糖
舍不得吃
想留给晚归的鸟儿

馋嘴的风跑过来

偷偷地舔一下

再舔一下

胡杨树着急地说：

给鸟儿留点儿

给鸟儿留点儿

小　说

阿勒泰的果实，不仅在大地上成熟，

也在小说中收获……

大雪纷飞

杨 逸

还是三年前的那辆金杯面包，还是那个司机。司机还是三年前那身衣服，看不出新旧。只是胡茬白了不少，大概是黑棉服给衬的。

李江河背着书包，打开吱嘎作响的车门，坐了进去。他也是三年前那身行头：藏蓝色羽绒服、儿子用过的旧书包、藏蓝色运动裤。没来得及刮胡子，他和初来乍到时一样，胡子拉碴，风尘仆仆。

"这么急着赶回去。"司机起了话头。校长说李老师家有急事，赶着去坐飞机。具体什么急事，校长没说，司机也不便问。可还是觉得应该起个话头。

"是啊，赶回去。"这回答几乎等于没回答。

"飘雪花了。"车窗外飘着稀疏的雪片，车厢里好似拉上了沉默的大布帘。

车子很快驶出市区，穿行在茫茫戈壁。李江河看向窗外，三年前迎面而来的一切，此刻正在节节退后，这真是时空交错、人生如梦啊。那时也是冬天，干冷的空气在无边戈壁刮得很欢畅，白云被吹成一团一团，近在眼前又远在天边一样悬挂着。活了四十多年，李江河第一次感觉到，远方那一直连在一起的天和地，正在扮演一亿年前的样子。他极力远眺，使劲儿搜罗着动物和哪怕零星一小块儿植被。可他只看到一匹死去的马，仰面，高举四条僵硬的腿。除此之外，还有两个用石头、牛粪和泥土垒起来的羊圈，里面并没有活物。

太空旷了。当时他想。一切都如此渺小，不管是什么，幸福还是痛苦，放在这个地方，都是一粒细沙。可是三年后，细沙恢复成一块从天而降的巨石——就像阿勒泰天文馆一楼正厅摆放的那块铁陨石，一样。

用力攥了攥拳头。这代表他心急如焚——一个多小时前，妻子黄闰月打来电话，她下夜班回到家，发现婆婆周亚荣不见了。手机没带、坐公交的老年卡没带、帽子围巾都没带，而吉林从昨天半夜起，一直在下大暴雪。

"我说了，妈上个月就有苗头，你不信！"上个月确实有一次，据黄闰月说，周亚荣老人买完菜走到楼下，忽然想不起自己身在何处。还好，邻居把她送回了家。

身为电诊科副主任的黄闰月显然急坏了，她一改往日的温厚在电话里直呼其名。"李江河，万一找不到，你让我怎么办啊？"李江河想说，别瞎想，能找到。马上又反应过来，这种保证就是令人讨厌的空话。他似乎还没确定母亲走失已成事实，暑假回家时明明还好好的。"你说话呀！"电话在哭声中挂断，视频电话随即响起。李江河没看到黄闰月，他看到了空荡荡的母亲的卧室，空荡荡的母亲的床。镜头晃动，他又看到了窗外饕餮的大雪片。每一片都张牙舞爪，好像等着把哪个衰老的生命吞掉。

"闰月，你能听到吗？我马上买机票！"他总算体会到黄闰月挣扎在崩溃边缘的情绪，总算想到，她一个女人，在大暴雪的早上，一定经历了比风雪还凛冽的焦虑。视频里的大雪让他猛然战栗——不会从此就见不到母亲了吧？

机场很小，网上预订了机票，这架飞机两小时后起飞，是今天唯一一班去东北的飞机。李江河跟司机道了别，没有直接去安检。他想在外面的椅子上抽根烟。他要把脑子里乱七八糟的一切烧一烧，让它们变成白烟飘一飘。

烟还没冒起来，李江河一眼瞥见，雪片已经由稀变密了。来机场的路上，他对这场雪寄予了一路期望，也许阿勒泰的雪会善解人意一点儿。没想到它们这么快就弥漫开来，每一片都又大又肥，像擀毡的羊毛。他继续暗示自己（他只能如此），不要紧，只要能正常起飞，到了云层里只管埋头穿梭就是了。可广播很快就点燃了他的焦虑：因天气情况，飞机暂缓起飞。

顷刻间，满心沮丧。

他一向觉得自己很能扛事，就连跟校长说要回家，说的也是提前回去处理点儿事，处理完会尽快回来办相关手续。他没说母亲走丢了，他觉得让这边的领导同事跟着着急，实在很不体面。在这里，自己是倍受尊敬的人，他无法想象，这样一个人慌慌张张对众人宣告"我妈丢了，我得马上回家"，那是多么伤害大家记忆的事——再有不到一个月，他的援疆期就满了。

又把烟点着，可显然没了刚才的镇定。雪越下越大，和远方家里一样。真倒霉，怎么都在下雪？心里急得开始冒烟，人也像头憔悴的饿狼，狠吸了一大口手中的烟，文质彬彬的鼻孔成了两管烟囱。除了窗外聚拢成团的雪，什么也看不见了。

咣的一下，迎面跑来一个人，像飞来一颗鲁莽的子弹，正好撞上。烟应声落地。

"海拉提？"声音和失去香烟的手，一起因激动而颤抖。

"你怎么来了？"问话的人表情复杂，像大人埋怨孩子，像父亲心疼儿子，又像为一个意外惊喜眼眶湿润的流浪汉。

撞他的是个十七八岁的男孩子，圆脸庞，圆眼睛，额头上满是圆圆的汗珠。男孩子想回答，却没说话，盯住地面喘着粗气。而后，又伸出厚实的手，抹了把眼睛，默默地坐下，抽起了鼻子。李江河也默默坐下了，捡起才抽了一口的烟，拧灭，揣进羽绒服口袋里。

　　尴尬了好半天，李江河能感觉到男孩的腿在颤抖，不管搭什么车来的，他进来前一定跑了很长一段路。

　　"怎么过来的？"李江河迟疑着问道。叫海拉提的男孩只管低着头，不说话。

　　"这么远，还下雪——"说话声音很轻，他知道海拉提不喜欢下雪。

　　"老师，你要走了？"海拉提猛地抬起了头。他脸色紫红，连声音也在颤抖。

　　这可真不好回答。但是之前的话是自己说的，那不是一般的话，是个承诺。"别担心，大不了我申请延期，你不考上大学，我就不走。"这会儿被这么一问，好像脸皮都给一把撕光了。

　　海拉提是八岁那年跟风雪结下的梁子。他恨风雪，又干不掉它们。起因是一场不舍昼夜的大雪，家里的羊都像得了雪盲症，纷纷在山里呆傻掉，又被大风雪给拐跑了。

　　海拉提的爷爷，乌兰别克老人，当时六十出头，他要钻进毡房烤烤火，再不烤的话，腿就会失去知觉。可火还没把他腿上的血管烤柔软，一阵狼嚎般的大风不由分说地把他引出了毡房。他感到羊叫得不对劲，像挨了鞭打。他虽然有鞭子，可他的羊几乎没尝过鞭子的厉害。他总觉得羊跟着自己不容易，要挤奶、要剪毛、要顺应季节奔波转场，最后还要为了一家子的生计，稀里糊涂地搭上性命。

他的仁慈让他的羊比别人的羊都愚蠢，这是一些对危险没有戒备心的绵羊和大尾羊。它们夏天时吃得很肥圆，冬天就拿出一副听天由命的样子，消耗肚皮下、屁股上那些白亮的脂肪。然而就在它们躲在毡房后面任凭脂肪在皮下嘶嘶啦啦燃烧的时候，大风把它们骗走了。

乌兰别克老人拖着僵硬的腿，拼着命想从风雪手里夺回自己的羊。他大声吆喝，想把羊圈住，可风雪比他有力气，不管不顾地裹挟着他的羊使劲儿跑。眼看着白茫茫的羊群滚进了白茫茫的风雪里，乌兰别克老人哪里舍得，急忙去追赶。可追着追着，人和羊都不知去向。大雪连着下了三天三夜，雪停后，在离牧场十几里的背风低洼处，人们找到了老人和他的羊群。那个情景让乌兰别克老人的儿子愧疚不已。要不是得了心脏病，他早该接替父亲来做牧羊人了。

乌兰别克老人有三个孙子，海拉提排在中间。他的哥哥和弟弟都陪在爷爷和羊群身边，只有他，害怕得跑掉了。他好奇过死亡，却没想到死亡原来是这个样子。死亡是爷爷黑紫色、布满瘀斑的面庞，是大尾羊半睁半闭永远听天由命的眼睛，也是羊脸上冻成冰柱的眼泪。他看到父亲、哥哥和弟弟都在悲伤，而他却感到恐惧。他为自己的恐惧而内疚。风雪成了死亡的刽子手，夺走了最仁慈的老人。他不知道风雪还会夺走什么。

可是没人明白他的担忧。父亲伤心地说："海拉提，你爷爷是为咱们全家死去的。"父亲在责备他不够难过。父亲的责备让海拉提更不知道怎样做才能准确地表达难过。

"他是不想当牧羊人！"十二岁的哥哥把一件羊皮袄套在身上，那是爷爷穿过的。哥哥还很瘦弱，肥大的羊皮袄显得他好像只剩下一副骨头架子。海拉提躲开了哥哥的眼睛。

这些是过去两年里，具体说，是相熟以后的一些特殊时刻，海拉提讲给李江河的。那些时刻像雪莲花瓣一样静谧，在学校给李江河租住的两室一厅里，其他几个补课的学生都回去了，只有沉默寡言的海拉提，还在跟立体几何较劲。他一直为直线、弧线、黄金分割点挠头，关于数学，他始终找不到数字间神秘的联系。数学老师李江河却恰恰相反。他平时给人感觉老实木讷，不是笑起来很热情、看起来很好说话的那类人。起初海拉提甚至觉得这个外来的老师不太好接近，像个局外人。可他第一次给海拉提讲题，海拉提就入了迷。老师的样子像传说中的牧神，专注而夺目，而海拉提也变成了温顺的羊羔，那颗被数学搅乱的心，渐渐变得澄净安静。

"数学不是简单的数字、图形和公式，数学是一种思维。"李江河这样说的时候，几乎所有人都会认定，这是全世界口才最好的人。他用最安静的面孔，在十几双如火如炬的目光注视下，无比淡然地口若悬河。

正是这种反差，撬开了海拉提的心事。当他领会到"数学是一种思维"，他的物理、化学、生物成绩，都从不及格踏进了及格，它们像刚修好的旧自行车，在去往高考的路上缓慢前进。他最无能为力的不再是数学，而是自己的懦弱。

"我逃走了——我害怕爷爷忽然醒过来对我说，海拉提，跟着我，学着当个牧羊人。"

"我不该害怕自己的爷爷，可我怕得要死。"

八岁时那些不可名状的恐惧和痛苦，像额尔齐斯河的流水，不知不觉从心里流出来，穿过白色的灯光，流进李江河的耳鼓。

李江河又掏出一支烟，点着了。他手上的白烟在过去的时间里茫然张望。

海拉提坐在旁边，一言不发。李江河知道，海拉提受伤了，人在这个年龄对伤害格外敏感。可时间也并非他年轻时所希望的那么万能，他的年轮比海拉提厚多了，可是此刻，他全然不知该如何安慰海拉提。

"海拉提，听我说，我老妈——走丢啦！我就是在天涯海角，也要赶回去啊！"如果这样说，海拉提会马上理解，还会涨红着脸、无比内疚地道歉。可那不是李江河希望看见的，因为海拉提——这个男孩的内心深处，没有一天不在懊悔自己没能解救风雪中的爷爷和羊群，尽管这懊悔没法说出口。李江河懂得这隐秘的心事。他在海拉提并不流利的讲述中，一次次看到八岁时的自己。

那时候，李江河家住父亲单位分的四十平方米的老房子。他父亲是个老实了一辈子的工人。在李江河成长的那个工业城市里，工人曾是大多数人梦寐以求的终身职业。就是这个老实本分的工人，让李江河看到人在专心干一份事业时难以描绘的神性——他父亲是电焊工，沉重的头盔和飞溅的火花，让他的专注闪耀着金刚火石的光芒。头盔后面的笑容，却总有几分怯意。他从来不去争什么先进、模范、标兵，只知道那双长满老茧的手一天不摸焊枪就浑身难受。

李江河继承了父亲的内向。他不淘气，别的男孩子甚至嫌弃他太过老实。李江河没法为自己辩解。那时他最感兴趣的是家里一张发黄的老照片，照片上是个身穿军服的年轻人，眼睛很大，嘴角微微下沉，看上去沉稳刚毅。父亲对李江河说："那是你三太爷，也就是你爷爷的三叔。"

"大江，还别说，你跟你三太爷，长得还真像。"

后面这话正是李江河的小心思。他看着照片，就像看到了老人们说的上辈子的自己，那是他心中真正的自己。他试着把这话告诉母亲，母亲吓坏了，吐了三口唾沫，又一个劲儿地摸他额头。他一再保证以后不会那样想了，那张照片才没被撤掉。照片就挂在墙上，镜框里，挤在众多照片中间。李江河没少背着父母跟三太爷对望。每次对望，耳朵里就盘旋起父亲的话："你的这位三太爷，原来是东北军郑润成部下的一个骑兵连长，九一八事变后，跟日本关东军几次拼死厮杀，最后跟着部队退到了苏联，又辗转万里到了新疆，之后——就杳无音信了。"

"你三太爷告别家乡那会儿，你爷爷才像你这么大，他记得他的这位三叔是骑着战马回家的，匆匆告诉家人说，日本人开战了，他要去前线，又匆匆地走了。"

八岁的李江河认定三太爷还在新疆，认定只要去找就能找到。他把这话跟父亲说过，父亲在烙春饼，大概太过专注，根本没抬眼瞅他。他又跟母亲说，母亲在翻炒卷春饼的绿豆芽和韭菜，笑着训他："你这孩子，睁眼睛说梦话。"李江河只好悲伤地离开了厨房。连世界上最温和的父亲和最善良的母亲都认为他在胡说八道，他只能默然地闭嘴了。

后来，他又试着跟世界上最温柔的妻子说过这个深埋在心里的念头，那时他已经快三十岁了。妻子在后半夜的被窝里，把棉被笑出了波浪。"你去找吧，你呀你，今年才八岁呀？"

"闰月，三太爷是肯定找不到了，没准儿有后人在那边呢？"

妻子也开始摸他额头，像从前的母亲一样。李江河假装睡着了。有时候他很享受妻子的这一点，但不是此刻。再往后，说不清具体什么时候，生活让他和妻子得了不同的职业病，他们在彼此眼里，都没有刚结婚时那样健康正常了。

"我没病。""人家没病。"李江河经常为自己也为别人辩解。妻子能用生病解释所有人的行为，要么是精神得病了，要么是肉体得病了。在黄闰月眼里，精神和肉体总有一个是需要治疗的。

四年前，李江河带的毕业班第一次百分百升入了一本院校，学校把他推荐给各种媒体。他有些局促，不知如何作答。被追问教学诀窍时，总算憋出一句心声："我喜欢数学。"黄闰月取笑他，说他在媒体面前就像个社交恐惧症患者。他父亲却表现出从未有过的高兴。他说这就是青出于蓝又胜于蓝，李江河踏实肯干的劲儿随他，能担起荣誉的劲儿，又强过他。爷俩喝了顿酒，李江河说自己想申请去援疆。

"大江，儿子才上大学，你又想走，让闰月咋想？"

"爸，日子不禁混啊！再不去，过几年就快退休啦。"

父亲知道他的心结，端着酒杯不再往肚里咽。李江河借着酒劲儿转过了身子。

"闰月，我想申请去援疆。"

"援什么？"

"当援疆教师，新疆。"

"想援多久啊？三个月？"

"我想——怎么也得一年吧？"

黄闰月平时不怎么跟李江河吵架，一是同情对方不够正常，有职业病，再者各自工作已经很忙，起早贪黑加班加点，没时间把架吵透。可那天，黄闰月的脾气腾一下就上来了。

"一年？家还要不要了？日子过不过了？"

"三个月，来去匆匆，不够干啥的。"

"啥岁数了？还惦记去找老祖宗？李江河，怎么有人会轴成你这样！"

李江河本来并不理直气壮，听黄闰月这么一说，拗劲儿也上了头。

"在这边也是教书，去那边也是教书，扯别的干什么？"

等到援疆申请真批下来那天，李江河就后悔起这天吵的这一架了。这次援疆，只有三个月和三年，没有一年期的。他看着签字盖章的批文，发自内心感觉对不起妻子。黄闰月说得对，自己不是个多有出息的丈夫。想去援疆，因为那里是新疆，是八岁时就刻在心里的地方——"要不在哪不是教书育人？非得跑那么远才能体现你有价值？"

那天，黄闰月看着三年的字样，值完夜班的眼睛红上加红。她哭了。

"我怎么你啦？这个家，你就那么急着逃出去？"

李江河想一把抱住她，又觉得这么自相矛盾的自己，凭什么以为抱一下就是安慰了人家。想说句对不起，可是又想，说了还能不去吗？

"闰月——我——"

"三年，说短也短，说长，也真够长的啊。"黄闰月把哭泣吞进肚子里，她说这话的声音，像早春的雨点扑簌簌打着早春的江水。他俩同岁，都四十五了，她知道既成事实的事，说什么都没用了。

李江河走的时候，父母身体还都很硬朗。他父亲每天去江边晨练，性格都练得比年轻时更开朗了。私下里，他比谁都支持儿子去援疆。"趁年轻，了却这辈子一桩心事，爸觉着挺好。我和你妈，你就放心好啦。"可世事无常，这个手艺过硬的老焊工前年初冬因心肌梗塞身故，就倒在了晨练的地方。他唯一的儿子李江河，正在阿勒泰援疆。

那次请假，也只说家里有事，直到十天后又回到阿勒泰，也没人知道他已经没了父亲。那个时候，他已经给海拉提补了一阵子课，海拉提在断断续续说出内心的伤痛。一个晚上，海拉提问李江河，我不想当牧羊人，想考大学，爷爷会不会骂我背叛了这个家庭？

被问的人哑了很久。他知道，给出答案是容易的，论证这个答案却需要严谨的步骤。和数学一样。

"海拉提，你说，我父亲会责怪我背叛了他吗？"

海拉提成了唯一知道李江河失去父亲并背负不孝之名的人。

"不，不。"

"你也一样，海拉提，你爷爷不会怪你，你会为你的家庭开创一种新的命运。"

不善言辞的海拉提，终于把八岁那年的那场哭泣，无遮无拦地补了回来。他被沙发环绕的肩膀毫无方向地耸动，眼泪像阿尔泰山的积雪汇成的急流。

"我万一———考不上———就完蛋了，我——"

"不会的，海拉提——路有许多条。"李江河说着，把一包纸巾塞进海拉提胡乱挥舞的手里，对方为了止住哭声，一口咬住了那包纸巾。"嘿——我会帮助你的——"李江河顾不上被连累的手指，如果那点痛能让这匹迷茫的马儿变得安静。

果然，海拉提的抽泣声缓缓蜷缩进沙发的缝隙，巨大的安静像无边戈壁，慢慢笼罩住整间屋子。眼泪打湿的那几张卷子在灯光下起了皱，似乎要把什么珍贵的东西定格在此刻。

静坐良久，李江河站起身，灯光把此刻的他夸张成一个顶天立地的人。塞满书籍、习题和卷子的斗室里，他看上去像个曾经出生入死的军人——沉稳坚毅、挺拔高大。他伸出手，轻轻拍了拍海拉提的肩膀。

海拉提对李江河的第一印象并没有错，局外人。那时李江河已援疆八个月，怪的是，跟没来之前比，他反而感觉自己是个局外人。

他吃不惯拉条子，也享受不了马奶酒。他爱吃父亲烙的春饼，母亲配的绿豆芽炒韭菜。有时临要睡觉前，还会恍惚听到父亲在隔壁叫他，大江！母亲也准会紧跟着叫上一声，大河呀。他也常常想起黄闰月曾经抚在自己额头上的手。人可真怪，心心念念了半辈子的新疆，反而让他有了乡愁。

那八个月他只是科任老师，没有带班。寡言少语和略显暗沉的外貌，让他在班里有了个外号——切木尔切克石头人。他是在那届学生毕业后才知道的。前面那一串他没记住，石头人三个字记住了。这三个字让他差一点儿就对阿勒泰的学生心生敬佩，他们纯净的眼神透视力太强了。石头人，他笑——学生们的眼睛几乎超过了 X 光。想完又笑。那是用远行四千公里换来的发自内心的微笑。他有些感激这个地方了，尽管这八个月他什么也没找到——关于三太爷的蛛丝马迹，他刻意留心，还专门探访过当地干部、醉心于地方史研究的老者，可还是一无所获。刚想跟黄闰月医生分享一下医学术语，X 光，忽然有学生来敲门。他是他们的班主任。他只教了八个月的上届学生，有十个人高考数学过了一百分。新学生慕名而来，他们都为数学愁肠百结。

那是海拉提第一次来到他的住所。学生们看到了玻璃板下面那张泛着岁月痕迹的老照片。他们猜测，这一定是老师的什么人。

"长得真像！"

"军人就是帅气啊！"

"我太爷爷，救过一个军人，很早以前。"

不偏不倚，这句话落进了李江河心里。海拉提三个字，也跟着一起落了进去，扑通一声。他看着要讲的卷子，嘴里却不受控制般问道："怎么回事，海拉提?"

"什么——怎么回事啊?"海拉提以为自己做错了什么，满脸困惑地嗫嚅着。

"你太爷爷救人，是怎么回事?"

海拉提的脸泛起如释重负的红色，这反而把他的声音显得更加腼腆了。

"我知道的就那么一点儿，爷爷讲的时候我还太小。好像那个人住了一段时间，后来——就不知去向了。"

那当然不是三太爷，一定不是!李江河极力按捺住心里的激动，严厉地告诫自己。可自从得知了那件事，他就变得像盼望见到亲侄子、亲外甥一样，盼望见到海拉提。这真没法解释。他给海拉提补课的时候最多，虽然他给所有学生补课都分文不取，可海拉提还是不一样。他会留海拉提一块儿吃饭，教他烙春饼、包饺子。三天后的星期天，他还特意去拜访了海拉提的父亲。

那个哈萨克族的毡房里没有什么现代摆设，地中间的火炉里，橙红色的火焰一刻不停地连唱带跳。海拉提父亲前胸后背都包裹着脂肪，嘴唇乌紫。他指着海拉提，无奈地笑着："一个人改变不了另一个人。大人也改变不了自己的孩子。"

"我不知道他想些什么，我父亲也对我说过这句话。"

"我爷爷确实救过一个东北军，"海拉提父亲给李江河切下一片大尾羊臀部的白肉，"就在戈壁滩上。住了两个月，在我爷爷家里——是我姑奶奶照顾的，后来他走了，留下一条马鞭。"

"马鞭?"李江河像一把抓住了梦境，浑身的血都涌在胸口，他好像听到胸膛里万马齐喑。

"也找不到了。天知道——我们搬过很多次家。"

记忆的潮水轻轻袭来，前仆后继。那之后，像是害怕再听到希望被燃起又紧接着破碎掉的声音，他不再一个人去走访，而是跟随学生们仔细领略阿勒泰的风光。他们一起走过山河、草场、白桦林，一起瞭望边境线和九月瘦骨嶙峋的山头那些洁白的雪。在离学校不远的阿勒泰博物馆，李江河看到了切木尔切克石头人。他像个考古学家，背起双手，来回走动。石头人眼神天真，憨态可掬，这不由得让他龇牙乐起来——在学生眼里，自己就是这副尊容。

在一幅岩画面前，李江河停住了。那是一头麋鹿，顶着一对鹿角，在红锈色的岩石上向他跑过来。

"老师，在看什么?"是海拉提。

"手印。"

"在哪儿? 谁的手印?"

"在那儿，可能是哪个游子留在上面的。"

当天晚上，阿勒泰的李江河第一次喝醉了。他请学生们吃了肉串，感觉像是做回了师范学院的大学生。学生们能歌善舞，"恰秀，恰秀，巴恰秀，撒下一片老风俗"。他吃了一惊，从自己嘴里唱出来的，居然没跑调。黄闰月几乎在他脑海里消失了，北方、家、工作、教学成绩、过去那四十几年刻板沉闷的自己，都在歌声里消失了。他发现，没有利益之争的人际关系是那么简单，不用考虑考试成绩和评定职称的教学，是那么符合他的天性。眼下这个自己，像在经历一场不被允许的叛逆，这让他满心欢喜。他不想再被简单粗暴地定义为老实人——从小到大，人人都说他是老实人，定义他的人从不征求他的意见。老实人和石头人不一样。石头人在天地间风吹雨淋了四千年，可谁又能说，他不是自由的。

回到住处后，长久回想的，却是岩画上的麋鹿和手印。不管是不是自己先人留下的，他都感觉三太爷曾经站在有岩画的石壁前，眺望看不见的远方。

"不管怎样，故乡来人了，你不是孤零零一个人了，三太爷。"想着想着，眼睛里缓缓流出了一条小河。

手机震动，黄闰月发来一段视频，是吉林的大雪。

雪是昨天半夜开始下的，是一场和西北风互相撕扯的狼烟大雪。直到清晨西北风才睡下，只剩大如鸟羽的雪片绵绵无绝期般飘落。世界都给染白了，白得明亮刺眼。房顶、街道、健身器材、停在楼下的汽车。白色大树脚下趴着白色的断枝，伤口没来得及风干就被涂上了新雪。这漫天鸟羽，没有停下的意思。不时有"咔"的声音响起，不时有新的树枝被厚雪掰断。

没想到今冬会有这么大的雪。李江河看着视频想。要不是丰满水电站，要不是江水不冻，这大雪怕是要齐着江堤了。七十多岁的老人，能被风雪骗到哪儿去呢？他竟然想起海拉提用过的"骗"字。风雪中的母亲，风雪中的羔羊，他真不愿意把他们联想到一块儿。于是又狠抽一口手中的烟。

妻子的意思是，她在顶风冒雪、深一脚浅一脚地寻找周亚荣老人。她的另外一层意思是，周亚荣老人现在仍然杳无音讯。

阿勒泰的雪像是在呼应黄闰月，也暴躁起来了。机场暂停使用。广播说完后又不断重复，大概是怕有人心存幻想。

"老师，你回不去了。"海拉提的声音似乎隐约能听出一点儿开心的意思。

"这个——"李江河想说的是，这可麻烦啦。

"你回不去了，老师。"

"我得回去。"

海拉提刚刚燃起的希望又破灭了。这多像自己刚来时，每次找到一点儿关于三太爷的线索，可很快又会失望。李江河想。"我知道你不希望我回去，海拉提。"

"我——"

手里的烟已经燃尽，最后一点儿火星燎了李江河的拇指。

他急忙甩掉了。

"海拉提，我非常抱歉——"

"我知道你很难过，海拉提。"

"雪要拦住你，老师。"

"雪拦不住我。"李江河也有点焦躁了。他已经错过了和父亲见最后一面，他不想在妻子发来的视频里看到最后的母亲。那个给了自己生命的女人埋在雪里，脸色黑紫，眼睛像冻死的大尾羊，听天由命般半睁半闭着。

"你也拦不住我，海拉提。"这话不是过去的李江河说的，也许是另一个平行时空里，渴望回到故乡的三太爷说的。

海拉提想说什么，可他咽了回去。他的表情像一匹受伤的马。脚下是六个烟头，他蹲下，捡起来，磨磨蹭蹭地扔进了垃圾桶。

"回去吧，海拉提。"

"你呢？你去哪里？"

"北屯火车站。从那里坐火车去乌鲁木齐机场。只要能回去。"

"让我给你带路吧——"

李江河像是没听到。他只顾着冲进大雪，母亲的气息似乎更微弱了。

"老师，我去拦车！"

"不，快回学校去，海拉提！"

在北屯站前宽阔的小广场，李江河再次对海拉提说，赶快回去。他要先买去乌鲁木齐的票，几点能坐上火车还不知道。海拉提没说话，只是执拗地背着李江河的旧书包，像影子一样跟着他。

好在买到了。当日去乌鲁木齐的票，下午两点，绿皮火车。他和故乡非但没有靠近，反而感觉遥遥无期了。可这就是他眼下的命运，这个曾让他找到真正自我的远方，如今又成了他的桎梏之地。那些他以为的意义和所谓人生的价值，成了生命中不能承受之轻。他感到无能为力带给自己的焦虑——即便乌鲁木齐不下雪，最快也要明天才能赶回家里。而曾经知心的海拉提，此刻只有一个作用——提醒他，一位叫乌兰别克的老牧羊人，就是被一场风雪终止了此生。

"海拉提，数学只要入门了就好办。"

"你还——回来吗?"

不知道。如果海拉提是同龄人，李江河一定会脱口而出。他觉得自己是父母的孽障，他不知道还有没有机会补偿母亲和妻子。

"不管我回不回来，海拉提，你都要考上大学。"他还是做不到对海拉提实话实说。那双年轻的眼睛那么信赖，那么清澈。自己的心急如焚不是伤害这双眼睛的理由。

"老师，让我送你到乌鲁木齐吧，我只管给你带路。"

"不要这样，别这样。"李江河的焦躁又加重了几分。

"我知道，我不该盼望你再回来。"

海拉提嗫嚅的语气让人心碎。可李江河不想搞得那么悲伤，那么悱恻。谁也不知道这一别，是不是永别。既然不知道，留下一点儿轻松快乐吧，没有比这更大的慈悲了。

"轻松点儿，海拉提，我不过是回去处理点急事。"

"是不是你的母亲？"

海拉提像做错事的孩子，语气颤抖而试探，像蜗牛怯懦的触角。李江河看着他，很想摇摇头，可挣扎片刻，他还是长舒一口气，点了点头。

"她今天早上走丢了，下着大雪——那边比这里先下的。"

别人不知道，海拉提是知道的。李江河曾经赶回家里处理过一回"急事"，那件急事让他失去了父亲。

"走丢了？"海拉提瞪圆了眼睛，一只手抓住另一只手，死死抠住手心。"我以为——以为——她生病了。"说着，他的脚往后退去，踩到了后面的一只脚。身后传来责备声，可是都无所谓了，又一位老人被暴风雪吞噬了。他从沉重的童年跋涉到健壮的青春期，没想到，等待他的除了这位来自远方的老师，还有被风雪吞噬的老师的母亲。老师怎么可以不回去呢？八岁时那痛心的一幕，正在远方的大雪中等待自己的老师。

终于检票了。

"回去吧!"李江河嗓子已经哑了,即便没哑,也说不出更多了。心里就像晚秋的戈壁,满目无边的荒凉。

海拉提把书包递给李江河。那些愚蠢的问题再也问不出口了。每一个过去的时刻都像虚无的梦,来过生命里的人,早就注定要离开。

"走啦!"李江河犹豫了一下,还是伸出右手,拍了拍海拉提的肩膀。过去两年许多如雪莲花瓣一样静谧的时刻,一股脑翻涌到他的手上。海拉提一转身,把他抱住了。

"对不起,海拉提。"李江河掩饰不住地哽咽。他想起海拉提的那次痛哭,这个男孩子是那么担心万一考不上大学就没法改变命运。

"老师,老天保佑你的母亲。"反倒是海拉提的声音没被滂沱的眼泪冲击得颤抖变形,像平静的流水,给人安慰。

"海拉提。"李江河紧紧抱住那副年轻壮实的肩膀,在生命的大河里,此刻,那副肩膀是他的木船,而他才是八岁的海拉提。不一样的是,他要跋山涉水赶到最恐惧的事实面前去。他忽然想到了什么。

"有些东西不是天气,它能改变——海拉提,你明白我的意思吗?"

海拉提没说话,任由眼泪无声无息流淌。

必须进闸口了,他已经是最后一个。就在这个节骨眼,手机嗡嗡震动了。

"大河，大河——"

李江河没听错，这样叫他的，只有他的母亲，周亚荣。他踉踉跄跄，终究还是站定了。

是黄闰月打来的视频电话。母亲在屏幕里，白白的头发上落满白白的雪花。她的身后是一栋标有拆迁字样的旧楼，只有三层高，里面早就空空荡荡没了住户。李江河揉了揉眼睛，眼睛才开始为他工作——那是早年父亲单位分的老房子。

"妈想你了，大河——"

他明白了。母亲在这个大雪的清晨，第二次糊涂了。她一个人走了十二里地，迎着风雪独自穿过三十多年的光阴，去寻找她的儿子大河。那个大河爱吃春饼卷绿豆芽炒韭菜，那个大河像海拉提一样腼腆，一张发黄的老照片就能让他沉浸一整天。

李江河想给母亲挤出一个胡子拉碴的笑脸，还想大声呼唤几声妈，最主要是想让母亲听到从没听到的一句——儿子也想你。可是不行了，本来人声寥寥的闸口外忽然围了一大堆人，众目睽睽下，李江河说不出口了。

那些人不是别人，是他带了两年半的学生。他们有高有矮，有胖有瘦下。李江河看到他们的时候，四十几双眼睛正噙着泪水看着他。即将关闭的闸口外，他们全都屏住呼吸，谁也没说话。

阿尔泰山的召唤

李　谦

1

如果没有那只调皮的走失了的羊娃子，也许老牧人穆尔扎不会遇见那辆车和车里的人。

在一把抄起羊娃子后，穆尔扎抬眼看见了那辆汽车。它的颜色比消防车还抢眼，仿佛是旷野里招摇着的一棵挂满了熟透果实的沙棘树。

围着那辆车的有四个人，三男一女，户外打扮，隔那么远，都能感受到他们浑身都是又厚又重的风尘，似乎任意一抖衣袖，耸几下肩膀，风尘就会叽里咕噜滚落下来了。这些年，这样的人，穆尔扎见多了。他们从遥远的内地出发，乘飞机，搭便车，自驾，骑摩托车甚至骑马，从四面八方，直奔喀纳斯而来，其壮观态势，总让穆尔扎联想到转场时涌动着的牛和羊的河流。他们的热情里掺兑了对荒野的向往、对异域风情的好奇，美丽的喀纳斯尚不能全部消解，于是任性地改行一些荒僻小路，以致迷路，更致遇险，就成全了穆尔扎的见怪不怪。

最近雨水多，泥巴路湿滑柔软。这天气，困住几个对当地路况不熟悉的游客不足为奇。穆尔扎抬头看天，已是黄昏，银色的星星一粒一粒的，从灰蓝色的天幕浮出，夕阳刚刚坠下去的地方，大片晚霞橙黄紫红的胡乱混搭，这幕情景总让穆尔扎想起五年前去世的老伴儿阿依苏鲁，想象那是她在天上晾晒生前喜欢戴的一条条头巾。

穆尔扎策马过去了。这段距离，如果是前几年，只要三四分钟就能跑到，现在得五分钟了。胯下的马也老了，和穆尔扎一样，它已经进入暮年，在他们彼此陪伴的漫长的岁月里，除了穆尔扎六十二岁那年因胃病住院期间，和他送孙子巴特尔汗去青岛上大学的那十几天，他和马形影不离，一同进入到属于他们的冬季。

"爷爷，我油门都踩疯了，车轮光打转，就是出不来啊！您帮帮我们！"一个扎了满头小辫子的年轻男人小跑着迎上来，急切地对穆尔扎说。他这发型让穆尔扎看不惯。有一次孙子巴特尔汗也扎了几条小辫子，并得意地给斜眼看自己的爷爷科普说，这在全球都是顶时髦的发型，叫"脏辫"，妙在它还不歧视性别。

汽车陷进一个不大却深的泥潭，一些石头乱七八糟挤堆在车轮下，证实四个年轻游客为脱困所做的努力。穆尔扎指挥他们先用铁锹清理掉车轮下的部分淤泥，再搬来一些石头垫在坑底，然后"脏辫"上车轰着油门，其余四人发力推车。车轮艰难地从泥潭里一点点脱离，泥潭却不甘心车的厌弃，拉锯般跟他们争夺几个回合后，得意胜出。他们一连努力了几次，结果都是一样，引发了穆尔扎的气喘不说，他正在犯病的右腿也抖得如寒风中的枯叶。

真是老了，如果这两条对抗过阿尔泰山冬季零下五六十摄氏度严寒的腿再年轻十年，不，再年轻五年，也足够让这四个年轻的内地游客刮目相看的。

黑暗是一头凶兽，强势吞掉他们的四肢，再吞掉他们的头发和面颊，只留下一对对黑白分明的眼睛和眼睛里明明白白的焦虑。这是在阿尔泰山脚下的旷野，四望不见一丝灯火，忙活这半天，也没有一辆车路过，更不要说人了。风吹在身上，又硬又凉。

"车里有绳子吧？拿出来。"穆尔扎说。这些自驾出远门的人，车里的装备总是完备得能登顶天边的冰峰。

他们用绳子套住汽车，另一头拴在马脖子上。马温顺地听从穆尔扎的摆布，一个高个儿不合时宜地建议："咱还是报警得了。这爷爷这么老，马更老，累坏了咱可要吃不了兜着……"

穆尔扎不是很理解"吃不了兜着"的含义，却感受到了高个儿语意里的轻慢，像眼睛里钻进沙粒一样让他不舒服。

一个在阿尔泰山放牧大半生的哈萨克族牧民，听不了这个。他重重地哼了一声，翻身上马，虚空猛甩马鞭，马猛然发力，车里的"脏辫"抓住时机猛轰油门，后面的三人猛劲儿推车，车轮拔除泥潭的力度空前增大。穆尔扎继续狂挥马鞭，身后突然一松，他也松了口气，狠喘了几口气，耳边传来掌声和欢呼声。四人中唯一的女子叫声最大，声音清脆甜净，让穆尔扎一瞬间想起了黄喉蜂虎的歌声。

　　黄喉蜂虎名字霸气，其实是一种美丽的鸟儿，鸣叫声悦耳动听。穆尔扎放牧时，经常看到它们吞吃蜜蜂，那有点儿"虎"的狠劲儿，每每让他想到"虎"这个物种。新疆是有过老虎的，一百多年前就有外国人说"新疆的老虎像伏尔加河流域的狼一样多"，穆尔扎的祖父和父亲都曾经不止一次看到过虎。阿尔泰山的茂林幽谷，曾经也是老虎这个强大物种的天堂，有让人慨叹的 1916 年已经在中国绝迹了的新疆虎，一定也有至今仍顽强生存在林海雪原的东北虎。如果谁说东北虎和阿尔泰山扯不上关系，穆尔扎可不同意。没关系，那为什么全世界都承认，东北虎也叫阿穆尔虎呢？

　　四个年轻人排成一行，给穆尔扎鞠躬行礼，齐声高喊"感谢亲爱的哈萨克族爷爷！"让黄喉蜂虎从穆尔扎的思绪中飞走，他看见"脏辫"拿出一个手包，从包里抽出几张百元钞票，恭恭敬敬递过来。他笑笑，只接过他们怀里的羊娃子。马不用主人催动，就小跑起来。

这老伙伴刚才累得不轻，这会儿却跑出了少壮时的稳健步伐。它跟穆尔扎一样骄傲，也不肯在轻视和怀疑自己的年轻人面前展现疲态。

穆尔扎回到牧场，把羊娃子交给它焦急的妈妈，再仔仔细细检查一遍围栏，大声吩咐老牧羊犬怀特和黄毛不许偷懒，最后看几眼散落在毡房周边吃夜草的十二匹马。

这几天夜里，他不止一次听到过狼的嚎叫，这可恨的家伙，一定是嗅到了牧场上肥羊的味道。

六百多只阿勒泰大尾羊紧紧挤靠在稍嫌小些的羊圈里，星光下密密层层的，像黑夜中微微起伏的海浪。穆尔扎在送孙子上大学时看见了真正的大海，那以后，大到天上的星空、脚下的戈壁滩，小到羊道上的羊群、风过时的牧场，经常让他觉得"像海浪一样"。尤其是心情好的时候，就更容易联想到海。当然，也可能那一刻他是想念孙子巴特尔汗了。

怀特和黄毛安静地趴在围栏边，眼睛瞪得圆圆的，让穆尔扎坚信，它们不会放过任何异样的气息。这会儿，它们同时站立起来，警惕地盯着道路的方向，开始吠叫。黑夜被劈开两道光柱，一辆汽车缓缓停靠在毡房前，一个像黄喉蜂虎歌声一样恬静的声音传来："您好！请问您家的毡房出租吗？"

美丽的黄喉蜂虎总能让穆尔扎心情愉悦，拥有这个声音的姑娘也一样。重逢来得迅速又意外，并不因没有期待的过程就打折扣，他们彼此认出来的刹那，都兴奋得像怀特和黄毛饥饿时看见了挂满肉的羊骨头一样……

穆尔扎的这处春秋牧场靠近喀纳斯景区，他每次转场过来，都会搭建两座毡房，一座自住，另一座空置，留待希望体验毡房住宿风情的游客们。为赚外快，为接触外面的世界，为慰藉寂寞的心。毗邻景区的牧场主们，几乎都这么干。

四个年轻人吃掉穆尔扎端上来的烤馕、羊肉，喝光两壶滚热的奶茶，叫米朵的姑娘拿出手机，播报起来："今晚，我们住进了阿勒泰牧民穆尔扎爷爷的毡房。刚才，就是这位帅爷爷帮我们脱困的。来，爷爷，跟我的粉丝们打个招呼……"

手机里蓦然出现穆尔扎的脸，大到小小的屏幕都没装下，狠狠吓了他一跳。他近似仓皇地"逃"出毡房，把哄笑声关在了身后。十月的夜风挟带着砭骨的寒意，掠去他脸上的燥热和笑容时，捎带把羊圈里的骚膻气息灌了他一鼻子。他又检查了一遍羊圈围栏。

出来撒尿的"脏辫"凑过来。这会儿，他那满脑袋乱糟糟的小辫子融进了夜色，凸显出他俊朗的五官。这孩子，长得跟巴特尔汗有点儿像呢。

"爷爷，咱这儿有狼吧？"

"有的，不仅有狼，还有棕熊、野猪……咱阿尔泰山上，除了老虎，啥都有。""脏辫""呃"了一声，流露出微微的惧意，回头看看身后的白色毡房。

他大概是在掂量，狼来的时候能不能咬破毡房门，威胁到他们的安全吧？

"你看到山头站着的那个石头人了吗？就是为了吓唬狼，保护牛羊的。所以你们得小心点儿，夜里有尿最好憋着，出来撒泡尿就有可能被狼拖走。"

"脏辫"打了一声口哨："我天，不会是真的吧？我不信你说的，爷爷，我知道你在开玩笑。"最后一句他带出点儿抱怨的语气。

穆尔扎大笑点头，承认这确实只是逗这大男孩儿玩儿的。在穆尔扎开心的时候，他喜欢开些玩笑。他的玩笑不光给人说，也会说给马，给羊，给牧羊犬说，此举能让他在长久独处时，内心依旧保持一定程度的湿润与清凉。

然后他们互道晚安，钻进各自的毡房。

在沉入睡乡之前，穆尔扎给巴特尔汗发了一条微信，问他在干吗呢，最近学习忙不忙。没等收到回复，他就睡着了。今天还是累着了。

穆尔扎是被狗叫声惊醒的，这叫声跟平时很不一样。他用最快的速度套衣蹬鞋，冲出房门，直奔羊圈，大功率手电筒的强光瞬间笼罩过去，在离羊圈还有几十步远的时候，他看见了在羊圈外，两条牧羊犬和一团灰白色的东西搅在一起，翻翻滚滚，斗得正烈。狗见到主人，撕咬得更加卖力，吠叫声也更加狂暴，唤主人过去帮忙。那看不清是什么的家伙却不发出声音，只是一味疯抓狠咬，龇牙露齿，一对眼睛精光闪烁，看上去极其凶悍，两条对敌经验丰富的老牧羊犬合力都没能占上风。

不是狼。不是狼就好，何况就一只，再凶也讨不了好去。如果是狼来偷羊吃，大概率会集结成群，就算能够驱走，羊的死伤也必然惨重。

穆尔扎放下了一大半的心，挥舞手里的木棒冲过去帮助牧羊犬。

光芒陡然增强几倍，人声也喧嚣起来，羊更是咩叫得如沙尘暴来袭时一样铺天盖地。那家伙似乎终于明白，这是一次失败的入侵，它能带走的，除了战败的耻辱，不会有别的什么，更不要说一只肥羊。它是有决断的，突然高昂了头，发出跟狗吠近似的叫声，迅速挣脱战团，逃向旷野。

人们跟在狗的后面挥舞着手电呼啸着追赶过去，可那家伙跑得极快，眼见一团灰白色的烟雾滚滚向前，冲进了夜色，转瞬就消失不见。只有空气中还残留着的属于它的气息，证实这里刚刚发生过一场激战。

穆尔扎用力抽动鼻子，和大脑里存储的信息一条条对照，确认自己在阿尔泰山生活了七十年，从没和这气息发生过交集。不用说，它属于刚刚逃走的偷羊贼。

"雪豹！雪豹！天哪我们拍到了雪豹！"四个内地游客狂吼，连那个拥有黄喉蜂虎般美好歌声的女生，也吼出了母老虎的威势。

2

"脏辫"一行人是一支民间"寻豹小分队",来阿勒泰的主要目的就是寻找"雪山之王"——雪豹。雪豹向来被称为"高海拔生态系统健康与否气压计",国家一级保护动物。作为一个致力于保护野生动物的民间组织的核心成员,拍摄到野生的活体雪豹,所需要的运气,在博彩业,相当于买几块钱彩票就中了百万大奖;若置于高考,不啻垫底差生超常发挥考进清北。

"咱们不会是集体预支了未来好多年的运气了吧?"米朵开玩笑说,他们就再度一起大笑。

新疆当然是有雪豹的,一直都有,数量还不少,天山,阿尔泰山,都有。有一本书的书名就叫《雪豹下天山》。新疆还有过老虎呢,穆尔扎的祖父和父亲还不止一次见过它们。可这"雪山之王"雪豹,却远比虎更为神秘。在牧民们的认知里,雪豹是生活在山巅的,跑到雪线之下,还来偷袭牧民的羊群,穆尔扎之前是闻所未闻的,更不要说亲身经历。老牧民们都称呼雪豹为"山里的鬼",它当然是存在的,你也知道它存在,却终其一生,也未必能看到它一眼,嗅到它的一丝气息,那它不是鬼是什么?

雪豹是"脏辫"他们的神,穆尔扎只惦记自己的羊。还好，羊都没事，只有怀特和黄毛的身上多了几个血口子。看来，还没等雪豹对羊发威施暴，就遭遇了两条狗的强力抵抗。它们受了伤不假，却守住了主人的羊，也守住了牧羊犬的尊严。

看这些年轻人激动的样子，会闹腾得一夜不睡吧。穆尔扎再次微笑了。内地游客大惊小怪、咋咋呼呼的样子，他见多了，有很多人见到羊群驼队都要嚷嚷几嗓子，各种拍！眼下这四人，虽然关注的点比较独特，却也并没闹出比其他人更多的花样。于是，穆尔扎躺在炕上意识混沌之前，他心心念念的，除了那条生病的腿，还是只有自家的羊。

对抗入侵外敌时，病腿几乎没给穆尔扎制造障碍，可一静止下来，这条腿钻心得疼。

雪豹尝到了牧羊犬的厉害，就不会再来捣乱了吧？希望是这样。

早晨，四名游客吃包尔萨克、喝奶茶的时候，郑重其事地提出的那个要求，吓了穆尔扎一跳。

"爷爷，我们连夜查了资料，请教了动保专家，确定，昨晚来的是一头老雪豹。""脏豨"滋溜滋溜喝着奶茶，一边亮出他搜集的证据：雪豹一般是在5000米海拔区域活动的，相关研究表明，在海拔5859米的地方雪豹仍然可以存活，这是有记录以来大型猫科动物生存的高海拔极限。正因为它们生活的区域空气稀薄，极少与人类活动产生交集，目击过雪豹的人就少得可怜。虽然近年因为全球变暖，雪线不断后退，林线不断上移，雪豹的栖息地也有了变化，可是雪豹下山偷羊，多半还是这两种情况：一是因体力下降导致捕食艰难的老雪豹，一是刚刚离开母亲独立生活的小雪豹。后者因为太年轻，还不具备远离人类是生存之本的经验性常识。

"我们反复观看视频，昨晚的雪豹属于前一种，您看，连它的牙齿都只有三颗呢。"米朵补充说，又再次补充，"犬齿，是犬齿。"并把昨晚拍的视频播放给穆尔扎看。

穆尔扎笑着点头，他们说得没错，小雪豹和老雪豹的区别，就算不如巴特尔汗和自己之间的对比那样明显，也还是一眼可见的。他嚼食着焦香的包尔萨克，一边回想雪豹的眼睛，锃光瓦亮，因为近乎透明而显得格外冷酷。那眼神里确实瞧不出初出茅庐的干净稚嫩，更多的应该是经年风霜沉淀下来的凌厉深沉。

"老的好啊，老的像狐狸一样狡猾，知道在穆尔扎的牧场讨不到好处，就不会再来找死啦。"穆尔扎慢悠悠地说。

"爷爷真聪明哎！我们想说的正是这样，"米朵嚷起来，"根据以往的案例，这一带只有您这一家牧场，昨晚的老雪豹很有可能不甘心失败，还会再来偷羊吃，到时候……"

"到时候，就让我的怀特和黄毛咬它个半死！你们就放心吧！"穆尔扎不屑地说，"咚"一声放下奶茶碗，抹一把嘴巴。

"噢，不是的爷爷，不是的，我们是说，这头老雪豹很大可能还在附近转悠，吃完饭，我们要出发去找它。爷爷，您能给我们当向导吗?"米朵甜蜜地说。

去找雪豹? 穆尔扎被这几个字吓了一跳。他轮番审视眼前这四张年轻的脸，从四双明亮的眼睛里读出了坚定。

"您别担心安全问题，虽然雪豹是大型猫科动物，性情凶猛，武力值高，可是它和老虎、狮子甚至其他豹子都不一样。国内外大量科研资料表明，无论是什么地方的雪豹，从没有过攻击人类的案例，一例都没有。""脏粹"说。

这个，穆尔扎倒也不担心。

要说为游客当向导，这活儿轻松钱多，还能解闷，是真不赖，穆尔扎干得多了。只是今天他有更重要的事儿做。

"天说冷就冷啦，最近腿疼得不行。儿媳妇帮忙联系的医院，不能再拖了。再过些日子，就该转场到定点儿的冬窝子了。"穆尔扎说。

年轻人们互相看了看，沉默下来，于是，毡房里只能听到喝奶茶的声音了。

穆尔扎骑着摩托车出发的时候，回头看看那几个在默默发动汽车的年轻人，有点儿内疚，因自己的不配合。不管怎么说，他们是为了保护野生动物才来的。

阿尔泰山野生动物多，穆尔扎在放牧的时候经常看到它们，狼啦、棕熊啦、野猪啦、鹅喉羚啦，还有盘羊、野驴、猞猁、旱獭、鼠兔、雪鸡、黄喉蜂虎……没见过的大概只有雪豹。动物们或者跟自己的羊抢草吃，或者惦记吃自己的羊和牧羊犬，甚至敢打自己主意的坏家伙也不是没有，可他绝大多数时候还是愿意看见它们的。他知道，这旷野不光是他的，也是它们的，它们和路过的风、飘过的云一样拥有旷野，没准连自己都不在了的时候，它们都还在，那么到底谁才是这旷野的主人，也就难说得很呢。在穆尔扎还是个孩子的时候，就听爷爷说过这句话，后来是父亲说，再后来，他就把这些念头囫囵个儿打包给儿子，最后是孙子巴特尔汗。不过，巴特尔汗说起"人与自然如何相处"时一套一套的，比起自己，他的意识更多来自于书本和阅历，因其熟练套用专业术语而显得更高级，经常唬得穆尔扎一愣一愣的。等到他听多了，悟透了，就哑然失笑了，嗨，孙子说的，和自己想的就是一回事嘛！

每当在旷野里偶遇野保工作者，穆尔扎总是对他们充满敬意。他们拿着不多的固定工资，干着比放牧还辛苦的活儿，时不时还遭遇危险——掉进河里了、遇上狼了什么的。穆尔扎看不到他们明亮的前途，只感受到他们的豪情与痴情，这样的人值得他穆尔扎放在心上。因此，拒绝这四个年轻人的要求着实不易。

穆尔扎内心的天平抖动了片刻，再次沉向了健康一头儿。他现在的健康不仅属于自己，还属于在城里工作的儿子一家人，属于他的巴特尔汗。他不能太自私。何况，如果身体真出了严重问题，自己就再也没有理由独自待在山里放牧了。离开住了一辈子的毡房，住进冬天暖和得看不见窗玻璃上的霜花的日子，就得和老伙伴叶尔宝拉提一样活法了。叶尔宝拉提不是进城之后不到一年就死了？

3

被儿子夫妻领着，忍受着医院里的令人窒息的味道，各个检查室奔波了一天，穆尔扎等到了他的体检结果，他腿疼是半月板出问题，再就是长期置身于北疆旷野落下的风寒病根儿。其间，儿子再次跟他请求，把羊和马全部卖掉，进城养老。他也再次重复，每次进城住不了几天，就能听见山在召唤他回去。只要他的手还搅得动酥油，鞭子还能指挥怀特和黄毛赶走狼群，就不会进城天天闻汽车放的臭屁，实在动不了时再说吧。

天色已暗，四个年轻人在毡房外商量着什么，见穆尔扎回来，四张脸笑成四朵大葵花，小跑着迎上来，异口同声"爷爷、爷爷"地喊，米朵还贴心地紧跟一句："爷爷体检结果什么样？没大碍吧？我们有事儿和您商量呢！"

穆尔扎注意到，"脏辫"的腿一瘸一拐的，戴眼镜小伙子的手腕包扎了白纱布。所有人的身上沾满的不再是风尘，而是泥污。这些孩子，这一天，没有向导领着的他们都遭遇了什么呀。

穆尔扎被拥到他们租住的毡房里坐下，接过他们为自己倒的饮料，米朵说，他们打算出一千块钱，买下穆尔扎家的一只羊，拴在羊圈外。他们跋涉一天，如愿找到了几处雪豹留下的痕迹，分别是雪豹的足印、粪便和抓刨的小坑，收获着实巨大，可到底没记录下一帧雪豹的影像，于是也可以说，收获了巨大的遗憾。他们综合目前的资料得出结论，老雪豹没有远离穆尔扎的牧场，也没发现它捕猎的新战场，也就是说，很大概率，这一天它没吃到任何东西。那么，它应该更加饥饿，羊的叫声和香气，一定能把它吸引过来。

噢，原来他们买羊，是想作为钓鱼用的"饵"。

他们会在设置"饵羊"处架设红外相机，然后藏身在"饵羊"附近，在雪豹前来捕杀诱饵的时候，他们就能拍下照片和视频，留作科研考察的资料，更大力度地宣传雪豹保护。为了让计划更具可行性，"饵羊"越肥越好，最好是只鲜嫩的羊娃子，对老雪豹的诱惑力就更大。它只剩下三颗犬齿了，估计牙口不怎么地。

米朵的语速越来越快，带着掩饰不住的兴奋，也许这个绝妙的好主意，正是从她那颗美丽的小脑袋里钻出来的。

穆尔扎茫然的眼神让四个年轻人产生了误解，认为这位汉语说得几乎跟他们一样好的哈萨克族爷爷，也有汉语的认知盲区，于是，米朵的话音刚停，"脏辫"抢过话头，像放慢镜头一样，复述了一遍他们的意思。

"你们是说，怕雪豹今晚不来，要拿走我的一只羊娃子，把雪豹引来牧场，给它吃？你们等在旁边拍照片、录视频？"穆尔扎咽了几次唾沫，费力地说。

他们齐声笑起来。"爷爷，不是白拿，我们给钱的！一只羊娃子，一千块钱。您老人家要是嫌吃亏，可以给我们一只小的瘦的有病的羊娃子嘛！就挑营养不良、骨瘦如柴的那种！"米朵顽皮地说，大眼睛里闪着得意的光，像是很满意自己临场发挥的段子。看来她不记得刚说过的"'饵羊'越肥嫩越好"。他们笑过了，计划起架设红外相机的具体方位，是离羊圈四五百米远合适呢，还是千多米远更佳。在穆尔扎回来之前，他们已经围着羊圈转悠了好长时间，倾向于羊圈南近千米处一块凸起的大石，红外相机在晚上会发出一闪一闪的红光，不过饥饿的老雪豹眼里一定只有那只羊娃子，断不会因此起疑不上套。

黄喉蜂虎的歌声也有不那么美妙的时候，比如此刻。四个年轻人察觉气氛有异，抬起头来，没有从老牧民的眼睛里看到预期的配合，那双深褐色的眸子里盛装的只有不满。

"一到三月，山上的雪从南往北开始融化，我们就赶着牛羊，从冬牧场往北走，四月进入春秋牧场，安顿下来的主要活计是接羔，把新生的羊娃子从胎盘旁边捡起来，装进毡袋。等六月赶往夏牧场，漫山遍野带它们去找最香甜的青草吃，受伤了治伤，长虱子了抹药水，要是它们淘气贪玩走丢了，就算狼跟在马后头嚎，也得找到它们带回家……现在十月啦，又领着它们回到春秋牧场，羊娃子们也六个多月大了，几十公斤重。这时的羊娃子宰了，尾巴上的油又肥又嫩，最好吃。"穆尔扎慢慢说着，到这里停下来，看了那四个一脸茫然的年轻人一眼，"你们听过那个羊的顺口溜没有？"

那四人不知道他说的是什么，不约而同摇了头。

"走的黄金道，吃的中草药，喝的矿泉水，穿的毛革服，睡的宝石窝。这说的就是我们阿勒泰大尾羊啊。"穆尔扎放下手里的水杯。

"对啊对啊，您要是嫌钱少，两千，两千块卖给我们一只吧！我们做过攻略的，今年羊价暴跌，一只羊娃子也就卖六七百块啦。"

"今年羊娃子确实不值钱，只是我得让你们知道，我的羊娃子从接羔开始，养到这么大，花费了那么多力气，可不是为了给雪豹当诱饵的。雪豹的命是命，羊命也是命。"穆尔扎说完，抬腿走出毡房，留下了四具木雕面面相觑。

山背后挂出一钩月牙儿，像阿依苏鲁笑起来时的眼睛。清淡的微光洒在群山之间这一小片平展展的草场。父亲说过，野兽的眼力都比人的好，能看到人眼看不见的东西。如果那头老雪豹真的过来，拴在大石头下的羊娃子一定远远地就会被它看到……

"可是爷爷，你这好几百头羊，最终不都是要卖掉的吗？早晚也是要给人吃的，你自己也吃它们呀！卖给羊贩子和卖给我们难道不一样吗？你也不知道羊贩子把羊弄到哪儿去了，没准他们也会卖给动物园，给老虎豹子当大餐呢！""脏辫"追出来嚷道。

穆尔扎没有回头，嘟哝了一句："那可是两回事。"

"可是爷爷，今晚老雪豹很可能会再来偷羊的！""脏辫"仍不死心。

4

"脏辫"的判断还真准，夜里，老雪豹果然又来了。

这次，穆尔扎不是被狗叫声惊醒的，怀特和黄毛压根就没叫。他的惊醒来自于直觉，大概因为雪豹昨夜到访的缘故，打破了他常态睡眠的安宁。羊圈方向刚刚起了骚动，穆尔扎就被惊醒了，他在睁开眼的刹那已经跳起来。担心雪豹再来，他睡下时外衣和鞋子都没脱。

星月微光下，羊圈像烧得滚开的沸水锅，水花咕嘟咕嘟翻滚着一圈圈一波波往外围翻涌，水花中间腾出了一个圆圈空场，雪豹在空场中心趴卧着，脑袋冲着毡房方向，身下是一头母羊，羊脖子被雪豹死死咬着。母羊还在剧烈挣扎，试图用腿蹬踹雪豹，可尽管它和雪豹的体型差不多，它的反抗却像在金雕爪下挣扎的鸡一样微不足道。

雪豹的注意力已经不在于控制母羊，它瞪圆了两只大眼，一眨不眨盯着周围的人，宽大的鼻孔翕动着，发出低沉的威慑声。

"脏辫"他们比穆尔扎到得还早，这一次他们却异常安静，只在一旁默默摄录。

穆尔扎用马鞭抽打雪豹，又抓起羊圈边的一根木棒，一边击打雪豹，一边怒吼着让它快滚。雪豹被打急了，叼起母羊跃出羊圈，母羊很重，影响了雪豹的落点——它落在穆尔扎跟前了。穆尔扎丢下木棒，一把抓住母羊的大尾巴，死命后拽，一人一豹开始"拔河"。角力之初，穆尔扎没有充足的心理准备，被拖拽出几步远，他纵身一扑，把羊尾巴压在身下，趁着雪豹的速度滞了一下，再次前扑，母羊的大半个身体就被他死死压住了。

那几个人看见雪豹重来，还不高兴死了，那我就绝不请他们帮忙驱赶雪豹。穆尔扎想，可他毕竟老了，和雪豹苦苦相持片刻，体力渐渐不支，他急中生智，一只手从衣袋里掏出打火机，噗地打着火，去烧雪豹的眼睛鼻子。雪豹发出一声怒吼，不得不丢掉母羊，掉头跑了。它粗壮矮短的四肢飞快挪动，卷起一道灰白色的狂风，一条几乎跟它的躯体等长的粗壮巨尾的末梢卷起，使它奔跑时带着一种近妖的美感。

那四人像饿了几天的猎狗不舍猎物，呼啦啦追赶雪豹去了，穆尔扎摸一下已经没了气息的母羊，跳进羊圈检查一圈，发现雪豹只对这一只羊下了死口，他松了口气。从这一点看，它就不愧被称为"雪山之王"，有王的风范，比狼强，狼不但偷羊，还虐杀——明明吃不完拖不走，它们也会尽可能地咬死猎物。穆尔扎曾有过这经历，一群狼冲进羊圈，咬死了二十八只羊，每一只羊都被掏开肚子，咬吃了几口内脏。

羊知道危机已经过去，水花从微微泛滥到静止，雪豹趴卧过的地方却依然空着，留下一摊深色血污，几撮白色羊毛粘连在上面，像两军厮杀后的战场。夜风把那几个年轻人热烈的交流送达穆尔扎的耳朵，他们在齐声赞扬其中一人的"点子够邪性"，看到穆尔扎时，他们不约而同住了口，自动排成一排站在死羊前面，像是在完成一个小小的吊唁仪式。

"脏辫"打破沉默，说："别难过了爷爷，死羊算我们的，多少钱你说。"

穆尔扎沉着脸，用脚踢了踢在羊圈一旁呼呼大睡的怀特和黄毛。

"这两只牧羊犬跟了我七八年，从不犯错，你们才来一天，它们就变成两条懒狗、死狗，像被孙猴子施了瞌睡虫。"穆尔扎冷冷地说。

四张脸面面相觑，做贼被抓现行的难堪连深深的夜色都遮蔽不住。"脏辫"是见过世面也有一定担当的，稍一犹豫就坦白了，他们判断雪豹今晚有可能造访，就给怀特和黄毛吹

了麻醉针。他们已经拍到了雪豹和牧羊犬搏斗的画面，下一步想拍摄雪豹咬死羊的镜头，做一个《雪豹！雪豹》的纪录片。"寻豹小分队"成员之一的"眼镜"，就是他们团队的职业摄影师。

他们这不仅是泛泛的装备齐全，而是目标明确地有备而来，连麻醉吹针这种不常见的东西都带着。

穆尔扎觉得自己肚子里鼓胀着一个大气球，这气还在不断加压，他希望气球爆炸时，腾起的气浪能把眼前的人一个个掀到半空，送他们回内地老家。

"爷爷，这只羊能值一千多块钱，我们出三千块，补偿您的经济损失和精神赔偿费。狗的话，您不用担心，它们一会儿就能醒过来，照样活蹦乱跳。您要是还不解气，您说多少钱，我们给。""脏辫"嗫嚅着说。

穆尔扎不愿收下这钱，他知道这钱会变成针，在自己肚子上戳出洞，把那气流慢慢卸掉，他不想这么轻易就原谅这几个狠狠伤害了自己、自己的羊和狗的人。可是他的眼睛落在"脏辫"的一头小辫子上，巴特尔汗的影子突然在他的眼前晃了一下。他们比自己的巴特尔汗也没大几岁，还都是孩子呢。

羊毕竟已经死了；雪豹也不是他们勾来的；怀特和黄毛就算没被麻醉，也不一定干得过雪豹；他们千里万里跑来拍片子也是为了保护雪豹，而自己被阿尔泰山抱在怀里七十年，对雪豹还没他们了解；"脏辫"的腿还瘸着、"眼镜"的手腕还包扎着，他们在各自的生活里应该都是体面人，看看现在这狼狈样儿，美女都成了糙汉子……

这些理由中随便拉出一条，都足以说服穆尔扎收下钱，何况还有最简单的一个道理：如果"脏辫"他们不是想买羊做"饵"，纯粹就是四个游客想开荤吃一顿小羊娃子手把肉，穆尔扎难道不卖给他们吗？又不是没卖过，还要亲手宰杀拾掇干净！那为什么做"饵羊"就不行呢？

他说不出为什么不行，可心里就是有一道坎儿迈不过去。

穆尔扎收钱的动作像是堵塞的下水道用上了强效疏通剂，堵在"脏辫"四人心中的结哗啦融掉，一个个喜笑颜开，争先恐后地拽着哈萨克族爷爷去检查雪豹的足迹，说，他们沿着雪豹逃跑的方向跟出去一段路，地上哩哩啦啦地洒落了不少血迹。那头老雪豹受了伤，居然还跑那么快！它又不是猎豹！雪豹可是有名的小短腿儿！

穆尔扎眼前出现了老雪豹两次逃跑时的样子，还真是个短腿，跑得也确实快。

"它不是在羊圈受的伤，它来时的脚印就是带着血丝的，不过走的时候血多些，肯定是偷羊时加重了伤。"穆尔扎说，脑补出老雪豹在凌乱的石头堆上飞奔的样子，一步一个血脚印。他的心突然抽了一下。

它老得牙都掉了，脚爪又受了伤，连续两个夜晚的偷猎都一无所获，不用说肚子肯定是瘪的。

唉，啥东西到老了，活着都这么不易呢！

穆尔扎突然不恨它了。只怕实情真如"脏辫"他们所说，它实在饿得没法子，才不得不走下高山之巅，悄然靠近人类，想偷一只羊吃。尽管饿，它也并没像狼那样贪婪，它只想填饱肚子罢了。至于说偷……爷爷说过，虎是兽中之王，王是不会分辨哪些该吃，哪些不该吃的，饿了就吃了。雪山之王，大概率也是这样想的吧？

可是它付出了那么大的努力和代价，还是没能吃到一口羊肉。

雪豹在羊圈里的时候，是有能力咬死更多羊的，而它没有这么做。

穆尔扎抬起头，夜空暗沉沉的，隐约能看见四周高高矗立的群峰的轮廓，每一道巅峰都耸入了云端。如果老雪豹在山巅能吃饱，它绝不会下山，连叫声和气味都传不到自己的牧场。

雪豹老了，得被迫下山；自己老了，早晚也得进城。不由它，也不由己。由谁呢？命运吗？

5

"脏辫"几个人骑上穆尔扎挑选的马的时候，穆尔扎意识到眼前的四人个个是户外高手，骑术好得让穆尔扎反复打量他们，怀疑这些年轻人的身体里也流淌着一部分哈萨克族的血。当他们一行五乘骑行在山林间的时候，连"脏辫"的形象都不再受怪异发型的拖累，显出了英姿。

雪豹的足迹没多久就不见了。穆尔扎努力想象自己就是那头老雪豹，会选择往哪个方向跑呢？

山上没有路，山谷两边都是很缓的漫坡，草紧贴地皮生长，强劲的秋风也无力拂动它们。转过这面山坡，眼前出现一道宽阔的山溪，溪两岸密布着五彩斑斓的森林。此地已在喀纳斯景区内，雪山、峭壁、峡谷、森林、草甸交替出现，呈现出层次不一又错落有致的色彩与形态之美，视觉冲击强烈得让四个年轻人张大了嘴巴久久失语。

"雪豹虽然习惯待在群山之巅，其实这种生存环境才是它们的天堂！这地方要是不找出几只雪豹来，咱们还寻的什么豹！""脏辫"感叹着，又说，"爷爷，咱们就沿着这条路走。像这样，有高山有峡谷，有森林还有草甸子的地方，昨天我们就是在这种地方找到了雪豹的足迹。"

要不怎么说人家是专业野生动物保护者呢，自己在阿尔泰山生活了一辈子，像熟悉羊群里的羊一样熟悉脚下的每一块石头，却第一次知道这些常识，他们到底需不需要自己这个向导啊……还好，这只是穆尔扎瞬间的不安，因为接下来，"寻豹小分队"的行动，大都离不开他这个"一线总指挥"。

正午的太阳像一个拿着千万根缝衣针的恶毒女人，只要她露出头，甭管是谁经过，都不由分说扎你几针，骑在马上的人们被扎得燥热难耐，要靠不时惊起的鼠兔、旱獭带来丝丝清凉。走进峭壁下的一处山谷时，头顶出现了几只高山兀鹫，一群乌鸦围着它们飞上飞下，啊啊啊地叫。

"兀鹫在天上飞，下面一定有腐烂的动物尸体，乌鸦是跟在兀鹫身后拍马屁捡食吃的。你们说雪豹昨天在这一带出现过，是不是它也找到吃的了？"穆尔扎说，于是，大家一起催马跑过去，远远看见三条野狗在撕扯一块动物毛皮，一股腐臭的气息随风飘过来，不是雪豹。

"猫科动物不吃腐尸，如果是特别老的，又掉了牙齿的话……就另当别论。""脏豨"说。前方拐弯的地方，他们发现了雪豹标记领地留下的新刨坑，几个人都有点儿兴奋。可是这份热情被头顶一块突如其来的乌云给泼了冷水，几乎没有任何征兆的，大雨点子噼里啪啦就砸下来了。拿针的老女人躲到乌云背后，用另一种方式告诫他们，阿尔泰山不是谁都能来随便撒野的地方。没人带雨具，大家吵嚷着找地方躲雨，穆尔扎笃定地说，没必要。果然没必要，不过三五分钟，他们的皮肤才刚刚感受到一点儿潮气，雨又没有任何征兆地戛然而止，真像一个恃宠而骄的漂亮姑娘赴暗恋者约会时的心态，想来就来，说走就走，来之前不给你打招呼，走时也不由你挽留。

　　大家又发现了几处雪豹留下的刨坑，几乎每到拐弯的地方，都有，还能隐约看到血痕。它的伤一定不轻。

　　蓦地，穆尔扎指着一个方向说："盘羊！快看，盘羊！"

　　是盘羊群，一只两只三只……一共有十七八只，在对面的崖壁间慢慢挪动着吃草。

　　"咱们绕到后面去，悄悄的才行。盘羊平时是几只母羊带着各自的羊娃子一起过的。现在该到发情季了，羊群里有了公羊，会负责放哨。看到那个角最大最长的没？就是这一家的家长，它的鼻子眼睛最厉害，人一过去，它们就跑了。"穆尔扎说，情绪跟年轻人们一样雀跃。带他们出来一上午了，连一根雪豹毛都没看见，作为拿高价日薪的向导来说，真是遗憾。这群盘羊的出现不是来给他解围，也算是助阵，让单纯善良的他面对酬劳时，心不会不安。

　　"听说，盘羊的角越长越大，到最后能大得扎进自己的腮帮子，直到把自己扎死，爷爷看到过没？"米朵问。穆尔扎笑着摇头，说没看到过。不过他根据自己的经验，能断定这个羊群的一家之长——那只大角羊够厉害，因为它的角大得惊人。

　　看山跑死马，明明那群盘羊近在眼前，五匹马却绕了半个多小时，才绕到了羊群的背面，来到一处比较缓的漫坡，能以最近距离观察对面坡的羊群。他们下了马，矮下身子，轻手轻脚地寻找最佳位置，最后甚至匍匐前进。漫坡上乱石密布，爬起来并不轻松。幸好盘羊群还没散去，看来是没发现他们。

"眼镜"一直在小声用手机直播。

惊喜是突然出现的，一只亚成体的盘羊娃子独自走到人们潜伏的这面山坡，在山顶趴卧下来，闭上眼睛，睡着了。它大概率是一个特立独行的家伙，不跟它的爸爸妈妈和兄弟姐妹一起在对面坡吃草。自己的巴特尔汗就不合群，胆大，莽撞，喜欢用独来独往来彰显个性。穆尔扎没少跟他恼火，却总是想起自己少年时的样子，于是每次都原谅了他，也理解了他。

羊群里的一只母盘羊埋头吃一会儿草，就抬头看向这边睡懒觉的小盘羊，看一会儿，再低头吃草，看来是在操心这个叛逆儿女。不过，它有没有可能是小盘羊的奶奶呢？想到这里，微笑就像菊花，开放在穆尔扎的眉梢眼角了。四个年轻人也都在微笑，他们极缓、极轻地继续爬行，直到距离睡觉的小盘羊近在咫尺。近得能看清小盘羊的眼缝，以及它头顶一撮在秋风吹拂下温柔飘动的被毛。

从前的阿尔泰山不缺少盘羊，不仅有盘羊，还有岩羊、北山羊、黄羊（鹅喉羚）……虽然不像梭梭柴、骆驼刺那么遍地都是，起码也得像沙枣树、沙棘树那样，看到时不致让人惊喜得大叫大跳，后来就慢慢少了，放羊的时候偶尔看见几只，都能让穆尔扎高兴半天。哈萨克族牧民热情好客，世人都知道，原因之一就是地太大人太少，见到个啥人都当成宝，看到个兔子也开心。毕竟这些都是穆尔扎的伴儿呢。现在好啊，他的伴儿越来越多，越来越密，很大程度填补了阿依苏鲁去世后留下的空档。古老的阿尔泰山因动物渐多而更有生机，他穆尔扎的老胳膊老腿，也还能跳得动"黑走马"呢。

年轻人们一个个全神贯注，大气都不敢喘。这些孩子，为了保护野生动物，可真是能吃苦，也真肯花钱，看看他们的装备！难道家家都有矿？

北疆最不缺的就是矿产，不过"家里有矿"是巴特尔汗式语言。放暑假他回家时，说起室友用的高级电子设备，羡慕得眼睛发亮。穆尔扎说，咱也买！他就叹着气说，还是算了，人家家里有矿。

6

又一阵风吹过，一股奇特的气息闯进了穆尔扎的鼻子，这气息熟悉得近在眼前，却不能立刻判断出是出自哪里……他猛然一惊，紧张地转着头寻找。他找到了！跟自己五人同时盯紧小盘羊的，还有一对精光四射的眼睛！

灰白色的雪豹潜伏在灰白色的乱石堆里，身上密布的黑色斑点融入石头上的斑痕，如果不是它的气味浓烈，穆尔扎又处在它的下风头，只怕面对面也看不见它。难怪"脏辫"说，雪豹是猫科动物里最善于隐藏自己的家伙，它进化到把自己的体色彻底融入雪山了，如果它不想让人发现自己，人在他面前就都成了睁眼瞎。

雪豹出现在这里搞伏击，是不是证明，它已经学乖了，决定放弃羊圈里的肥羊，干一只雪豹该干的事儿？雪豹确实够聪明。穆尔扎回头给近处的米朵打了个手势，窥探到那一瞬间米朵激动得几乎要哭泣的表情，自己也一样激动。

"它们要是打起来就好看了！最厉害的大角盘羊，一脚能把雪豹踹飞！""脏辫"轻声说，激动得声音发颤。

对面山坡的母盘羊叫起来了，在温柔地呼唤不省心的羊娃子：玩一会儿就行了，赶快回家来！

突然，穆尔扎眼前一花，雪豹蹿了出去，目标正是小盘羊。"脏辫"他们带着哭腔播报，因欣喜若狂而手忙脚乱着。

哎，真爱，他们这是真爱啊。

雪豹跃起扑过去的同时，母盘羊和大角羊同时发现了小盘羊的危机。大角羊一边发声示警并威胁，一边飞奔过来。可两个山坡虽然相邻，跑过来却有一段不短的距离，大角羊才奔到坡下，雪豹已经从侧面抱住了小盘羊的脖子，张口咬了上去。小盘羊被扑倒了，却强烈挣扎并站了起来，看得出它虽然因年轻而缺乏对敌经验，却并不好惹。雪豹的前腿死死抱着小盘羊的脖子，控制住它，小盘羊就用前腿乱踩狠踩雪豹垂在地上的大尾巴，头转来转去，极力摆脱雪豹对它脖子的攻击……它居然坚持到了大角羊扑到近前！而其他盘羊也快要赶到了！

盘羊的战斗力很强，大角羊带着其他羊一拥而上的话，雪豹怕又是白忙一场，不被伤到已是幸运。

突然，雪豹从坡上直滚下去！怀里紧抱着它的猎物！

变故陡然发生，五个人全都站了起来，发出一声喊叫，想跟着飞跑下坡。眼看着它们一起滚落到坡底，坡下就是一处陡崖了，雪豹稍一停滞，似乎在思考，随即就见它纵身一跃，身子被拉长到几乎成一条直线，巨大的尾巴怦然炸起尾毛，像是突然张开了一扇粗大的翅膀，它也不再抱紧猎物而是叼着猎物的后颈，一起翻滚而下，中途几次碰撞到峭壁凸出来的岩石，被弹开后继续下坠。

它们这么摔落下去，不要说盘羊，就算是擅长跳跃的雪山之王，能有几分活着的可能，也很难说了。为了填饱肚子，它是真拼了！

"跟我来！"穆尔扎冲着发傻的四人大吼，率先奔跑起来。他很熟悉这段崖壁，人是可以下到崖底的。

人奔跑的速度当然不及雪豹坠落的速度快，幸好这段崖壁不算高，等大家跟头把式地跑到崖底，雪豹正在艰难地往起爬。它的头摔破了，身上也有几处在流血。小盘羊掉落在它不远处，竟然也没被摔死，见雪豹爬起后奔自己扑来，小盘羊也艰难地爬起来，掉过头跑了几步，就再次落入雪豹的利爪之下。

最先跑到崖底的穆尔扎止步在离雪豹几十米外的地方，大张着嘴，喘息声大得让他都难为情。这一阵疾奔耗力巨大，他的伤腿不给力，全速奔跑时还没觉得怎么样，一停下就疼得像断了一样。可是他仍然开心，作为向导，他已经竭尽所能对得起游客支付的酬劳了。

那四个人也跑下来了，每一个都气喘吁吁，因为累，更因为激动。穆尔扎理解。对于这四个内地孩子来说，这一趟阿尔泰山"寻豹之旅"，他们赢麻了。

"快看快看，它爸爸来了，来救孩子了！"米朵指着一个方向又叫又跳。黄喉蜂虎的歌声变成了尖利的哨音。

果然，在人们对面，一只盘羊站在凸起的大石上，俯视着雪豹和小盘羊，悲愤大叫。

"是它妈妈，爸爸的角又大又弯，妈妈的角则小得多，像镰刀头。"穆尔扎说。他的呼吸平稳多了，右脚踝在流血，应该是奔跑时磕碰到了。

盘羊群中的大角羊，也许就是小盘羊的爸爸，它没第一时间下到崖底来营救小盘羊，奔跑而下的是小盘羊的妈妈，一定是的。它站的那个方位要想抢夺小盘羊，必须跳到这边来，这个高度对于盘羊来说，显然具有极大难度。它并没放弃，一边紧张地寻找合适的落点，一边愤怒大叫，威慑雪豹不许伤害它的孩子。

　　雪豹死死按着小盘羊，仰头冲跃跃欲下的母盘羊掀唇露齿，暴烈地吼叫。雪豹的吼声远不如它的同科老大老二狮虎那样刚猛雄厚，气势却一点儿不输。

　　它的额头裂开了一道长长的血口子，翻出一片小孩儿巴掌大的豹皮，血从它的头顶不停流下，糊住了它的一只眼睛，使它那张凶巴巴的脸看上去恐怖又凄惨，那块半脱落的豹皮在风中飘动，则像是一枚血红的小小旗帜了，旗帜上还隐约可见灰黑色斑点。它后胯的一处伤也重，能看见白色的骨头。

　　穆尔扎提起的心渐渐放下，雪豹应该能保住它用命搏来的猎物了。小盘羊不知道是不是也意识到了这一点，在雪豹爪下一动不动，停止了挣扎。

　　突然，嘭的一声巨响，穆尔扎被吓了一大跳，条件反射地仰头看天，以为是空中打了一个响雷，可随即他就发现，这雷声是那四个年轻人制造的！"脏辫"紧握一枚手榴弹样的东西，一头在呼呼呼喷射火花，发出刺刺的响声。他们还打开了手电筒，道道光柱齐齐对准了雪豹的眼睛！天阴着，尽管是白天，手电筒的光聚到一起，也足以使雪豹感到不适，于是它对着近在咫尺的人怒吼，龇出三颗犬齿。

　　米朵蹲下去捡石头砸向雪豹了！一边尖叫着！

　　"你们干吗?"穆尔扎大叫，扑上去一把抢过"脏辫"手里那个冒火花的"手榴弹"，扔在地上乱踩猛踏，可是又一挂鞭炮被"眼镜"点燃了，携一溜火光飞到了雪豹头上，雪豹被炸得长声哀号，头转来转去地躲避"炮火"，却哪能避得开？

穆尔扎大骂着扑过去，想踢走鞭炮，可他的表情太狰狞，动作的幅度也太大，让雪豹产生了误解。它终于绝望，在鞭炮炸起的碎屑和着浓烈的火药味全方位无死角笼罩它时，在穆尔扎扑过来后，它松开小盘羊，掉头跑了，蹿出去几十步后，才回过头，瞥了那只小盘羊一眼，再掉过头继续逃跑。

它的眼神里不含仇恨和愤怒，只有深深的凄凉和绝望。

米朵跑到小盘羊身边，用胳膊环抱住小盘羊的上半身，温柔地轻抚它流血的伤口，哽咽着说："你以后乖乖的吧，别离爸爸妈妈太远，妈妈见你受伤得多心疼啊……"然后她放下小盘羊，撤退到几十步开外，和"脏藓"他们会合。

直播和摄录一直在进行。

母盘羊终于从站立着的大石上跳下来，小盘羊歪歪倒倒迎上去，委屈地叫着，被妈妈护着，一瘸一拐地跑远了。

前方不远处，它们的族群正在奔来，跑在最前面的是那只威风凛凛的大角羊。

7

大风撕碎了硝烟卷走了火药味儿，四部手机不舍地追逐盘羊家庭簇拥小盘羊离去的画面，为这一场堪称盛大的直播活动收尾。

"说吧，你们到底是干吗的?"穆尔扎冷冷地问。

"眼镜"大概是要抓拍珍贵的原生镜头，条件反射地调转手机，对准穆尔扎。被穆尔扎飞起一脚，踢飞了他的手机。手机掉到了乱石缝里，"眼镜"和高个儿急忙扑过去捡。

"保护野生动物的志愿者，可干不出你们这事。新疆原来可是有老虎的，依你们这种干法，雪豹也保不住。说吧，你们到底来干吗的?"

"爷爷，我们是不忍心嘛，盘羊妈妈眼巴巴看着自己的孩子被雪豹咬死吃掉，多难过呀。"米朵甜蜜地解释。他们已经捡回了手机，在手忙脚乱地检查有没有被摔坏。

"真正保护野生动物的人，起码懂得不干涉、不打扰、顺其自然。说吧，你们到底是干吗的?"穆尔扎固执地逼问。

"爷爷，我们是做野生动物题材短视频和直播的自媒体博主。这次来阿勒泰，的确是为了寻找雪豹，也已经做了几场成功的直播。刚才的事，您也看到了，盘羊妈妈多心疼孩子啊，母性是相通的，我们相信，通过讲述小盘羊获救后和妈妈重逢的故事，向一千多万粉丝展现万物有灵，诠释母爱的伟大，比让雪豹大吃一顿更有意义和价值。""脏辫"解释说。

"意义? 价值? 是为了捞更多流量和粉丝吧!"穆尔扎提高了声音，"流量、粉丝"是一瞬间出现在他脑海的，那也是巴特尔汗跟他灌输的时髦词儿。他明白这四个年轻人的矿开在哪儿了，阿尔泰山就是他们的矿山之一。雪豹，盘羊，包括他穆尔扎，都是他们发掘的珍贵矿石。

"爷爷，雪豹去你家里偷羊吃，你就拼尽全力跟雪豹斗，我们花钱买羊你都不许，轮到野生的盘羊，你就不心疼了？雪豹是野生动物，盘羊也是野生动物啊，众生平等您懂不？"说完这句，米朵发觉口气硬了，又甜蜜地说，"哈，多么自私又可爱的爷爷啊！"她还试图用笑容打动眼前这个突然变得像石头一样坚硬的哈萨克族老人，但她不知道，她的嗓音在老人的耳朵里已经失去了黄喉蜂虎般的甜净。

"那是两回事。"穆尔扎说完，自顾自地先走了。

穆尔扎理直气壮地接过了该得的向导费，扔石头一样扔出去一句"我真后悔给你们这种人当向导"。接着宣布，"寻豹小分队"是不受阿勒泰欢迎的人，他的毡房会为过往游客提供方便，可他拒绝违背自然规律的客人入住。

那辆沙棘果色的汽车驶离视野很久了，穆尔扎的心依然沉沉地坠着，上面压着雪豹离去前的那双眼睛。几个小时过去了，它找到吃的了吗？它伤得不轻，又饿了几天，它还那么老，它能追得上那些攀爬岩壁如跑旷野的盘羊、岩羊、北山羊吗？

"脏辫"说过一条新闻，前几年也是在新疆，一头老雪豹连续三夜去一家牧场偷羊吃。

午夜来临之前，穆尔扎把怀特和黄毛关进了毡房。他为伤腿换了药，喝下治腿疼的药酒，同时竖起耳朵听外面的动静。在比前两夜稍早一点儿的时间，他听到了预期的响动。他把毡房门推开一道缝儿，就着幽微的月光，感受羊圈里的骚动，眼看着一道灰白色的烟雾裹着一团雪白跳出羊圈，那团烟雾的动作明显迟缓，仿佛离开的是一个腿脚不便的年迈老人。

不需要怀特和黄毛助力，穆尔扎也能夺下自己心爱的大尾羊，他可是用心地爱着自己的每一只羊的，不管今年的羊价是跌，还是涨。他也没忘记父亲和"脏骍"共同说过的一句话：雪豹，还没有过袭击人的先例呢。

他打开房门放出怀特和黄毛，再对着烟雾消失的方向，轻声为那只无辜的羊做了祷告，最后，他又喃喃说了一句："我觉得自己欠了你一只羊，就欠一只，现在我把它还给你了。你吃饱了，有劲儿了，还是回山顶去吧。你可是雪山之王啊，阿尔泰山在召唤你呢。"

雪山之王听不见他的话，听见了也不会懂。它会不会跟狼一样贪婪，没完没了地再来偷羊，再来时该怎么办，穆尔扎统统不知道，也没想过。在这一刻，他的心是舒适安乐的，就够了。

风呼啦啦刮过，把大型猫科猛兽留下的气息席卷一空，羊圈里彻底恢复了安静，大尾羊们紧紧挤靠在一起，又沉入了睡乡。

童 话

阿勒泰的果实，不仅在大地上成熟，

也在童话中收获……

小石人的彩虹心

窦晶

一

有一个小石人在茫茫的大草原上不知站立了多久，他感觉自己的双脚已经长在草根下面了，他的眼睛和双脚一样麻木，冷漠地看着四季流转，对一切美景都视而不见。

突然有一天，一个小精灵的天籁般的声音传进他的耳朵。这是他那对招风耳听过的最好听的声音。

"妈妈，快看，那个小石人呆呆地站在那里，不会笑也不会哭，不会唱歌，也不会跳舞，他什么也不能做！他是死了吗?"精灵女孩儿指着小石人问精灵妈妈。

"因为他是石头人，没有一颗怦怦跳的心呀。"精灵妈妈扇了扇翅膀说。

"好可怜呀！小石人，这块红手帕送给你吧。"精灵女孩儿把红手帕系在了小石人的左手腕上。红艳艳的小嘴一张一合唱道：

　　小小石头人，住在草原里。

　　青草是床铺，蓝天是屋顶。

　　渴了喝露珠，饿了吃清风。

　　无忧又无虑，天生爱做梦。

　　精灵妈妈牵着小女儿的手飞远了。

　　小石人看着她们远去的背影，陷入了沉思。

　　"我真的没有心吗？不，我有一颗心，它是石头做的。不过老蟋蟀曾说我的心是硬的，是冷的。那怎么能拥有一颗柔软的温暖的怦怦跳的心呢？"

　　小石人想到这里，他感觉系着红手帕的左手抬了起来，接着右手也抬了起来，他试着动了动腿，竟然迈开了脚步。那个小精灵一定施展了魔法！她的红手帕让自己有了走路的能力。"我要去寻找一颗怦怦跳的心。"小石人想到这里，迈开双脚出发了。

　　路过一片格桑花田时，绿蝈蝈大声问他："嗨！老兄，你干什么去呀？"

　　"嘘——这是一个秘密！"小石人把一根石头手指放在嘴边说。

　　"好吧，谁都有藏着秘密的权利，祝你好运！"绿蝈蝈摆了摆触角。

　　走啊走啊，黄昏时分，小石人来到了月亮湾。月亮湾里飘浮着彩霞，小石人从来没有看到过这么美的场景。他坐在岸边，出神地望着水面。

"呱呱呱，呱呱呱！我们是两只快乐的癞蛤蟆！"两只癞蛤蟆做着鬼脸跳上岸来。

小石人被癞蛤蟆逗笑了，尽管笑容在紧绷的脸上显得有点儿僵硬，但是，他从来没有过这样的表情。月亮湾就像一面镜子，让他仔仔细细看了看自己。

凹凸不平的脑壳，两只空洞的眼睛，细长的脖子，有点儿歪的肩膀……

原来自己长得这么丑啊！小石人自己都吓了一跳。他呜呜地哭了起来。

大癞蛤蟆对小癞蛤蟆说："真奇怪，他哭什么呢？树叶轻轻摇，晚霞红彤彤，夜莺啾啾叫，夜晚多美妙！"

小癞蛤蟆吹着泡泡说："都说我是丑八怪，我觉得自己很可爱，月亮慢慢升起来，夜风吹来真自在。"

"你们能送我一颗怦怦跳的心吗？"小石人问两个癞蛤蟆。

"不能不能！我们只有一颗。不过呢，我有一个好主意，你在月亮湾住一宿，也许会拥有一颗怦怦跳的心吧！"说完，大癞蛤蟆背着小癞蛤蟆钻进芦苇不见了。"

夜风为小石人擦干了眼泪。小石人把双脚伸进月亮湾，水波温柔地把小石人的脚丫洗得干干净净的。

二

小石人不知不觉睡着了，做了一个奇怪的梦。

一颗迷路的星星从天上跳下来，"扑通"一声，正好落在小石人的身旁，星星好奇地摸了摸小石人，说："哦！你和我一样是石头做的呀！"

"你来自天上？你有一颗怦怦跳的心吗?"小石人问星星。

星星挠了挠亮晶晶的脑瓜说："怦怦跳的心呀，就在刚才，我坠落的时候，它曾来过，现在你摸摸，好像没有了!"

小石人摸了摸星星的胸口，一点儿感觉都没有。他不甘心，又把耳朵放在星星的胸口听，也没有听见"咚咚咚"的声音。

小石人失望极了。

星星说："我给你讲一讲天上的故事吧！你想听吗?"

"想听，想听！"小石人热切地说。

星星说天上住着很多神仙，那里还有一个湖叫神仙湖。小石人问星星，神仙有一颗怦怦跳的心吗？星星说没有，神仙的心都是像云一样的。

小石人面无表情地听着。星星发现小石人的眼睛没有光彩，就分别在小石人的两个眼窝里放了一点儿光亮。

小石人突然发现夜色好美，他的心动了一下，尽管很轻微，但是他感受到了。

小石人说："你能带我去神仙湖看看吗？"

星星二话没说拉起小石人飞向了高远的夜空。小石人两眼放光，心"咚咚咚"跳了三下。

他们在天上的神仙湖自由自在地游泳，遇见了好多星孩子，小石人和他们快乐地玩耍，幸福地忘记了时间。

突然一道闪电，雷声大作！星星把小石人托举到岸边焦急地说："快走！天快亮了，主管神仙湖的使者就要来了，他不允许地上的东西到天上来。"

小石人多么留恋这里呀！可是这里不属于他。突然有泪水从小石人的双眼中涌出。还没来得及说感谢的话和再见。他就被急性子的星星推下了云端。

坠落！坠落！风声在耳边呼啸！小石人感觉到自己那颗坚硬的心跳个不停。当他双脚着地，却被地上的玫瑰扎得生疼。"哎哟！哎哟！"小石人惊叫着。

一条晨练的大鱼用胡须挠着小石人的脚心，说："太阳送走了星星和月亮，醒醒啦，幸亏你是石头人，否则这样睡觉会着凉的。"

小石人从梦中醒来，睁开沉重的眼皮。他摸了摸胸口，石头心安静得没有一丝悸动，原来那种感觉只在梦里才有。

"大鱼您好，您能送给我一颗怦怦跳的心吗？"小石人想起了此行的目的。

大鱼伸了伸懒腰说："怦怦跳的心？我记得我年轻的时候喜欢上一个美丽的鲫鱼姑娘时，它出现过。现在不知道跑哪里去了，对不起，我帮不了你！"

小石人失望地和大鱼说再见。

大鱼在小石人身后说："你眼里的光很迷人，等待和犹豫是无情的杀手，祝你好运。"

小石人把这句话记在了脑子里，沿着一条飘满花香的小路向前走去。

三

小石人来到了一个炊烟袅袅的小村口，一个扎着一头小辫子的女孩儿跳到他眼前说："你是谁？这里是禾木村，报上姓名才能让你进来！"

小石人愣住了，自己叫什么呢？自己有名字吗？自己好像没有名字。"蟋蟀、星星、小精灵、大鱼都叫我小石人。"小石人窘迫地说。"这怎么能算是名字呢？世界上有很多小石人，每个小石人必须有自己的名字，大家才能分得清。要不我一喊'小石人'，岂不是等于在喊世界上所有的石头人。"辫子女孩儿说。

小石人有点恼火，硬邦邦地说："我就是没有名字，我就要进村子！"

辫子女孩儿手拿木棍横在小路中间说:"没有名字,就不让你进村!"

小石人气哼哼地不理小女孩儿,大步向前走去。女孩儿气得竖起了一根根小辫子,举起木棍乒乒乓乓一顿乱打。

小石人根本就感觉不到疼,他的身体可是由坚硬的石头构成的啊!辫子女孩儿的手却被木棍震得生疼。

她带着哭腔说:"哼!大铁头!"

小石人一听,觉得"大铁头"这个名字不错,就说:"我就叫大铁头,这回可以让我进村了吧?"

辫子女孩儿终于放下棍子,不再追着小石人不分头和脚乱打一气。

大铁头问辫子女孩儿:"禾木村有什么好吃的吗?"

"有奶酒、酸奶疙瘩和哈密瓜。"辫子女孩儿不计前嫌,尽管一开始大铁头把她气够呛,但是毕竟他的名字是自己给起的呀,就和自己有了某种联系。

"要好多钱吧?可是我一分钱都没有。"大铁头说。

"没关系,我家就有这些好吃的,我请你。"辫子女孩儿拉着大铁头向一处房子走去。

来到辫子女孩儿的家,大铁头开开心心地吃了哈密瓜和酸奶疙瘩,又喝了一小杯马奶酒,感觉晕晕忽忽的,就躺在墙角睡了过去。

这时,走进来一位满脸皱纹的老奶奶,大声说:"我亲爱的阿娜尔，你领谁回家了？"

"大铁头！"阿娜尔开心地说。

老奶奶看到大铁头吓了一跳，小孙女前年领回来一头小牛，去年领回来一匹小马，今年领回来的却是一块石头。

"这块石头不错，可以放在院门口做拴马桩。"老奶奶拍了拍大铁头说。

"不，奶奶，这不是普通的石头，他是石头人，我给他起了名字，叫大铁头！"

老奶奶看了看小孙女，摇了摇头，叹了口气。漂亮的小孙女脑子有点儿不灵光，经常做出一些反常的事情来。

老奶奶的眼神不太好，又摸了摸大铁头："哦！果然有一个大脑袋！"

小石人大铁头睡得很沉，根本没听见老奶奶和辫子女孩儿阿娜尔的对话。

当他清醒时，一轮圆月已经挂在了天上。他来到院子，坐在葡萄架下，闻着沁人心脾的果香，听着那些不知名字昆虫的呢喃，才发现禾木村真是一个好地方啊！

大铁头在辫子女孩儿阿娜尔家住了下来，帮着阿娜尔照顾牛和羊。他们放羊的时候，经常坐在村外的山坡上，看天上的云变幻成各种形状，编一些离奇的故事，比如大鳄鱼吞了狮子，狮子变成了大山，山上有一只凤凰等等。阿娜尔除了看云，偶尔会偷偷瞄一眼小石人大铁头，虽然他好丑，但是眼睛里却有星星的光芒。眼睛是心灵的一扇窗，他会有一颗光芒四射的心吧！阿娜尔这样猜测着。

突然有一天，传来一个坏消息，卧龙湾有一条恶龙开始兴风作浪。禾木村村民立刻紧张起来，恶龙会把全村的牛羊当点心吃掉的！让谁去战胜那条恶龙呢？

阿娜尔说："大家别慌！我家有小石人大铁头，恶龙咬不动他，伤不着她！他最合适。"

从来就不知道什么是害怕的大铁头，在人们的期待和祝福声中向卧龙湾走去。

四

一条青色的恶龙潜伏在卧龙湾里，它在伺机寻找猎物。

大铁头手举阿娜尔给他的铁棒跳进水中，劈向恶龙。恶龙一闪身，瞬间把大铁头缠住，然后抛向空中。

恶龙狞笑着，就这一招，对手就会一命呜呼。但是没想到大铁头在天空划出了一个完美的弧线落入水中后又站了起来，抡起铁棍向自己打来。

恶龙傻眼了，又把大铁头卷到空中。这次扔得更高更远。但是十分钟后，这个难缠的对手又跑了回来。

恶龙改变了战术，对大铁头又撕又咬。

天呀！很快恶龙就满嘴鲜血，牙齿全部被小石人硌掉了。

没有了尖利的牙齿，恶龙威风扫地，它长啸一声腾空而去，没了踪影。

禾木村的人们听说恶龙被大铁头打败了，欢呼着跑来，把英雄举得高高的，以示崇拜和感激之情，但是大铁头太沉了，几个壮汉累得汗流浃背。

阿娜尔笑着说："放下他，放下他吧，送给他一件绣着最美花纹的战袍就可以啦！"

从那以后，大铁头拥有了一件帅气的战袍和一座属于自己的石头房子。人们经常弹起木琴，唱着赞美他的歌谣。

大铁头倒是没有多少骄傲，他对木琴却产生了浓厚的兴趣。他找来一块木头，请村里最好的师傅为他制作一把木琴，然后又跟着最厉害的民间演奏家学习弹奏。

大铁头的手变得灵活，嗓音也比从前好听多了。大铁头把自己关在房子里，专心致志地练习着一首《雪花》，他要在阿娜尔的生日时弹给她听。

阿娜尔找大铁头玩，大铁头也不开门，他一心想着给阿娜尔一个惊喜。

阿娜尔不知道大铁头真实的想法，气得直跺脚，狠狠地说："哼！果真是石头心肠的家伙！当了英雄就不理人了！"

阿娜尔对这个朋友失望极了。可是过了几天，阿娜尔又想找大铁头玩，并且想告诉他红叶谷的树木都穿上了红裙子，一片片红叶林美得像仙境一样。可是阿娜尔心底小小的自尊跳了出来说：他都不想你，你惦记着他干吗呀？于是，阿娜尔停止了去石头房子的脚步。她去沙漠旅行，期待那里的驼铃声能够抚平心里的失落和忧伤。

朋友间的小误会总是不请自来，它挡在两颗心之间，让他们越走越远。

大铁头终于学会了弹奏《雪花》，他想找阿娜尔的时候，阿娜尔还没有回来，听说她在沙漠有了新伙伴，可能是壁虎也可能一头英俊的骆驼。小石人的心痛了一下，阿娜尔是把自己忘了吧？

小石人大铁头去山里拾柴时，遇见一只受伤的熊。他把熊领回了家，经过七七四十九天的精心照料，熊的身体康复了。

熊回到了森林，但是每个星期天都会来做客，带着野果和蜂蜜，和小石人一起喝下午茶。

"夕阳多美呀！"熊望着西方的天边说。

"是呀。"大铁头望着还露着半边脸的夕阳回答。

"你看那朵云，多像一只熊。"

"是呀，不！它被风吹成了小石人的模样。"

他们有时候喋喋不休，更多的时候，对话就是这么简短。院子里即将凋落的野菊花说："好朋友可以一声不发，情感会在眼睛和心里默默表达。"

大铁头问熊："你能送我一颗怦怦跳的心吗？"

熊说："我很想，但是怎么送呢？"

是呀！怎么送呢？

天边飞来一只红色的鸟，落在小石人大铁头的肩膀，叽叽喳喳叫："嗨！小石人你好！我有好消息要告诉你。"

铁头拍手说："好好好！是什么呀？我很想知道。"

小鸟说："上天送你一份礼物。"

小石人说："谢谢，快快拿出来让我瞧瞧。"

小鸟拍拍翅膀，微微一笑："这个礼物就是我呀！"

大铁头笑了，要是阿娜尔在多好，他要把熊和小红鸟介绍给她。寒风的脚步一天天近了，朋友在一起才会有一个温暖的冬天。

五

固执的冬天，送给每幢房屋一顶白帽子，也送给每一棵树一顶白帽子，树有时候使劲儿摇头，把帽子晃掉了。没高兴多久，冬天就又送来一顶，固执的冬天觉得白帽子是最美的，白帽子也是最暖的。

第二场雪落下的时候，阿娜尔回来了，她邀请村里的阿力木江、阿依飞热和阿依古丽等小伙伴一起过生日，唯独大铁头没有收到请柬。

大铁头练习了一千遍《雪花》，他忍不住抱着木琴走出石头房子来到阿娜尔家门前，深情地弹奏着。

宛转悠扬的音乐飘进阿娜尔的耳朵，她打开窗户，看见了变成雪人的大铁头。她走出院子和着音乐，轻轻唱着："雪花也有小猫一样的爪子吧，走起路来，一点儿声音也没有；雪花也喜欢沉默吧，很少听见她说话；雪花也有一颗柔软的心吧，轻轻落在山谷里，等待春天的芳华……"

"生日快乐！"大铁头对着阿娜尔傻傻地笑。

所有的误解都在歌声里融化了。阿娜尔和小伙伴们在大铁头的《雪花》里跳起欢快的舞蹈。

小石人大铁头突然感觉到自己的心怦怦跳了起来，他摸了摸胸口，没错，就是它！他兴奋地大喊："我有一颗怦怦跳的心啦！"

小伙伴们围着他送出最美的祝福。

雪停了，蓝蓝的天边出现一道弯弯的彩虹，每一种颜色都散发出夺目的光辉。大铁头喊道："快看！彩虹！我从来没有见过这么美丽的彩虹！"

阿娜尔扑闪着大眼睛，笑盈盈地对他说："铁头，你知道吗？你的心和彩虹一样美丽。"

大草原上的小兰花

窦晶

一

在诡异的潘多拉星球上，有一只蓝鸟不小心把巫婆的花盆弄翻了，脾气暴躁的巫婆怒气冲天，念起咒语，把蓝鸟变成一朵小兰花降落在地球的那拉提草原上。

"我要好好教训你，让你永远不能够自由飞翔！"巫婆恶狠狠地说。

"呜呜呜，"小兰花泪流满面，"法力无边的巫婆，求您行行好，告诉我解除魔法的方法吧，我知道任何魔法都会有解除的方法。"

"哼！算你说对了！但是告诉你，也没有用，在这茫茫的大草原上，谁会知道你是一只蓝鸟变的呢？说不定哪一天，你会被路过的马呀、骆驼呀、牛呀、羊呀之类的动物踩碎，或者吃掉呢！哈哈哈哈！"巫婆很得意。

"呜呜呜……"小兰花哭得更伤心了，她纤细的身体在风中战栗着。

　　这一切被一只正在找蚊子吃的癞蛤蟆看见了，他躲在草丛中，心里嘀咕道：好美的小兰花呀，身材娇小玲珑，气质高雅文静，在草原上很难找到这么美丽的兰花呢。

　　"求您行行好，告诉我解除魔法的方法吧。"小兰花对着即将转身离去的巫婆恳求道。

　　"哼，解除的办法其实很简单也很难，假如有一只青蛙亲你一下，你就会变成原来的样子飞走的。可是，哪一只傻青蛙会亲一朵兰花呢？他们只对昆虫感兴趣，不会留意什么兰花的！你就在这里待着吧，等着路过的骆驼呀、牛呀、马呀用他们那有力的蹄子踩碎，或者臭烘烘的大嘴吃掉吧！"巫婆得意地骑着扫帚飞走了。

　　小兰花趴在草地上哭泣着，她觉得自己获救的机会简直等于零，没错！怎么会有一只青蛙对自己感兴趣呢！

　　小兰花哭着哭着睡着了。癞蛤蟆轻轻走过去，凝视着小兰花，在心里说："美丽的小兰花，我很喜欢你，可惜我不是一只青蛙，我只是一只癞蛤蟆，没办法帮你呀！唉！"癞蛤蟆心里很难受，他虽然救不了小兰花，但是他很想为她做些什么，做什么呢？巫婆的话又响在他的耳边，对了，他急忙找来荆棘草，在小兰花周围架起了一圈栅栏，假如有什么食草动物想伤害小兰花，会被荆棘栅栏吓退的。

　　癞蛤蟆累得气喘吁吁，荆棘草把手扎破了，他全然不顾，依然坚持着把栅栏架起来，然后放心地走开了。

一阵带着青草香气的风儿吹过，小兰花慢慢地睁开蓝色的大眼睛，瞧见了一只恰好从这里路过的青蛙，她欣喜若狂，急忙喊："青蛙，青蛙，您好，我们做朋友吧。"

"我还忙着盖房子呢，哪有时间跟你做朋友！"青蛙背着小石头走开了。

小兰花低下了头："咦？这是谁为我架的栅栏呀？"她四下望了望，看见一只蟋蟀站在风铃草上吹着短笛，难道是他？

"谢谢你，蟋蟀先生，为我架了栅栏。"小兰花大声说。

可是蟋蟀根本没有理她，专注地演奏着，陶醉在音乐中。

二

再说癞蛤蟆，他回到家里之后，始终惦记着小兰花。他翻箱倒柜找出自己一直舍不得穿的绿衬衣，套在身上，带上一瓶泉水走出家门。癞蛤蟆妈妈看见了，悄声对癞蛤蟆爸爸说："看，咱们的儿子多帅气呀，是不是有喜欢的女孩儿了？"

"孩子长大了都有自己的事情，你嘀咕什么呢。"癞蛤蟆爸爸一边砍柴一边回答。

癞蛤蟆妈妈心里乐开了花。

癞蛤蟆提着泉水，游过一条小河，爬过两个大土坡，心里像有一百个小鼓在敲打，他来到小兰花身边，柔声说道：
"你醒了，渴了吧？喝点泉水吧。"

正在叹气的小兰花说："谢谢你，小青蛙，你的衬衣真漂
亮。这栅栏是你为我架的吗？"

"是的，我看你睡得很香甜，就没有打扰你。"癞蛤蟆红
着脸说。

"你真好，我们做朋友吧。巫婆说青蛙不会对兰花感兴趣
的，可是，你能答应我吗？"

"好的，我很喜欢你。"癞蛤蟆的脸更红了。

小兰花高兴极了，她相信不久以后，这只小青蛙就会亲
自己一下。

他们在柠檬色的月光下聊着天，柔和的夜风轻轻地拂过
面颊，癞蛤蟆心里幸福的小鼓咚咚响个不停。小兰花想：小
青蛙可真够木讷的，他怎么不亲我一下呀，哪怕就一小小下，
就会解除巫婆的魔法。

不知不觉半夜了，癞蛤蟆用毛茸茸的狗尾巴草为小兰花
编成一顶毡房，他怕夜里天气有变化，小兰花经受不住风吹
雨打。

癞蛤蟆依依不舍地告别了小兰花，爬过两个大土坡，游
过一条小河，回到了家。

他躺在床上翻来覆去睡不着。小兰花误以为自己是青蛙，
她要是知道自己是只癞蛤蟆，绝对不会理自己的，那样自己

就会失去小兰花的友情，可是这样不告诉她，就是欺骗呀。癞蛤蟆心里难过极了，泪水滴落在泛着薰衣草香味的小枕头上。

第二天早晨，癞蛤蟆妈妈看见了儿子枕头上的泪痕，吓了一跳，紧张地对癞蛤蟆爸爸说："亲爱的，咱们的儿子，一定是遇见了伤心事，这可怎么办呀？"

"长大就是这样的，他慢慢会懂得生活里不仅仅只有快乐，也会有烦恼和悲伤。你不用着急，他自己会有办法，儿子会像我们一样坚强的。"

癞蛤蟆妈妈觉得丈夫的话很有道理，就忙着洗衣服去了。

癞蛤蟆有了自己的心事，他决定在荷叶上写一首诗给小兰花，正写了一半，好朋友小青蛙走来了，癞蛤蟆急忙把荷叶藏了起来。

"你有什么秘密瞒着我？"小青蛙好奇地问。

"没……没有啊。"癞蛤蟆有点结巴。

"一定有，真不够朋友！"小青蛙赌气跑远了。

癞蛤蟆想：难道是我错了吗？可好朋友之间也得有隐私权啊。

癞蛤蟆每天傍晚时都穿上绿衬衣，去和小兰花玩，小兰花多么想让他亲一下自己呀，可是她的"小青蛙"就是不肯表达。

癞蛤蟆每次看见小兰花期待而羞怯的眼神，就难过地把头低下，他绞尽脑汁想办法。

要是自己变成一只青蛙多好呀！癞蛤蟆跑到城里的整形医院，找到啄木鸟医生想办法。

"要想变成青蛙，就得把这身癞蛤蟆的皮换下，可是，那样会很痛苦的。"啄木鸟医生说。

"我不怕，我愿意做这个大手术。"癞蛤蟆坚定地说。

于是，他义无反顾地躺在了手术床上，啄木鸟医生整整用了五个小时才把他的皮全部换下。麻药劲儿过了之后，癞蛤蟆浑身疼痛，豆大的汗珠雨点一样从脸上滑下，他咬紧牙坚持着一声不吭，为了心爱的小兰花，他一定要变成一只小青蛙。住院期间，他把自己的经历和心情在本子上一一记下。

草原上的小兰花，一连七天没有看见自己的"小青蛙"，她消瘦了很多，什么也吃不下，她不明白"小青蛙"怎么能这么狠心把自己抛下？！

三

第八天早晨，太阳刚刚升起，变成青蛙的癞蛤蟆来到小兰花身边，他张开双臂，想把小兰花拥入怀中吻一下。

"不不不，你是谁？我要等我的穿着绿衬衣的小青蛙。"

"我就是你的小青蛙呀。"他把绿衬衣从背后拿出来让小兰花看。

小兰花很疑惑："我怎么觉得你怪怪的呢？"

"相信我吧，我的声音你总不会忘记吧？"

于是，小兰花把眼睛闭上，乖乖地等着"小青蛙"亲一下，自己就要变回能够自由飞翔的蓝鸟了，小兰花激动得心儿扑扑直跳。

癞蛤蟆深情地在小兰花脸上吻了一下，可是，什么奇迹也没出现，小兰花依然是小兰花。

"魔法怎么没有解除呢？"小兰花睁开眼睛绝望地说。

癞蛤蟆无地自容，他慌乱地跑开了。

小兰花哭了起来，她拾起"小青蛙"掉在地上的日记本，上面写满了字，里面还夹着一封荷叶信纸。她仔细读了起来。

小兰花知道了事情的原委，也知道了癞蛤蟆对自己的一片深情，她很感动，自己为什么非要变回蓝鸟呢，做一朵被癞蛤蟆呵护的小兰花有什么不好吗？

四

癞蛤蟆一口气跑到小河边，他明白自己终究是一只换了青蛙皮的癞蛤蟆，解除不了巫婆的魔法，他痛苦极了，怎么才能帮助小兰花呢？

他去求朋友青蛙，把心中的秘密全都告诉了他。

"你真傻，怎么会喜欢上一朵小兰花？再说她变成了鸟儿，怎么还会理地上的癞蛤蟆！"青蛙埋怨道。

"可是，我一定要帮她，她喜欢自由飞翔，我要帮她解除巫婆的魔法，帮她找回自由。请你帮帮我，去吻一下小兰花吧。"癞蛤蟆恳求着。

"好吧，你真是一只傻傻的癞蛤蟆。"青蛙在朋友的恳求下，答应了。

于是，青蛙随着癞蛤蟆来到小兰花的家，趁着小兰花睡着的时候，偷偷地亲了一下她的脸颊，"扑"的一声，睡梦中的小兰花突然变成蓝鸟飞上了蔚蓝的天空。

癞蛤蟆望着空中的蓝鸟笑了，虽然他脸上挂着泪花儿。

小蓝鸟在空中盘旋着，她多么想告诉癞蛤蟆，自己昨晚已经放弃了变回蓝鸟的愿望，宁愿做一朵让他永远呵护的小兰花。但是，一切已经来不及了，很快，蓝鸟被潘多拉星球吸附回去了，她没有时间表达，急忙扯下一根蓝色的羽毛抛了下去。

癞蛤蟆怎么也没想到蓝鸟会被潘多拉星球吸附回去，他痛彻心扉，难道就这样和小兰花永别了吗？他接住那根徐徐飘落的蓝色羽毛，捧在手中，羽毛上慢慢出现了四行小字：

也许癞蛤蟆当初不该喜欢上小兰花

小兰花也不该依恋癞蛤蟆

谁能说清呢

也许这就是成长的代价

雪人的冰雪乐园

窦 晶

1

时光已经进入十二月了，可是天上还没有一片雪花落下来。地球上的冬小麦没有雪被子盖，病恹恹地蜷缩在地上。企鹅和北极熊对自己的生存环境也开始担忧起来，全球出现了变暖的趋势，冰川要是融化了，怎么得了啊！雪人一家更是愁眉不展。

小雪人冰冰每天醒来的第一件事情就是偷偷跑到山洞口看看是否下雪。

"妈妈，开始刮冷冷的风了，是不是要下雪了？"冰冰跑回来问妈妈。

妈妈正在收拾大缸里剩下不多的雪，她放下手中的锅铲，埋怨道："你又单独去洞口了？"

"我总感觉今年可能会有意外发生。"冰冰忧心忡忡，因为她前几天做了一个很奇怪的梦，梦中有一个火红的大怪物把所有的雪都吞进了肚子里。

雪妈妈走向山洞口闻了闻，惊喜地说："嗯，我真真切切闻到一股远方飘雪的气息。"

"太好啦！我们要有新的粮食吃了！"冰冰欢呼雀跃地跳起来，把其他昏昏欲睡的雪孩子都吵醒了。

"新的粮食？"大哥冰球拿起大筐迷迷糊糊往外跑。

"哈哈，新鲜的甜甜的香香的新粮食呀！"二哥雪童拿起大篓跟在冰球后面。

雪月急忙拦住两个哥哥说："哎呀！冲动是魔鬼，冰冰妹妹说的是即将有新的粮食吃，而不是现在哦！"

"唉！我要吃新雪花做的馒头。"冰球像泄了气的皮球蹲在了地上。

"开饭啦！开饭啦！"雪妈妈端着一盆雪花粥招呼着孩子们。

"哼！我讨厌雪花粥。"冰冰皱着鼻子说道。

因为旧雪要吃光了，新雪还没下来，雪妈妈只好每天做雪花粥给大家吃，雪孩子们早就吃腻了。唉！真希望新雪能够早点下来，这样我们就可以吃到香喷喷的雪花馒头、雪花蛋糕、雪花沙拉、雪花米饭、雪花冰淇淋……

"孩子们，有雪花粥吃总比没有强啊，我小时候，有一年迟迟不下雪，家里一点儿吃的都没有了，差一点儿把胳膊给饿掉了。"

"哈哈，哈哈——"雪孩子们被雪妈妈的话逗乐了。

雪妈妈想告诉大家自己刚刚说的话都是真的，但还是把解释的话咽了回去，她不想给孩子们制造焦虑。雪人太饿了，真的会把胳膊腿饿掉的，比如当年的小妹妹，后来直到新雪下来，她给妹妹安上了新胳膊新腿，才算解除了妹妹的痛苦。在等待新胳膊新腿的过程中，妹妹痛苦极了。

往事不堪回首，雪妈妈回过神来，对孩子们说："你们尽量减少跑跳，减少户外活动，当雪花飘下来的时候，我们的美好生活就开始啦!"

"我要用雪花做一件新袍子。"

"我要用雪块制作一辆新雪车。"

"我要用雪花做一件漂亮的披肩。"

雪孩子们畅想着，脸上洋溢着幸福的笑容。

远方的天灰蒙蒙的，雪花仙子正挥舞着白色的扫帚奋力地堆积着云朵，她急着给雪孩子们送去新年的礼物。

"看你忙得满头大汗，是急着给山洞里的小家伙们送东西去吧?"路过的南邪风说。

"你别想搞破坏，二十年前的今天，你就把我的行动破坏了，结果有一个雪妹妹饿得缺胳膊掉腿的，哼! 狠心的家伙!"

"嘿嘿! 我就喜欢吃雪娃娃掉下来的胳膊腿，真香呀!"南邪风坏笑着。

"走开!"雪花仙子生气了!她挥舞着扫帚把南邪风推出去很远很远。

"哎哟!力气不减当年啊!"南邪风摔得鼻青脸肿,咬牙切齿地说,"你等着!我吃不到雪胳膊雪腿誓不罢休!"

南邪风气鼓鼓地想了一天一夜,怎么才能阻止雪花仙子下大雪的计划呢?

他的脸上终于露出了笑容,哼哼!有办法了!

南邪风偷偷追上雪花仙子,在沉甸甸的云朵后面躲起来,等到雪花仙子因为疲惫呼呼睡去的时候,他跑到云朵的正面,用阴风脚猛地一踹,云朵四下飞散。他洋洋得意地跑开了。

雪花仙子被惊醒了,发现眼前的云朵变小变轻了:"咦?我刚才堆的那个一万米厚的云朵怎么不见了呢?!"

雪花仙子没办法,只好把散落各处的云捡回来,一朵、两朵、三朵......

又一个早晨来临了,大缸里最后一点儿雪已经吃光了,雪妈妈下了决心,她要趁着孩子们还有一些力气,赶紧带着他们一路向北,哪里下雪了,就在哪里安家。

"孩子们,我告诉大家一个好消息,我们的快乐旅行马上开始啦!"雪妈妈故作轻松地说。

"旅行呀?哈哈!太好啦!"冰冰开心地拍着手。

"妈妈,我们路上有干粮吗?"冰球有点儿担忧地问。

"车到山前必有路,总比在山洞里挨饿强啊!"雪妈妈无

389

奈地说。

就这样，当天夜里，冰球在前，然后依次是雪童、雪月和冰冰，最后是雪妈妈。如果雪爸爸在就好了，他可以走在最前面或者最后面，但是初冬的时候，雪爸爸患了热病永远地离开了他们。那时，真是雪妈妈生命里最黑暗难熬的时光。

雪孩子一家在寒冷的夜里向北前进。当太阳升起来，路上有车辆或者行人的时候，他们就会分散开站在不同的地方一动不动。

两个女学生从冰冰身边路过，小个子女生摸了摸冰冰的头说："今年还没下雪呢，怎么会有雪人呢？"

高个子女生不以为意地回答："嗨！一定是环卫工人人工造雪堆的雪人，让冬天更美丽啦。"

"我只听说在滑雪场有人工造雪，没听说过用人工造雪堆雪人的。"

"你不知道的事情多了，多跟我在一起，长知识去吧，哈哈。"高个子女生拉着矮个子女生说，"快走啦，否则上学要迟到了。"

矮个子女生还是很好奇地回头看了看冰冰，跟着高个子女生走了。

2

俗话说得好"说者无意，听者有心"，冰冰记住了高个子女生的话，滑雪场有人工造雪，人工造的雪也是雪，哈哈！有粮食了！冰冰兴奋地差一点儿跑过去告诉冰球，但是转念一想，如果那些人们看到一个小雪人在街上奔跑，一定会惊掉下巴。冰冰勉强管住了自己的双脚，期盼着天黑。她的心激动得扑通扑通直跳，有一条小白狗凑过来，对着她汪汪叫个不停。小白狗的主人是位漂亮的阿姨，她对小狗说："乖乖，叫什么呀，这是雪人，我们和她照个相好吧？"

小白狗摇着尾巴站到了冰冰的旁边，漂亮阿姨用手机咔嚓咔嚓连拍两张。冰冰尽量不让自己喘气，因为他看见小狗和阿姨的口里呼出的是白气，要是自己也呼出白气，那不就暴露身份了吗！

当夜幕降临之后，冰冰跑到楼后面的冰球身边，跟冰球说自己跟小白狗合影的经过后，拽着冰球去街角找妈妈，她要等一家人聚齐了，宣布那个好消息。

天黑后，雪人一家尽量避开路灯，他们专挑小胡同走，小胡同一般很少有人经过，如果遇见人，他们就远远地站住不动，不会引起怀疑。

当雪人一家六口在一棵老榆树下聚齐之后，冰冰说："我们有救了，我有一个天大的好消息。"接着噼里啪啦像倒豆子一样把两个小女生说的话重复了一遍。

"天呀！人工造雪！人类真是伟大！走！我们去寻找滑雪场！"冰球精神抖擞，拉着弟弟妹妹们就要向前走。

雪童说："慢着，我们不能盲目地找，那样乱找一气，恐怕天亮也找不到。"

"那怎么办？"冰球有勇无谋。

"我们找站牌，看看哪辆车是去滑雪场的，这样顺着指示，最终才会找到我们要去的地方。"雪童足智多谋。

"雪童的建议太好了，孩子们，我们分头行动。"雪妈妈说。

"可是，我不认识字呀！"冰冰为难了。

"我也不认识'滑雪场'三个字！"雪童说。

雪月说："我这里有一份报纸，看看上面有没有雪场的图。"原来白天的时候，他旁边有一位叔叔看报纸，看完之后恶作剧地用报纸叠了一个大帽子给雪月戴上了。当时雪月很不高兴，他不喜欢油墨的气味，但是现在想起来，坏事也是好事。

他们把纸帽子拆开，仔细寻找，哎哟！真有滑雪场的画面呀，几个人从高山上滑下来，帅极了！

"我认识'雨'字，雨跟雪是亲戚，他们一定很像。"冰冰说。

于是，大家按照这个思路很快就找到了"滑雪场"三个字，并且照葫芦画瓢，用树枝写在了自己的胳膊上。

3

半夜了，雪人一家在柠檬色月光的照耀下，搜寻着有滑雪场的站牌。天亮之前，冰球传来了好消息，他噘起嘴巴用雪人特有的口哨声把大家召集到一起，报告1512路汽车开往滑雪场。

雪孩子们兴奋极了，向前向前向前！可是没走多远，早晨街道上的行人开始多起来，他们只好站在一起一动也不敢动。可是脑子可都没闲着，像陀螺一样在飞快地旋转。

雪妈妈悄声说："孩子们别太兴奋了，安安静静睡一会儿吧。"

于是，雪孩子们都乖乖地坐在了地上，互相依偎着睡着了。

"爸爸，快看，雪人！"一个耳熟的声音把冰冰吵醒了，"这不是我昨天看见的那个小雪人吗，她怎么跑到这里来了？"

真是有缘分，说话的人就是昨天那个小个子女生！她旁边的一定是她的爸爸，因为五官长得特别像。

冰冰因为太高兴了，禁不住冲着小个子女生眨了眨眼睛。

"爸爸，小雪人会眨眼啊！我想把她带回家。"小个子女生开心极了。这句话可把冰冰吓坏了，她还没做好离开妈妈的准备。

"娟娟，我们还要去医院打针，等下雪了，爸爸给你堆一个雪人好吗?"

"不，我就想要这个。"

"不可以的，这是为了美化城市，工人叔叔特意制作的雪人，我们要是搬回家，那不等于破坏公共财物了吗?"爸爸耐心解释。

娟娟想了想，爸爸的话的确很有道理，恋恋不舍地说:"小雪人，再见。"

冰冰望着娟娟的背影，有些失落，这是她俩第二次相见，不知道为了什么，她好喜欢娟娟，可是，雪人可以和人类的孩子交朋友吗?

雪妈妈看着冰冰怅然若失的样子，说:"孩子，不要难过，如果你被娟娟带回家，我们就要分离，那样你也会难过。最好的遇见是没有悲伤的。"

"什么是最好的遇见?"冰冰问。

"就是在正确的时间和地点。"

冰冰不说话了，她在心里默默地祈祷，希望那个正确的时间和地点早点出现。

4

太阳下山之后，又一辆 1512 路车开过来，雪孩子们多想登上这辆开往滑雪场的车呀，可是那个司机能同意吗？

此时车上空空的，已经没有乘客，如果能搭上车该有多好呀。

冰冰发现司机竟然是娟娟的爸爸，大胆地跑上了车，说："您好，我是冰冰，我们见过！"

"哦？"司机愣了片刻，揉了揉眼睛说，"我给娟娟讲故事的时候，童话里的雪人是会说话的，难道我进入了童话世界？"

"是的，现在童话世界模式开启，请允许我们搭您的最后一班车去滑雪场好吗？"

娟娟爸爸笑了起来，说："为什么不呢？如果娟娟知道我送雪人去滑雪场，她的病一定会好一大半。"

就这样，雪人一家幸运地搭上了最后一班 1512 路汽车。冰球说："看来，人生有很多奇迹，如果不懂得去尝试，很难实现自己的美好愿望。"

"就是，我现在就是进入了奇迹世界，我载着雪人一家去滑雪场度假喽！"娟娟爸爸也开心极了，他相信奇迹，就像相信小女儿的病会神奇好转一样！

"对了，叔叔，娟娟得了什么病？"冰冰问。

"很难治的一种病，现在环境越来越不好，臭氧层遭到破坏，地球变暖了，人们的身体健康也受到了威胁。你看冬天都不下雪了，滑雪场要人工造雪才能营业。"娟娟爸爸的音量忽然变小了，满脸的悲伤。

"那可怎么办啊？"冰冰担忧地问。

"人们开始采取关掉家里不用的电器，不使用塑料袋，减少开私家车等措施，尽量保护环境，减少能源消耗。但愿一切向好的方向发展。"娟娟爸爸踩了一脚油门说。

大约过了半小时，他们来到一座山前，娟娟爸爸说："滑雪场到了，祝你们玩得愉快！再见！"

"再见，谢谢您，给娟娟带好，祝她早日康复！"冰冰说。

雪孩子们挥着手，看着娟娟爸爸的车消失在浓重的夜色里。

终于可以吃饭了！

雪孩子们欢呼着跑进滑雪场，大口大口吃起了白白的雪。

这雪的味道很不正宗，但是不管怎样也是雪呀，对于好几天没吃到雪的雪人来说，也算得上美食。

他们一个个把小肚子吃得鼓鼓的，然后卧倒在雪场旁，满足地看着天上的星星。看来，今夜还不会下雪，下雪的夜晚没有星星。

天亮以后，大批滑雪的人涌来了，滑雪场的工作人员以为这五个雪人是昨天游客堆的，也没在意。

可是意外在此时发生了，一个初学滑雪的小男孩儿从山坡上冲了下来，他忘记把两个滑雪板调整成八字形减速了！

"哎哟哟!"雪孩子们尽管躲闪了，但是冰球还是被撞掉了一只脚，雪童被撞掉了一只手，雪月被撞掉了鼻子，冰冰被撞掉了一只耳朵，雪妈妈的后背被撞出了一个洞。

小男孩儿也摔在他们身边，惊慌失措地看着雪人一家。

一个叔叔滑了过来，说:"奇奇，别害怕，别害怕。"他检查了一下小男孩儿奇奇的胳膊、腿，发现奇奇安然无恙之后，长长地出了一口气。

奇奇难过地说:"爸爸，我把雪人一家撞坏了，您帮我把他们恢复原来的样子好吗?"

"没问题!"

奇奇和爸爸开始给冰球安脚，给雪童安手，给雪月安鼻子，给冰冰安耳朵，又给雪妈妈后背的那个洞补好。

他们忙乎了一个小时，终于一切都恢复原样了，又开始滑雪去了。

真是一场虚惊!

5

到了晚上游人散去时，雪妈妈说："我们白天不能再站在这里了，太危险，说不定被哪个冒失鬼给撞坏了，幸亏今天的父子俩比较善良，否则我们现在都是残缺不全的了。"

冰球说："我也在思考这个问题，不如我们爬到山顶树林里去吧！"

"我事先说好了，我的力气只够爬到半山腰的树林里的。"冰冰诚实地说，她可不想背一个拖后腿的名声。

"好，就爬到半山腰的树林里，我们开始行动吧。"冰球说。

"我再吃一点儿雪，树林里没有，只有滑雪道上才有人工雪。"冰球开始吃起来，他的消化系统一向比较好。

"唉！我对这些人造雪一点儿胃口都没有，我只想吃自然形成的雪。"冰冰仰头看了看天。星星比以往都亮，大雪遥遥无期。

雪孩子们开始往半山腰的树林里迁移，雪妈妈走在最后面，万一哪个雪孩子失足滚落下来，好用自己的身体挡住。每一个妈妈都有牺牲精神，为了自己的孩子，她们可以不顾一切。

突然，跑过来一只雪白的兔子，惊慌失措地喊道："救命呀！有老虎追我！"

"哎呀！老虎！"走在最前面的冰球惊呆了。

"没关系，老虎不吃雪人。"后面的雪童镇定地说。

"可是……"还没等冰球把话说完，白兔子已经来到他的身边。树林里传来老虎的怒吼声。

冰球对白兔子说："你赶紧站住别动！"他张开大嘴哇哇哇吐出好多的白雪，覆盖在白兔子身上。

冰冰竖起大拇指说："能吃也是优点！"

老虎站在一米远的地方停住了，明明发现白兔子往这边跑了，怎么没影了呢？

"雪人，看见白兔子了吗？"老虎威风凛凛地问。

"没有，不过我们这里有一只雪兔子，你要不要？"冰球问。

"你真能开玩笑，那玩意儿冰凉冰凉的，就是饿死我也不会吃雪做的东西。"老虎说着向左边跑去，凭借迟钝的第六感去追赶他的白兔子了。

"如果不吃雪做的东西，我们就会饿死！"冰冰做了一个鬼脸。

"谢谢雪人！我该怎样报答你们呢？"白兔子抖了抖身上的雪说。

"不需要报答，如果以后你遇见谁有了困难，也伸出援手就可以了。"冰球说。

"冰球！你真了不起！"冰冰和雪童都用崇拜的目光注视着冰球。

白兔子很好奇自己为什么会在这里遇见五个雪人，于是询问他们的来历。因为根据多年的经验，这五个雪人绝对不是人造雪变出来的，他们身上某些部分的材质是那么细腻，人造雪的颗粒可比这粗糙多了。

冰冰说他们原本住在山洞里，因为没有粮食了，所以开始了冒险之旅。

白兔子说："如果大家不嫌弃，到我家住下吧。"

"你家？"冰球瞪圆了眼睛。

"对呀，我们兔子是穴居动物，你们一定会住习惯的。"白兔子笑眯眯地邀请。

"能住下这么多人吗？"冰球表示怀疑。

"没问题，我找几个兄弟一起把洞扩建一下。"

"妈妈，可以吗？"冰冰征求妈妈的意见。

雪妈妈考虑到孩子们暂时还真没有住的地方，就怀着感激之情接受了白兔子的邀请。

白兔子高兴极了，他把雪人们领到家门前，又找来灰兔子大哥和黑兔子老弟，开始连夜扩建兔子洞。

当鸟儿的叫声迎来了第一缕阳光，兔子洞变得宽敞无比，四个雪孩子和妈妈住进了兔子洞。

白兔子在洞口写了四个大字——冰雪乐园。他在旁边又挖了一个小山洞，因为白兔子不能跟五个雪人住在一起，五个雪人零下六摄氏度的体温，他可受不了。

雪人一家在冰雪乐园住了下来，白兔子每天会披着大棉被来和雪孩子们玩一会儿。他没办法邀请雪孩子们去他的小屋做客，那里有温暖的炉火，温度比这里高出二十摄氏度，他们也受不了。

好朋友就是这样，体谅对方的难处，找到最恰当的沟通方式，空间和心理也要保持适当的距离，让友情照亮彼此的生活。

有一天，白兔子刚刚披着大棉被来到冰雪乐园，外面就响起了敲门声。

"是谁呢？不会是老虎吧？"冰冰害怕地问。

"不用害怕，这个敲门声比啄木鸟啄树的声音还小。"冰球安慰着小妹妹。

冰球走到洞口问："谁呀？"

"请开门帮帮我好吗？"门外传来喜鹊的声音。

冰球急忙打开洞门，一只受伤的喜鹊扑通一声栽进门来。

雪妈妈急忙跑过来，捧起喜鹊仔细查看，她的翅膀受伤了，还在滴血，雪妈妈用食指按住伤口，血很快就止住了。

雪孩子们没想到妈妈的手可以止血。好神奇！

喜鹊慢慢苏醒过来，原来她差点儿被老鹰抓住，恰好逃到冰雪乐园门口。

白兔子说:"我也非常憎恨老鹰,我们兔家族的成员也经常被老鹰伤害,那个坏蛋会把我们叼起来飞到高空,然后再扔到地上。"

"真是个狡猾凶残的家伙!"冰冰气愤极了。

白兔子说:"你们屋里太冷了,我把喜鹊带回家养伤吧。"

"真是一只善良的兔子!谢谢你!"喜鹊和雪孩子们都非常感动。

天上的雪还没有落下来,雪孩子们每天夜里跑到滑雪道吃点儿人造雪。此时雪花仙子在哪里呢?

6

雪花仙子再一次把云朵收集得差不多了,急急忙忙推着云朵山来到雪人一家原来居住的山洞上空,大声问:"雪孩子们,对不起,我来晚了,饿坏了吧?"

山洞的门迟迟没有打开,雪花仙子担心雪人一家已经饿晕,赶紧飞下来推开山洞的大门。只见山洞里空空荡荡的,雪花仙子的泪水一下子溢满了眼眶,"呜呜呜,一定是南邪风把雪人们都吃了!"

雪花仙子气愤地去找南邪风算账。南邪风正蹲在山顶注视着山洞口。

"罪大恶极的家伙,是不是你把雪人一家都吃了?"

"我？你可别冤枉我，我只是喜欢吃他们掉下来的胳膊腿，我等了好多天，都没看见他们出来。"

雪花仙子心里想：也许雪人一家等不及新雪降临，出去找吃的去了，他们不会往南方走，越往南气温越高，那里不会下雪。我得去北方寻找他们。

雪花仙子飞上高空推着云朵向北方走去，望着茫茫大地，也不知道雪人们走多远了，去哪里寻找雪人一家呢？雪花仙子实在没办法了，只好把云朵均匀地洒向北方，因为覆盖的面积太辽阔了，落到地面时，只是薄薄的一层雪花。

冰冰是第一个发现雪花飘落的，她用舌尖接到一片六角形的小雪花，哇！好甜呀！她大声喊："下雪啦！下雪啦！"

雪孩子们张开嘴巴，伸出手掌，闭上眼睛细细品味着。心中的喜悦像涟漪一样一圈圈荡漾开来。雪妈妈拿出一个大盆，想多接一些，给孩子们做一顿丰盛的雪花宴。

可是，只一刻钟的工夫，雪就停了！唉！好奇怪！

"雪花仙子是不是生病了呢？"冰冰猜测着。

"你为什么这么想？"冰球吧嗒着嘴意犹未尽地回头看着冰冰。

"因为生病没有力气，堆的云朵就不厚实。"

"冰冰说得有道理，要不然怎么会只下这么一点点雪呢？"冰球赞同冰冰的话。

"怎么办呀？看来今年我们要挨饿了！"雪孩子们都很担

心。

雪妈妈说:"孩子们不要难过,我们只是猜测雪花仙子生病了,并不是她真的生病,说不定她遇见了什么麻烦事。我们不要为未来不一定发生的事情担忧,当下我们吃到了新鲜的雪,有了力气,就去做一些有意思有意义的事情,那样会很快乐,对不对?"

雪孩子们觉得妈妈说得有道理,就跑到树林里玩耍。雪月捡一些枯叶,做树叶画;冰球捡一些干枯的蘑菇想送给白兔子做蘑菇汤用;冰冰把耳朵贴在一棵大树干上一动不动。

"嗨!冰冰,你干什么呢?"

"嘘——我在听大树的心跳。"

大树还有心跳?雪孩子们很好奇,他们每个人都把耳朵贴在离自己最近的一棵树上,可是什么也没听到啊!

7

第二天,冰冰又跑到那棵大树旁,把耳朵贴了上去,"扑通——扑通——"慢节奏的心跳声再一次传进冰冰的耳朵里。

"你好,你是谁?"冰冰悄声问。

没有回音。

"扑通——扑通"的声音继续。

"你是谁呀?"冰冰提高了音量。

"哈欠——我梦见了一个雪人。"从树里传出一个迷迷糊糊的声音。

"你是谁呀？我是冰冰，我们交个朋友好吗？"

"啊？还有人愿意跟我交朋友？我长得可吓人了！"

"我胆子大，不怕！你出来呀！"冰冰好奇地说。

"咱们先说好了，吓死人不偿命！"

"不用你偿命！"冰冰话音刚落，一块大树皮裂开了，从里面出来一个绿犄角绿眼睛的小怪物！

冰冰咕咚一声坐在地上，嘴巴半天没合上。

"哈哈，呆若木鸡！"小怪物指着冰冰说道，"你吓坏了吧？"

"我？我——我只是想坐下来歇一会儿。"冰冰掩饰着自己的慌乱。

"好吧，算你胆子大，我是小树精1号。你是冰冰对吧？"

"对，你是小树精1号？那还有小树精2号喽？"

"你真聪明，我们家族的小树精排序一直到小树精88号。"

"他们在哪里呢？"

"在另外一些大树里睡觉呢。我真幸运，梦见雪人，就真的就出现了。其实我是最不爱睡觉的小树精！可是冬天总也不下雪，好无聊啊！我们玩点什么好呢？"小树精1号急不可待地问。

"我就喜欢在雪地里打滚儿玩，可是现在没有雪地。"

"嗯，今年气候的确反常，以往这时候这里的山脉早就被大雪覆盖住了。"

"我担心雪花仙子生病了，她没有力气把大片的云朵吹下来。"

"那我带你去寻找雪花仙子吧。"小树精1号抱住冰冰飞了起来。

"天呀！太好玩了，没想到你还会飞呢？"冰冰高兴得大喊起来。

正在从落叶里翻找干蘑菇的冰球听见了冰冰的话，猛一抬头，"天呀！冰冰被一个小怪物抓走了！"他挥着手臂喊道。

冰冰光顾着高兴了，竟然忘记了跟家人说明自己去哪里了。

雪人一家听了跑回来的冰球上气不接下气的报告，都蒙了。

"我的冰冰啊！呜呜呜！"雪妈妈哭了起来。

冰球觉得自己是家里最大的男子汉，绝对不能慌乱，他镇定了一下说："妈妈你别哭，我们会有办法的。"

雪童说："冰冰昨天就说一棵大树里有心跳声，那个怪物一定是藏在树里的。"

"对！雪童说得有道理。"雪月说，"冰冰今天又去听神秘的心跳声了。我们找到那棵大树，看看有没有留下蛛丝马迹。"

8

小树精 1 号带着冰冰飞到高空，用绿犄角探测到雪花仙子的方位。

"雪花仙子，你怎么了?"小树精 1 号在一朵云后面找到了她。

"冰冰? 我正寻找你们一家呢，你们去哪里了?"雪花仙子被叫醒了，没想到冰冰出现在眼前。

雪花仙子赶紧堆了好多雪花云，小树精 1 号也过去帮忙，最后雪花云变成一座小山。

"太好了，够我们吃一冬天的了，我们快点走吧!"冰冰高兴地催促着。

就这样，他们来到冰雪乐园的上空，把雪花云洒了下去。

雪妈妈正带着雪孩子们一棵树一棵树倾听，看看哪棵树有心跳声。突然天降一团团的大雪花，冰冰和小怪物也同时落了下来，大家都惊呆了，幸福来得太突然。

冰冰把小树精 1 号介绍给家人，并且说明是他帮忙找到了雪花仙子，她没生病，只是南邪风搞了破坏，后来又找不到大家，如此这般一番描述，大家的心都落了地。

雪孩子们这些天靠吃人造雪维持生命，身体很难受，现在终于吃到了天上的雪，胃口大开。

所有的树木都穿上了雪袍子，此时的山变成了雪山，走在上面嘎吱嘎吱作响。冰球和雪童打雪仗；雪月和冰冰堆起一个个漂亮的雪房子；麦苗们有了雪被子，舒舒服服地舒展着四肢，病也好了。

"冰雪乐园"变成了名副其实的冰雪乐园，兔子兄弟，小树精们，还有雪人一家幸福地在那里生活着。

雪花仙子心满意足地笑了，这是她送给大家的新年礼物。